Le fantôme
de Munich

Du même auteur

Mémoires interrompus, avec François Mitterrand,
    Odile Jacob, 1996.
Le Dernier Mitterrand, Plon, 1997 ; Pocket, 1998 ;
    nouvelle édition, Plon, 2005.
C'était un temps déraisonnable, Robert Laffont, 1998 ;
    Pocket, 2002.
« Jeune homme, vous ne savez pas de quoi vous parlez »,
    Plon, 2001.
Un mensonge français, Robert Laffont, 2003.
Si la gauche savait. Entretiens avec Michel Rocard,
    Robert Laffont, 2005 ; Points, Seuil, 2007.

Georges-Marc Benamou

Le fantôme
de Munich

Flammarion

© Flammarion, 2007.
ISBN : 978-2-0806-9001-2

À ma mère.

À la mémoire du général Eugène Faucher.

Personnages

ADOLF HITLER, Führer et chancelier du Reich.

ÉDOUARD DALADIER, président du Conseil français.

SIR NEVILLE CHAMBERLAIN, Premier ministre britannique.

BENITO MUSSOLINI, Duce et président du Conseil italien.

ALEXIS LÉGER, secrétaire général du Quai d'Orsay, alias Saint-John Perse.

SIR HORACE WILSON, conseiller personnel de Chamberlain.

COMTE GALEAZZO CIANO, ministre des Affaires étrangères italien, gendre de Mussolini.

JOACHIM VON RIBBENTROP, ministre des Affaires étrangères d'Allemagne.

PAUL SCHMIDT, interprète.

HUBERT MASAŘÍK, diplomate tchécoslovaque.

VOJTĚCH MASTNÝ, ambassadeur de Tchécoslovaquie en Allemagne.

MARÉCHAL HERMANN GÖRING, numéro deux du Reich, commandant en chef de la Luftwaffe.

SIR NEVILE HENDERSON, ambassadeur de Grande-Bretagne en Allemagne.

FRANK ASHTON-GWATKIN, diplomate britannique.

ANDRÉ FRANÇOIS-PONCET, ambassadeur de France en Allemagne.

CHARLES ROCHAT, diplomate français, proche collaborateur d'Alexis Léger.

MARCEL CLAPIER, chef de cabinet d'Édouard Daladier.

CAPITAINE PAUL STEHLIN, adjoint attaché de l'Air, à l'ambassade de Berlin.

Sont évoqués également :

EDVARD BENEŠ, président de la République tchécoslovaque.

GÉNÉRAL EUGÈNE FAUCHER, chef de la mission militaire française à Prague.

Première partie

Apparition du fantôme

Je fus déçue en arrivant.

C'était bien une île sur laquelle le Président-que-tout-le-monde-croyait-mort s'était réfugié. Mais elle était minuscule, tellement plus petite que je me l'étais imaginée ; à peine une langue d'alluvions, nichée dans un coude du Rhône, immense et inquiétant en contrebas.

Du dehors, la maison n'avait l'air de rien.

Un tel homme ne pouvait vivre là, je m'étais trompée. Une pauvre cabane de pêcheurs, un paysage à la Daudet, des persiennes vertes délabrées, un maigre jardinet, une moustiquaire géante protégeant l'entrée, et sur le pas de la porte, une couvée de figurines en bois, des « petits savoyards » avec leurs boîtes de cirages sur la tête, dont les couleurs fortes avaient tourné au soleil.

Je n'eus pas à taper à la porte. Il m'attendait.

Je sursautai en le voyant sous la tonnelle du cabanon, assis sur un banc, appuyé à une canne. Il m'accueillit d'une voix lasse, comme s'il était posté là depuis trop longtemps.

« Alors... C'est vous... »

À quatre-vingt-quatre ans, le *Président* n'avait rien de ces notables bedonnants, décorés, contents d'eux, et embaumés de leur vivant sous les ors de la République. La robuste carcasse qu'on voyait sur les images mythiques du Front populaire – au temps où il vitupérait les « 200 familles » et posait en couverture du *Time* comme un anti-Mussolini endimanché – n'avait pas changé. C'était un corps sans cou, la même corpulence, la même carrure, la même masse indéracinable du paysan. Dans le contre-jour d'été, je retrouvais sans mal le célèbre personnage d'avant guerre. Au temps de sa gloire, les Français adoraient son air pressé, menaçant, ombrageux, « taciturne » disait-on. Il était leur chef. Comme la ligne Maginot, Daladier les rassurait.

Mais en m'approchant, je trouvai le vieux *Président* étonnamment négligé. Sur son visage, le rasoir avait oublié quelques poils de barbe. Ses cheveux étaient un peu trop longs pour un homme de sa condition. Sa chemise blanche, comme celle des ouvriers d'avant guerre, était ouverte sur un poitrail qu'on devinait hier puissant mais qui à présent était plumé, creusé, décharné. Il y avait bien sa face de boxeur, devenue, trente ans plus tôt, aussi légendaire que ses colères de chef. Mais là encore, le nez puissant, le menton carré, les angles jadis bien marqués, tout ce qu'il avait de volontaire dans cette gueule, s'était estompé. Les traits familiers avaient presque disparu ; le nez, les pommettes, le menton étaient gommés, comme si le visage avait été traumatisé. Ses bras étaient comme des enclumes, mais où les chairs tombaient. Tout lâchait.

Et puis il y avait ces yeux. Ils étaient devenus flous, vitreux, humides. Ils étaient comme perdus en lui. C'était un regard mort, qui, par moments, était traversé par un sursaut, quelque chose d'électrique, à l'évocation d'une personnalité notable, du titre du journal dans lequel je travaillais, du nom de cette amie commune, duchesse à Bonnieux, dans le Lubéron tout proche. Alors le vieil homme se redressait avec ce qu'il convient de solennité et de considération. Il s'ouvrait d'un sourire bienveillant, acquiesçait du menton comme devant un souvenir cher à son cœur. L'œil s'éclairait. Ce n'était qu'un réflexe, une survivance, de la vieille ruse de l'homme politique qui ne doit jamais être pris en défaut. Il était là un instant, son intérêt fugacement éveillé, et puis il rentrait en lui-même, et semblait repartir dans une rêverie sombre. Lorsqu'on croisait son regard, on ne voyait rien. Une zone fixe, vide. Le célèbre regard bleu et ironique du *Président* avait été effacé par les années, peut-être par ce mistral de la Provence du Nord qui dit-on « tue la joie facile ».

Il se leva et me dévisagea longuement d'un œil inquiet, méfiant.

*

Nous étions au début de l'été 1968. J'étais alors une jeune journaliste pressée, et je croyais tenir ce qu'on appelle un scoop. J'avais décidé de laisser à mes congénères du *New York Times* les terrains trop balisés, la guerre du Vietnam, ou l'enquête sur l'assassinat de Bob Kennedy qui venait d'être abattu à Los Angeles. J'avais convaincu mon rédacteur en chef de l'époque de consacrer une série d'articles aux fameux Accords de Munich de septembre 1938, dont on allait célébrer le trentième anniversaire. Je lui avais vendu l'affaire avec une arrogante approximation. J'avais des contacts, à cause d'une grand-mère née dans l'ancien empire d'Autriche-Hongrie. J'aurais les témoins de l'époque forcément, et des révélations sur « le jour où la Seconde Guerre mondiale a vraiment commencé ». La formule avait dû lui plaire.

En vérité, j'avais bluffé – sauf pour ma grand-mère. De mes origines européennes, je n'avais gardé que le prénom Milena. Il me restait à trouver ces fameux témoins.

Bien vite, je me rendis compte que c'était une mission impossible.

De la réunion du 30 septembre 1938 à Munich, au Führerbau, dont les photos avaient fait le tour du monde, il n'existait aucun récit véritable. Pas le moindre témoin direct qui ait voulu raconter, pas le plus élémentaire verbatim de cette réunion, aucun récit complet et digne de foi sur cette journée décisive dans les impressionnantes pièces du procès de Nuremberg. Rien si ce n'étaient des récits d'ambiance des envoyés spéciaux de l'époque ; les archives – contestées – de la Wilhelmstrasse allemande, et celles – maquillées – du Quai d'Orsay français. Munich restait comme un trou noir. Une énigme policière à l'anglaise. Des neuf participants à ces Accords de la Honte comme on disait, presque personne n'avait survécu. Aucun Allemand bien sûr : Hitler mort dans son bunker, Ribbentrop, son ministre des Affaires étrangères, pendu le 16 octobre 1946. Pas un témoin italien : Mussolini, liquidé avec sa maîtresse Clara Petacci, le 28 avril 1945 ; Ciano, son gendre et ministre des Affaires étrangères, exécuté en janvier 1944 par la République fasciste de Salò. Plus d'Anglais vraiment : le Premier ministre britannique Arthur Neville Chamberlain était mort d'une crise cardiaque durant le *Blitzkrieg* en novembre 1940.

Il ne restait qu'un acteur majeur de Munich, et il n'était pas bavard. Toute la presse américaine – et européenne –

s'y était cassé les dents. Il s'agissait du président du Conseil français, Édouard Daladier.

Et Alexis Léger, l'influent secrétaire général du Quai d'Orsay, le ministère des Affaires étrangères français. En commençant mon enquête, je m'étais dit que Léger serait le bon. Alexis Léger avait en effet reçu, quelques années plus tôt, le prix Nobel de littérature pour son œuvre poétique, publiée sous le nom de Saint-John Perse. Un écrivain ne pourrait refuser. Je l'avais bombardé de courrier, bien tourné, à Paris chez son éditeur ; dans sa maison de la presqu'île de Giens dont je m'étais procuré l'adresse. L'illustre écrivain me fit répondre par une vieille secrétaire qu'il n'avait rien à dire sur cet « événement si ancien », et était trop occupé par l'édition complète de son œuvre dans « la Bibliothèque de la Pléiade ».

Avec Daladier, j'avais encore moins d'espoir. Il refusait, me dit notre correspondant à Paris, les demandes d'interviews, les journalistes, les historiens, et même la compagnie du monde. « Daladier ! À quoi bon ? » Le confrère de Paris avait ajouté que mon idée de reportage lui paraissait incongrue : « Pourquoi s'intéresser à lui. Il est un homme mort. D'ailleurs en France, tout le monde le croit mort... » Édouard Daladier ne s'était jamais expliqué sur ces accords. C'est sans illusion que j'écrivis au président Daladier, et sur l'insistance, d'une de mes vieilles amies, Martha Gellhorn, qui lui ferait signe par ailleurs.

Martha, troisième épouse d'Ernest Hemingway, était mon aînée et mon maître en journalisme. Elle avait été correspondante de l'hebdomadaire populaire *Collier's*

Weekly en Tchécoslovaquie, à l'époque des accords de Munich, et m'avait souvent raconté l'agonie de la petite démocratie d'Europe centrale. Elle en avait été l'une des rares observatrices étrangères, avec le fondateur du journal *Le Monde,* Hubert Beuve-Méry, alors correspondant du *Temps.* « Nous étions bien seuls à Prague... soupirait-elle lors de ses récits. Tandis que les journalistes du monde entier – à commencer par ce cher Hemingway ! – ne juraient que par la romantique guerre d'Espagne. » En Tchécoslovaquie, Martha avait été plus que reporter. Elle avait été une sorte d'héroïne. Elle avait organisé des réseaux de sauvetage de Tchèques, de Sudètes démocrates, de Juifs mis en danger par l'annexion hitlérienne. C'est alors qu'elle avait sauvé ma grand-mère.

Si longtemps après, je ne sais toujours pas comment la chère Martha – qui a quitté ce monde il y a bientôt dix ans – s'était débrouillée ; ce qu'elle avait mis dans sa lettre ; si, comme elle le faisait avec les administrations tatillonnes, elle avait signé son courrier « Madame Ernest Hemingway » – ce qu'elle n'était plus depuis longtemps. De fait, elle m'avait dit : « Daladier... Édouard Daladier... ? Ne t'inquiète pas. » Elle me couvait, m'aimait bien ; elle devait se retrouver dans la jeune femme que j'étais alors. Toujours est-il qu'un matin alors que je n'y croyais plus – et m'apprêtais à déclarer piteusement forfait auprès de mon rédacteur en chef –, je reçus une lettre de France, signée de Monsieur Édouard Daladier.

« Madame,
Pendant plusieurs années, j'ai dû refuser
à de nombreux écrivains de répondre aux questionnaires qu'ils m'adressaient de divers pays,
notamment de Grande-Bretagne et des États-Unis.

Leur flot aurait fini par me submerger.

Je fais aujourd'hui exception à cette règle en raison de votre personnalité, et de celle qui vous envoie vers moi... »

*

Ce rendez-vous avec le *Président*, je l'avais envisagé sous tous les angles, de toutes les manières. J'avais travaillé la question de Munich, j'avais ingurgité les Mémoires du président Masaryk, le fondateur de la Tchécoslovaquie, de Beneš, son successeur, de Churchill, et de De Gaulle. J'avais lu William Shirer et son *Journal de Berlin*, et bien sûr le roman de Martha. Je m'étais préparée à la rencontre. Je savais le prix de cette entrevue – et ne cessais d'ailleurs d'en remercier cette chère Martha dans mes câbles, mais je ne m'attendais pas à une telle situation.

L'homme qui se trouvait devant moi n'était pas en état de témoigner.

Lors de notre premier entretien, je lui posai une question sur son état d'esprit à la veille de la conférence de Munich.

Sa réponse l'entraîna loin, trop loin. Il se perdit dans ses souvenirs. Un nom lui avait échappé ; il s'obstina en vain ; il retraversa le siècle en marmonnant, faisant le tri entre tous ses ministères, tirant des limbes de la IIIe République le prénom que portait l'épouse de son ministre de l'Air de 1938. Il chercha encore et encore, se demanda à haute voix où il avait bien pu ranger ce nom qui lui manquait. Il resta longtemps dans le brouillard de ses souvenirs ; et lorsqu'il revint vers moi, m'agrippa, me demanda *ce que je voulais de lui vraiment...*

Lorsque je lui répondis en parlant d'Histoire, de Vérité et de tous ces concepts ronflants, l'effroi passa dans son regard : « À quoi bon... ? Quoi que je dise... Je suis condamné par avance... »

Puis il se tut, le menton appuyé sur sa canne.

Je ne pus m'empêcher de penser qu'il était monté sur le ring face à Hitler, en ce fameux jour de septembre 1938, et qu'il ne s'en était pas remis. Il était le dernier vivant des Quatre, le rescapé de la Malédiction de Munich. Les Trois autres avaient été balayés. Personne n'avait survécu à la Malédiction. Sauf lui. Il ressemblait à cet homme dont Shakespeare parle dans *Macbeth* : Mort avant d'être mort...

Il me tendit un vieux journal, me le fourra dans la main, en me disant : « J'ai tout dit dans ce texte... J'ai bien réfléchi. Je ne vous donnerai pas cette interview. »

*

J'enrageais, c'est vrai, et ne m'en cachais pas.

Il eut l'air stupéfait, il était intimidé par ma propre colère.

Donc, je n'aurais ni interview, ni révélations. J'avais traversé les océans, fait vingt heures de voyage, pour trouver un homme perdu jusqu'au fin fond de la Provence. Je m'étais avancée auprès de mon rédacteur, j'avais annoncé à tous mon « scoop ». J'avais tout abandonné, et même fait une croix sur mon été à Palm Beach pour lui. Et voilà tout ce que j'obtenais. Une formule de politesse, merci et au revoir.

Il tenta vaguement de me dérider en lançant une boutade ridicule :

« Et puis il fait si beau, mademoiselle ! Munich... !
Munich... ! Drôle de journée pour venir me parler de
Munich ! »

Je l'interrompis brutalement, je n'avais plus rien à
perdre.

« Vous mentirez donc jusqu'à la fin des temps, monsieur
le Président ? »

Il me rabroua d'un geste brusque, celui du somnambule
qu'on réveille.

« N'insistez pas, mademoiselle... Je n'ai rien à ajouter... »

Il voulut se défendre, et ne trouva qu'à répéter : « Quoi
que je dise, je suis condamné d'avance. »

À bout d'arguments, il cessa. Il me considéra de son œil
soupçonneux, avant de poursuivre l'air tout à coup patelin,
la voix lourde et bonasse : « ... Mais, comme vous avez fait
un long voyage... et que je garde... disons de l'estime pour
votre amie Martha, je vais vous faire une proposition. »

*

Il me conduisit dans une petite grange attenante à son
cabanon. Le local était fruste. Il semblait remplir plusieurs
fonctions : chambre d'amis, garage, grenier et aussi bibliothèque. En face de la fenêtre, il y avait une sorte de bureau
de maître d'école. Deux murs étaient tapissés de livres, et
sur les autres des boîtes soigneusement étiquetées étaient
rangées en fonction de trois couleurs.

Le vieil homme ouvrit les rideaux, d'un geste ample et
habile qui m'étonna. Il secoua l'air plein de poussière, et
avec solennité m'annonça :

« Voici mes archives... »

Il était fier et mystérieux. Son bras décrivit un cercle. Je tentais de suivre les explications du vieil homme, mais il m'était impossible de me concentrer. Je me trouvais dans la caverne d'Ali Baba. J'étais entourée de trésors insoupçonnés. Il devait y avoir ici bien plus de matière qu'une interview, fût-elle destinée au Pulitzer, n'en nécessitait. Des milliers de pages, une bonne centaine de dossiers, révélant à coup sûr ces coulisses de l'Histoire, interdites depuis trente ans.

J'étais bousculée par tant d'imprévus. Pour ne pas trahir mon désarroi, je décidai de fixer mon regard sur quelque chose : le doigt du vieil homme qui époussetait ces étiquettes et ces boîtes de couleurs, ces piles de dossiers bourrés jusqu'à la garde, ces rangées de dossiers dont les étiquettes avaient été soigneusement remplies par une impeccable graphie à l'encre violette.

« Après ma mort, j'ai prévu de tout laisser à un fonds universitaire... Vous y trouverez mes notes, celles de mes collaborateurs, les rapports des diplomates et des militaires, les nôtres et les autres.

Le vieux *Président* sortit haletant de cette énumération, avant de reprendre détaché : « Et puisque ces vieilleries semblent vous intéresser, vous pouvez vous installer ici le temps que vous voulez... »

Puis, le vieil homme me laissa seule.

J'étais assommée par la proposition. Décidément, rien ne se passait comme je l'avais imaginé. Il n'y aurait pas d'entretien, mais il me proposait un pacte singulier. Je pourrais donc tout consulter, fouiller, creuser, dépouiller ces trésors. Mais sans jamais pouvoir l'interroger. J'aurais donc accès à tout, sauf à sa mémoire, à ses souvenirs, à ses sentiments, à ses doutes, au parfum de l'événement que seuls les témoins directs vous aident à reconstituer. À tout sauf à lui. Il resterait là, à quelques pas, à portée de voix, mais silencieux. Je tentai de garder mon calme. Pour retrouver mes esprits, contrôler une situation qui, tout à coup, me dépassait, je me mis bêtement à compter les cartons d'archives.

La proposition était tentante.

J'avais tout à gagner, puisqu'il n'était pas – du moins c'est ce que je croyais alors – en état de témoigner.

Je m'approchai du mur de cartons, et tentai de donner la logique de ces étiquettes de couleurs qui, seules, égayaient la pièce.

Rouge : L'entre-deux-guerres.

Bleu : Vers la guerre.

Jaune : La guerre.

Vert : La préparation de la France à la guerre et les responsabilités de la défaite.

*

Je décidai donc d'explorer la muraille de cartons.

Je pris une chambre en ville, non loin de l'île. Je venais travailler chez le *Président* tous les matins. Nos relations se limitaient au minimum – Bonjour, bonsoir –, quelquefois il m'amenait un thé ; un jour, je trouvai un bouquet de jonquilles dans un vase sur le bureau.

Trois semaines se passèrent ainsi, sans que ce pacte de silence soit rompu. Jusqu'à ce soir-là.

*

23

J'avais travaillé toute la journée sur le « Livre jaune », la version officielle du Quai d'Orsay de – ce qu'on nommait alors pudiquement – la « crise des Sudètes ». La nuit était tombée. J'étais épuisée, je m'étais endormie dans le petit hangar lorsque je fus réveillée par un bruit, un cri, ou peut-être, comme c'était fréquent sur l'île, par le craquement d'un tronc d'arbre bloqué contre la rive. Je mis du temps à comprendre où je me trouvais. J'avais manqué le bac de retour ! Affalée sur le petit bureau devant la fenêtre, j'entendais le Rhône hurler, bouillonner comme jamais. J'étais désemparée, honteuse, perdue, dans ce petit lieu où je n'aurais pas dû me trouver à cette heure-là. Ce n'était pas dans nos conventions.

Il dormait là, dans la maison, à quelques pas à peine. S'il m'entendait ? S'il me surprenait, là chez lui, dans la nuit noire, violant son intimité ? Et même, s'il ne me découvrait qu'au petit matin, quelle serait sa réaction ? Quand je lui adresserais mon fringant bonjour quotidien auquel il répondait à peine, occupé par son jardinage, je ne pourrais rien lui cacher. Pas nette, chiffonnée, dans de vieux vêtements.

Je priais pour être ailleurs. Il était si mystérieux, toujours soupe au lait, si imprévisible. J'avais envie de pleurer. New York me manquait tout à coup. Je me sentais exilée dans cette nuit qui m'effrayait.

Je voyais tout en noir à cet instant. J'étais dans une impasse. Mes recherches étaient devenues vaines, abyssales. Depuis presque un mois, j'étais enfermée dans cette pièce. Ma vie avait changé : j'avais mis l'Amérique et même mon rédacteur en chef entre parenthèses, j'avais épluché le contenu des cinquante-sept cartons, mais rien n'avançait. Plus je croyais en apprendre sur les péripéties de cette journée, sur la « mécanique de la lâcheté » qui conduisit la France à abandonner son meilleur allié, la Tchécoslovaquie démocrate de Beneš, plus je m'éloignais du sujet. Je me perdais ; chaque jour, je me trouvais plus ensablée. Trop de faits, trop d'inconnues, trop de maquillage et de silence dans les versions allemande, française, anglaise, tchèque ou personnelle de Daladier, conservées dans ces archives. Je prétendais rattraper l'Histoire ; c'est moi qui étais coincée. Des dossiers qui bavardaient mais ne parlaient pas. Un savoir qui avait fini par m'écraser. L'énigme de Munich était au point mort.

Je remis de l'ordre dans mes cheveux, tentai d'effacer les affronts de la nuit, puis repris un dossier déjà lu, annoté, dont je n'avais rien tiré. Mais je ne parvenais plus à me concentrer. Ma lecture était devenue automatique, insensée. Je m'y accrochais pour ne pas penser à cette situation absurde. Mais le grondement du Rhône l'emportait sur tout. Quand il devenait fracas, il me clouait de terreur.

Pour tromper cette angoisse, j'inventai un dérivatif.

Je pensai aux tiroirs du vieux bureau sur lequel je travaillais. J'avais remarqué qu'ils étaient toujours fermés à clé et me demandai ce qu'ils pouvaient bien contenir. Dans cette pièce que j'avais minutieusement éclusée, c'était la seule zone inconnue. Le *Président* ne m'avait rien caché. Malgré son mutisme, il m'avait ouvert sa maison, disons ce hangar, ses archives, ses dossiers sur Munich. Il m'avait laissée accéder à tout. Sauf à sa propre mémoire, et à ces quatre petits tiroirs... Dans cette nuit inquiète, ma curiosité fut plus forte que mes scrupules. Je décidai d'appliquer une vieille astuce apprise au collège. Un trombone. Je le dépliai, je cherchai le déclic, je touillai dans la serrure : elle ne résista pas. Précautionneusement, j'ouvris le tiroir interdit. J'en retirai – avec quel frisson ! – un volumineux ouvrage. Un album de famille, édition de luxe, relié cuir, doré sur tranche, avec les initiales E.D. incrustées, elles aussi, dans le cuir ; ce genre d'écrin prétentieux censé garantir, avant-guerre, aux bonnes familles, une éternité bourgeoise.

J'en feuilletais les lourdes pages cartonnées, vite, trop vite. J'étais en faute : l'intrusion était intime. Mais je me croyais en mission, à la recherche d'une piste, d'un aveu ou d'une confession glissée – qui sait – entre les pages.

La photo du père boulanger dans son échoppe de Carpentras ; la photo du fier agrégé d'histoire, professeur au lycée de Nîmes en 1909, avec sa première classe ; celle du jeune maire de Carpentras en 1911 – il a 28 ans ; sa première photo en député – il a 35 ans ; et celle de lui en ministre – il n'a pas 40 ans. La photo de mariage avec Madeleine en 1919, la naissance de Jean en 1922, celle de Pierre en 1925 dans le grand appartement des Champs-Élysées, cadeau du beau-père. En quelques images, la prodigieuse carrière du « Petit Chose » de Carpentras. Jusqu'à cette photo en pleine page, barrée de noir dans le coin, celle de Madeleine Daladier, l'épouse morte en 1932. L'ascension continue malgré tout. 1933, président du Conseil... Le jeune *Président* Daladier est solide, jeune et fier. Sa redingote ne parvient pas vraiment à faire oublier son allure de paysan. Il ne pose pas, il est sombre, il est gêné par l'objectif.

Pour eux, il avait fini par être un chef possible. En 1938, il est le « recours » entre un Front populaire en faillite et la droite la plus bête du monde.

Il était l'homme de l'avenir ; c'était la tonalité de la presse de l'époque, lassée des Poincaré et autres gloires d'avant 14. Il était le plus solide dans cette assemblée de vieillards, le plus honnête dans sa génération de prébendiers. Il était peut-être moins rusé, et moins riche que Laval, mais tellement plus proche du peuple. Ne parlait-on pas, à propos de lui, d'un « Robespierre moderne »... ? Dans cette République apeurée, il était le plus vigilant face au réarmement allemand. Il représentait la synthèse idéale dont la France avait alors besoin. En 1938, il était le maître du jeu, et le resterait pour des années.

Président à vie, « dictateur républicain », les élites françaises avaient une idée en tête. Daladier était leur homme.
Le *Président* aurait été cela... Si...
Si l'Histoire en avait décidé autrement.
S'il n'y avait pas eu Munich, le déraillement de septembre 1938.

L'album se terminait sur la photo de son grand retour : chef de gouvernement en 1938, l'année de Munich.
Et puis plus rien.
Des pages blanches, comme si la vie s'était arrêtée là.

Mon esprit vagabondait. Je décidai de poursuivre mon exploration.
Le deuxième tiroir céda mollement.
Et là, je tombai sur un véritable capharnaüm : des centaines de pages dactylographiées sur papier pelure, autant d'autres manuscrites sur des fiches, rédigées de sa minuscule écriture, des bristols pliés remplis de notes, des invitations à des expositions recouvertes de dates.
Dans le troisième tiroir, la même chose, la suite. D'autres pages dactylographiées, d'autres brouillons, par centaines,

sur le verso de son papier à en-tête de député ; d'autres brouillons, d'autres bristols. En tout, des milliers de pages de ce qui ressemblait à un manuscrit.

Je commençai à lire.

C'était effectivement une sorte de livre, un chantier ; pas vraiment une ébauche ; plutôt un foutoir. Des centaines de chapitres, courts ou longs, dont beaucoup avaient le même nom. Une multitude de chronologies de la « Crise des Sudètes », l'une scolaire décomposant tous les faits sur cinq tableaux ; d'autres rédigées sur un coin de menu, ou une invitation à une exposition de peinture. De longs passages, retraçant l'histoire du royaume de Bohême, se répétaient. Probablement des essais infructueux. Je découvris une récente correspondance avec un Tchécoslovaque exilé à Los Angeles sur Beneš – un minutieux réquisitoire contre l'ancien président tchécoslovaque, me sembla-t-il.

Le vieux *Président* n'avait cessé de me répéter : « Je n'ai rien à ajouter sur Munich... Je n'ai rien à ajouter. »

Il était bien prolixe.

Tant d'archives, de détails, de correspondances, tant de minutieuses enquêtes sur le moindre fait de la crise des Sudètes, sur le moindre geste du président Beneš ou de ses propres ministres !

Je cherchai à comprendre l'ordre de ce déroutant objet. Tantôt c'était un récit minutieux, rédigé aussi sérieusement qu'un travail d'agrégé, ennuyeux comme un manuel d'histoire ; tantôt, c'étaient des notes en vrac, des pistes, des lubies comme le montrait cette insistance, sur dix chapitres au moins, à faire porter à Beneš la responsabilité de la défection française. Ou encore des regrets, comme ce « complot des généraux » allemands contre Hitler au moment de Munich, en cas d'invasion de la

Tchécoslovaquie. Cette révélation tardive, survenue après guerre probablement, semblait l'obséder aussi.

Ce n'était pas des « mémoires » ; pas un récit à la première personne ni même un compte-rendu de la journée fatidique ; c'était une somme, le chantier gigantesque d'une thèse impossible. Un de ces livres que les vieux ne finissent jamais ; s'y s'accrochant pour continuer à vivre ; y accumulant tout, comme s'il s'agissait du grenier de leur vie, toujours plus de notes et de souvenirs, des promesses, des chapitres avortés et des sommaires toujours plus ambitieux. C'était un monstre décousu qui, depuis l'après-guerre – si l'on en croyait la date des invitations griffonnées –, se repaissait du moindre détail, dévorait les archives disponibles, se chargeait de toutes les informations, même les plus inutiles, s'en nourrissait, et en vérité ne parvenait plus à avancer.

C'était un plaidoyer, son mémorial.

Je me remis à espérer. J'avais trouvé la clé. J'avais la confession du siècle. Quand soudain, dans la nuit, j'entendis résonner derrière moi :

« Vous êtes coriace, mademoiselle... ! »

La voix me pétrifia.

Je ne me retournai pas. Je n'osais pas bouger. J'avais en main la liasse des feuillets interdits. Je restais tétanisée, tremblante, terrifiée devant ces tiroirs ouverts qu'il ne pouvait pas ne pas voir. J'étais coupable, coupable de tout, d'avoir violé ces fameux tiroirs, d'avoir ouvert son album de famille, d'être descendue, là dans la nuit, au plus profond de son intimité. D'être une pilleuse de souvenirs.

Il répéta d'une voix moins sombre, ironique, presque amusée : « Oui, coriace... »

Il était en robe de chambre. Il s'approcha de moi. Je gardais la tête baissée. Il ferma d'un geste net les tiroirs litigieux, et, à mon grand étonnement, s'intéressa à ce que je lisais. Il tomba sur l'album ouvert, et cette photo de Robert Capa prise en 1936, deux ans avant Munich. Il se mit à la détailler longuement. Il la retourna pour vérifier la date, revint à la photo, s'étonna, esquissa un léger sourire, avant de me souffler :

« En ce temps-là, on m'appelait "le taureau du Vaucluse"... »

Il avait oublié le tabernacle violé, le désordre sur son bureau, les centaines de pages en vrac. Il n'y eut pas d'orage, pas de colère. Il ne m'avait pas chassée, pas encore. Pour l'instant, il s'attardait sur cette photo. Il avait l'air de bien l'aimer, c'était peut-être ma chance. Cette image de lui, oubliée, vaillante, flatteuse, semblait avoir fait dévier le cours de sa colère. Il la contemplait, la détaillait. Il se rappelait l'homme jeune qu'il avait été, avec étonnement, tendresse, une émotion qu'il ne dissimulait pas. Il se redécouvrait.

Il répéta : « Le taureau du Vaucluse... ! Vous trouvez que j'ai l'air d'un taureau ? »

Il avait retrouvé un ton de grand-père. Il poussa un soupir d'amertume, contempla encore la photo, avant de reprendre d'une voix à nouveau coléreuse :

« Et maintenant, comment me nomme-t-on ? »

Je fis la bêtise de lui répondre que je ne savais pas.

Il enchaîna dans une sorte de râle :

« Mais on ne me nomme plus... mademoiselle !

Tout le monde me croit mort, à l'exception de quelques obsédés comme vous. Mort le vieux Daladier ! Porté disparu après-guerre grâce à un tour de passe-passe des communistes et de De Gaulle... Jeté dans la fosse commune de l'Histoire. Ni vu, ni connu. Mort Daladier, mais sans procès, comme Pétain ou Laval. Sans peine capitale. C'eût été trop compliqué. Alors je suis un mort clandestin, un maudit condamné à errer parmi les vivants. Un damné. Selon eux, j'aurais été l'associé du Diable. Mais ne les croyez pas, mademoiselle. Nous étions tous les associés du Diable... »

Il éructait. Il scandait. Il s'épuisait, il semblait faire sortir une trop vieille colère.

« Munich... Munich... Munich... La Honte de Munich... Le déshonneur de Daladier... Ils disent "Daladier" comme on dit "Munich". Comme on aboie... Munich – Daladier. Ce sont devenus des synonymes, des noms jumeaux. Pire... des noms siamois... ! Un jumeau on peut finir par vivre sans lui, mais un siamois, on le porte sur son dos qui est aussi le sien, on se nourrit par les mêmes tuyaux que lui ; on vit et on meurt avec lui. Impossible de s'en débarrasser jusqu'à la mort ; c'est ainsi que je meurs peu à peu, depuis trente ans, avec ce Munich sur le dos... »

Il se mit à vaciller. Ses propos étaient de plus en plus décousus. Il délirait les yeux mi-clos :

« Pauvres ancêtres, pauvre père Daladier, par quel détour du Diable cette belle lignée de Provençaux du Nord, paysans purs et travailleurs, devaient-ils être frappés eux aussi par cette malédiction ? Maudits à travers le monde entier, et pour des siècles, à cause de quelques heures passées dans le bureau du chancelier Hitler.

Treize heures... !

Treize heures qui, dans une vie, pèsent plus que tout le reste. Mieux qu'une belle guerre, que l'enfer des tranchées.

Ces heures aux yeux de tous comptent plus que ces dizaines de mois, que j'ai passé à trembler, à puer, à voir mourir les autres, Cheminade surtout, à vivre dans la poussière comme un rat. Treize heures qui effacent toute une vie. Trente ans au service des autres, Carpentras, le Vaucluse, tous mes ministères, toutes mes présidences du Conseil et même les geôles de Bourrassol et Buchenwald où Pétain et Hitler m'enfermèrent...

Mon destin pour ces treize heures...

Mademoiselle, ils ne savent rien. Ils n'ont pas été enfermés avec lui pendant treize heures... Ils ne peuvent pas comprendre. J'étais seul... J'étais tellement seul... Mon destin pour ces treize heures. »

Quand il fut trop essoufflé, il se laissa tomber sur un fauteuil, avant de reprendre fiévreusement :

« Mon destin pour ces treize heures... »

Une lueur d'épouvante passa dans son regard, puis il perdit connaissance.

*

Le *Président* revint à lui à l'intérieur de la maison. Le médecin, qui m'avait aidé à le transporter, avait l'air de bien connaître Daladier et ses malaises. Le *Président* l'avait interrogé, la voix cassée et l'œil inquiet. C'était encore sa « migraine des tranchées » ? Comme avant ? Le médecin l'avait rassuré, sans démentir. Avant de partir, il me demanda de lui donner des nouvelles de son patient le lendemain. Je n'osai lui expliquer que je n'étais que de passage.

Le médecin venait de s'en aller. Allongé sur une méridienne, enroulé sous trois couvertures, grelottant malgré la chaleur d'août, le *Président* voulut revenir à – ce qu'il appelait – notre conversation :

« Mademoiselle, il faut que vous sachiez que j'ai fait ce que j'ai pu, ce jour-là, à Munich... Mais j'étais si seul. La France était si seule... J'ai pensé que... J'ai décidé... Je vais vous raconter, à vous... Vous en ferez ce que vous voudrez. »

Deuxième partie

1

Place de l'Opéra

Place de l'Opéra, il demanda au chauffeur de s'arrêter à l'angle populeux qu'elle forme avec le boulevard des Italiens. La nouvelle venait de tomber sur les déroulants lumineux, au sommet des immeubles du carrefour. Avant d'aller enregistrer son message à la radio, le *Président* voulait voir des Français qui sortaient du travail ou de l'usine, à pied ou à bicyclette, des vendeuses de grands magasins ou des employés de banque, peu lui importait, mais des Français, des vrais ; pas ceux des ministères et des journaux. Quand la voiture fut garée en double file, il se cala, comme un espion de comédie, au fond de son siège, derrière un journal, et se mit à observer la foule. Elle se pressait. Elle se massait. Elle s'excitait. On relisait dix fois l'information ; et à chaque fois, durant la courte pause entre deux messages, courait une *Marseillaise*. Le temps du message, c'était comme un seul vaste corps, un seul cou tendu vers la miraculeuse nouvelle. Puis ça explosait. Des casquettes d'ouvriers voltigeaient. Des voitures klaxonnaient leur joie, des chauffeurs laissaient là leurs taxis. Des amoureux s'embrassaient en valsant. Des « pépères », avec leurs masques à gaz, venus des Champs-Élysées où on les avait cantonnés, enta-maient une danse étrange, une sorte de bourrée. Au balcon d'une maison de haute couture, des cousettes tournaient, elles aussi, dans une ronde endiablée tandis que d'autres cherchaient, avec leurs rubans de soie, à former un drapeau bleu, blanc, rouge. Des familles nombreuses, partant se réfugier à la campagne pour fuir les bombardements annoncés, avaient posé à terre bagages et baluchons. Fallait-il rentrer à la maison, ou continuer vers la gare Saint-Lazare ? Des étudiants commençaient leurs monômes. Ils serpentaient, ils bousculaient, ils grossissaient jusqu'à empiéter sur la chaussée. Un jeune buta contre la voiture du *Président* qui releva aussitôt le journal sur son visage.

Ça s'aimait comme un 14 juillet ; non tiens – pensa le *Président* – comme le 11 novembre 1918. Paris était en fête aurait-on dit, si ce n'était le rappel des sacs de sable de la défense civile, l'uniforme des mobilisés dans la foule, ou les panneaux indicateurs vers les abris anti-aériens.

Un peu à l'écart, deux hommes à melon, sans doute des hauts fonctionnaires du Conseil d'État proche, lisaient et relisaient l'incroyable nouvelle, avant de se tomber dans les bras. Sur le boulevard des Italiens, une femme extravagante, échevelée et maigre, dont on ne pouvait deviner l'âge, s'était agenouillée ; elle priait ; elle était en transe. D'autres femmes la rejoignirent. Elles semblaient communier, et quand elles virent passer, sur sa chaise roulante, une « gueule cassée », elles le tirèrent à elle. Elles se mirent à hurler « Plus jamais ça » en se l'accaparant, comme s'il s'agissait d'une relique. L'ancien poilu, qui avait envie qu'on lui fiche la paix, se dégagea d'un coup de canne ; cela n'empêcha pas la première femme du groupe de rameuter d'autres bigotes, qui l'imitèrent, à genoux, posées sur les sacs de la défense civile.

C'est alors qu'il comprit.

Suite à l'annonce du rendez-vous de Munich qui venait de tomber, il n'avait pas voulu les écouter. Il n'avait entendu ni les uns, ni les autres ; ni les « durs », ni les « mous ». Ni Mandel, ni Reynaud, ni Massigli, du Quai d'Orsay, qui parlaient tous comme cet excentrique de Churchill – « la France aura à choisir entre la guerre et le déshonneur ». Ni la Marquise, ni madame de Portes, ni Bonnet, son ministre des Affaires étrangères, ni son fidèle Clapier, quand ils lui avaient affirmé, au contraire, que les Français n'y verraient que du feu. Comme souvent, il s'était méfié. C'est que le *Président* gardait sa tête de paysan, *testa dura*, et qu'il en était fier... Même lorsque ses collaborateurs du ministère, les plus âgés et les moins calculateurs, ceux qui avaient connu l'horreur de 14, avaient explosé de joie, il avait considéré que ce n'était là que l'effet de la pression accumulée depuis des mois, dans cette crise des Sudètes. Il s'était demandé pourquoi ils parlaient tous de « miracle ». Lui, en apprenant le rendez-vous fixé pour le lendemain, avait eu un mouvement de recul. L'effroi de se retrouver embarqué dans cette histoire.

Alors il avait tenté d'imaginer à quoi ressemblerait ce rendez-vous : le déroulement de la conférence, le comportement des participants, les solutions de sortie de crise, les marges de manœuvre de la France... Il n'y était pas parvenu. Pour la première fois de sa carrière, le *Président* était face à une épreuve qu'il redoutait, et dont il repoussait jusqu'à la réalité.

Il n'était pas un « bleu » pourtant ; il en avait vu d'autres des sommets houleux ; il en avait surmonté des crises internationales, trois fois président du Conseil, neuf fois ministre de la Guerre ! Et puis il s'était scolairement mis à compter sur ses doigts le nombre de chefs d'État, de chefs de gouvernement, de monarques importants qu'il avait rencontrés en quinze ans de pouvoir. Il en dénombra plus de dix, et des coriaces ! Cela l'avait rasséréné.

C'était pourtant vrai. Il se passait quelque chose.

La France était mobilisée, 750 000 réservistes avaient été rappelés, la ligne Maginot était prête. Un million de Tchèques étaient sur le pied de guerre ; et presque autant d'Allemands. Le compte à rebours vers la guerre avait été interrompu, quelques minutes avant l'échéance de l'ultimatum fixé par Hitler. La Tchécoslovaquie n'avait pas été envahie. L'Europe ne serait peut-être pas, demain, à feu et à sang, comme l'Espagne si proche.

Le *Président* voyait le soulagement. Le « miracle », comme ils disaient. Concrètement. Pas à la manière abstraite, ou cynique d'un Alexis Léger, ce Guadeloupéen élevé en Gironde, d'un Léon Blum, trop cérébral, ou d'une Geneviève Tabouis, trop contente d'être insultée par Hitler dans ses discours. Eux, ils étaient coupés du peuple. Pas le *Président*.

Il restait fasciné par cette liesse. Il était comme au spectacle, devant ces Français en transe. Il voulait oublier, et les rendez-vous, et le gouvernement, et le Parti, et les disputes, et surtout la bagarre entre les « durs » et les « mous », ceux qui voulaient la guerre et ceux qui voulaient l'éviter à tout prix. Il voulait tout oublier, jusqu'au programme de la soirée, cette inauguration qui le rasait, ce discours qu'il allait bien falloir prononcer à la radio, ces députés nerveux qui feraient antichambre, la crise qu'il fallait désamorcer entre le ministre des Affaires étrangères et son collaborateur, Léger. Le *Président* refusait de penser à tout cela. Il se contentait de contempler. Il ne voulait d'ailleurs même plus songer à ce rendez-vous du lendemain.

Il ne pouvait se détacher de cette scène étrange, archaïque, convulsive des Français apprenant que la guerre était, non pas évitée, mais suspendue. Le bruit du peuple lui parvenait à peine. Il était amorti par le capitonnage de la limousine. Le fracas de la rue en était presque burlesque. Une voix nasillarde, celle d'un vendeur à la criée, fit sortir le *Président* de sa contemplation : « Demain Daladier chez Hitler... Exclusif, demain Daladier chez Hitler... »

Il sursauta.

« Exclusif. Daladier chez Hitler, demain. »

Le vendeur colla l'édition sur la vitre de sa voiture.

Ce fut un choc. C'est à ce moment-là seulement qu'il saisit la réalité de son rendez-vous.

Demain, Hitler. Face à Hitler...

Au bout d'un moment, il se rappela la présence de son chauffeur, l'envoya prendre les éditions spéciales de la fin d'après-midi, non pas pour savoir ce que disait *Paris Soir* ou *Le Temps*, ni pour sentir la température de l'opinion – ça suffisait – mais pour être seul un moment. Le chauffeur s'exécuta, il sortit du véhicule. Mais lorsque le vendeur lui tendit les journaux, il se retourna vers la voiture.

Il vit le *Président*. Et le reconnut.

Le vendeur de journaux n'en crut pas ses yeux. Il le fixa, s'approcha de la vitre comme devant un aquarium. Pas d'erreur.

Il accrocha alors un badaud qui ne l'écouta pas. Il harangua un couple de jeunes filles qui le prirent pour un fou. En désespoir de cause, le pauvre homme se mit à sauter comme un ressort, en hurlant :

« Daladier... Daladier. Il est là ! Édition spéciale... Daladier, il est là... »

Le *Président* se recula sur son siège. Trop tard.

Sur la vitre arrière, sur la vitre avant, à sa gauche, à sa droite, la foule s'agglutinait. La voiture était encerclée. Elle tanguait, elle vibrait sous les vivats. Par dizaines des mains se tendaient, tentaient de le toucher. Derrière la vitre, des lèvres de femmes suppliantes, presque muettes, imploraient : « S'il vous plaît, ramenez-nous la paix. » Une vieille femme, l'échevelée de tout à l'heure, écrasa son visage de mégère édentée contre la portière. Le *Président* tressaillit.

La scène était épouvantable. Il était pris au piege. Il était cerné par ces visages convulsés, par le lointain écho des cris de joie, ou de guerre, il ne savait plus. Il devinait des « Plus jamais ça ». Des anciens combattants, dont un malheureux sans mâchoire et sans nez, lui faisaient le salut militaire. Des étudiants les écartèrent, pour se montrer à lui. Ils se moquaient d'Hitler. Ils venaient l'encourager. Ils brandissait une pancarte où ils mettraient « le boche au poteau », et scandaient « Vive Daladier ».

Un pétard de 14 Juillet éclata, puis suivit une rafale. La pétarade ne voulait pas se terminer. Chaque détonation lui rappelait le bruit de l'« abeille » ; dans son argot d'ancien combattant, celui des balles sorties des mitrailleuses boches qui fendent l'air, sifflent comme l'insecte, avant d'exploser un crâne, un bras, ou un bout du boyau de la tranchée. Il ne supportait pas ce bruit ; il sentit venir une attaque. Son corps dégoulinant de sueur commençait à se raidir. Ses dents se serrèrent comme un étau. Ce n'était pas le cœur. Les médecins avaient vérifié. Ils s'étaient succédé, et avaient tous – ou presque – diagnostiqué du « surmenage », la « charge de l'État » disaient-ils. On lui avait recommandé de moins manger. Seul, un médecin militaire avait vu autre chose. Il s'agissait de séquelles de la guerre, il avait parlé de *shell-shocks*, une curieuse maladie des tranchées appelée aussi « le syndrome du vent du boulet », du temps de Napoléon. Le *Président* s'était dit que ce médecin était un farfelu. Les crises avaient commencé bien après la guerre, vers 32 ou 33 ; et de cette guerre, il s'en était plutôt bien sorti, lui, à la différence de son camarade Cheminade, cher Jean mort à sa place en 17, pendant la prise du mont Cornillet.

Le *Président* suffoquait.

Il ordonna au chauffeur : « Tirez-nous de là. »

2

Hôtel de Brienne

Il aimait l'hôtel de Brienne. De retour de son escapade parisienne, il constata une nouvelle fois combien il se sentait protégé par ce qui était devenu, après bien des tourments révolutionnaires et architecturaux, « la rue Saint-Dominique ». Le haut lieu de la République. Le ministère de la Guerre. L'antre du grand Clemenceau. Jadis, la résidence de Maria Letizia Bonaparte. Il aimait l'hôtel de Brienne, avec la tendresse douillette qui l'avait attaché à l'internat du lycée Ampère à Lyon. Il aimait la République, et il en aimait les temples ; il était fait ainsi. La rue Saint-Dominique était, comme l'école publique de sa jeunesse, un sanctuaire, un lieu sans pauvre ni riche, où tout devenait possible, même pour le « Petit Chose » de Carpentras qu'il avait été. Un cocon le protégeant du monde grouillant et méchant. Une sorte de couvent laïque.

Il s'y sentait chez lui ; pas de cette manière propriétaire qu'ont les gens de droite, non ; plutôt à la façon d'un serviteur de l'État qui y vient et y revient, avec chaque fois, un étonnement renouvelé. D'abord en 1925, après le porte-feuille des Colonies. Ministre de la Guerre à moins de 40 ans, une sacrée promotion. Il y était revenu souvent.

Devenu président du Conseil, il avait toujours tenu à garder le ministère de la Guerre. Comme Clemenceau. Et comme lui, il avait tenu à rester dans l'austère hôtel de Brienne plutôt que de s'installer à l'hôtel Matignon dont les jardins rendaient jaloux même le président de la République.

Mais ce soir plus rien n'avait le même goût. Le *Président* revenait bousculé par ce qu'il avait vu. Et tellement instruit sur l'état d'esprit des Français. Mieux que par toutes les fiches d'écoute dont il raffolait d'ordinaire, mieux que par cette étrange étude qu'on lui avait montrée – un « sondage », une invention américaine qui prétendait que les Français étaient partagés sur la question de la guerre, entre les « fermes » et les « mous » ; mieux instruit aussi que par les rapports des Renseignements généraux en pagaille, les synthèses de préfets sur « l'état d'esprit des Français face à la guerre », qu'on lui déversait jour et nuit.

Il avait vu.

Le microphone et les appareils étaient installés dans son bureau ; mais avant d'annoncer aux Français son rendez-vous avec Hitler, le *Président* tint à faire un point ; un dernier point.

Il ne voulait pas commettre l'erreur de l'ancien président Sarraut. En 1936, lors de la remilitarisation de la Rhénanie par Hitler, en violation du traité de Versailles, Sarraut avait menacé : « Nous ne sommes pas disposés à laisser placer Strasbourg sous le feu des canons allemands. » Il avait gesticulé, avant de reculer piteusement après que le général Gamelin lui eut expliqué que « l'armée française n'était pas en état de marcher ». On avait agi de même, six mois plus tôt, avec l'annexion de l'Autriche par Hitler. Cette fois, c'est Chautemps qui venait de démissionner. La France s'était encore absentée, le temps d'une crise ministérielle.

Mais Daladier, lui, ne se coucherait pas devant Hitler, pas comme Sarraut.

Daladier tiendrait les engagements de la France. Daladier se souviendrait du pacte de 1924 entre la France et la Tchécoslovaquie, qui obligeait les deux pays à la solidarité militaire.

Il se souviendrait que c'étaient des slavistes français, Louis Léger et Ernest Denis, qui, au début du siècle, avaient rêvé la Tchécoslovaquie, cette nation fédérale, francophile et rousseauiste. Il se souviendrait de la genèse de la République amie, en 1916 à Paris, avec la création du Conseil national tchécoslovaque par Masaryk ; de l'intégration de la brave Légion tchèque à l'armée française, en 1918 ; de la naissance de l'État frère en 1919 ; de sa Constitution politique minutieusement calquée sur celle de la IIIᵉ République ; et aussi de la création de l'armée tchécoslovaque par des généraux français.

Comment pouvait-il oublier tout cela ? Le parti tchèque de Paris se donnait assez de mal...

Daladier n'oublierait pas, en se rendant chez Hitler, tout ce qui unissait la France et la Tchécoslovaquie. Daladier n'oublierait rien.

Le *Président* jugea que, compte tenu de cette invitation de la dernière chance, le discours qu'il avait préparé la veille ne tenait plus.

Il était question de « mobilisation générale », d'« entrer en guerre », de la Tchécoslovaquie comme un pays « crucifié pour le salut de la paix », d'une « paix qui serait la rançon de notre déshonneur »... Le texte était fort, mais il

pouvait être dangereux, inutile même se dit le *Président*. Il
en biffa les accents trop guerriers, raccourcit le tout, hésita,
et finalement supprima la « mobilisation générale et immédiate » qu'il avait prévu d'annoncer. Surtout ne pas injurier
l'avenir – il serait toujours temps après la Conférence.

Une fois qu'il eut tout réécrit, avec des mots simples et
bien sentis, le *Président* prononça son message d'une voix
grave et lente qu'il savait radiophonique :

« Avant mon départ, je tiens à adresser au peuple de
France mes remerciements pour son attitude pleine de courage et de dignité. Je tiens à remercier surtout les Français
qui ont été rappelés sous les drapeaux pour le sang-froid et
la résolution dont ils ont donné une preuve nouvelle. Ma
tâche est rude. Depuis le début des difficultés que nous
traversons, je n'ai pas cessé un seul jour de travailler de
toutes mes forces à la sauvegarde de la paix et des intérêts
vitaux de la France. Je continuerai demain cet effort avec
la pensée que je suis en plein accord avec la nation tout
entière. »

*

Après l'enregistrement, le *Président* tenta de joindre le
Premier ministre anglais, Neville Chamberlain. C'était
indispensable. Tout était allé si vite depuis cette invitation
à la conférence de Munich, si vite qu'il n'avait eu le temps
ni d'accepter, ni de refuser de s'y rendre. Si vite qu'il ne
savait toujours pas si les alliés allaient défendre, à Munich,
le plan franco-britannique du 19 septembre – très douloureux pour les Tchèques, mais qu'ils ont fini par accepter,
bien forcés. Ou bien s'ils allaient travailler demain sur la
base du mémorandum de Bad Godesberg signé par Hitler,

celui qui prévoit, pour ainsi dire, le démantèlement de cette pauvre Tchécoslovaquie...

Munich, lui avait-on dit, c'était la dernière chance avant la guerre totale. Il y allait. C'était tout.

Le Premier ministre de Sa Majesté était injoignable, lui fit savoir le conseiller de permanence.

Il demanda alors qu'on lui trouve Corbin, l'ambassadeur de France en Grande-Bretagne. Peu après, on le rappela de Londres : pour Corbin aussi, le Premier ministre anglais était injoignable.

C'était bien le moment.

Il pensa à demander à Bonnet, son ministre des Affaires étrangères, de lui trouver l'Anglais ; c'était son travail après tout. Il y renonça vite. Non, pas Bonnet... Il n'allait pas s'abaisser à lui demander ce service ; ni lui montrer son désarroi devant le silence du gouvernement anglais. Et puis il se méfiait de Bonnet. Il le soupçonnait de ne pas jouer franc-jeu : son trop grand alignement sur l'*appeasement* anglais ; ses liens avec Ciano, l'entourage de Mussolini et tous les italophiles de Paris ; son côté « radical de droite » qui ne pensait qu'à lui succéder, en s'alliant cette fois avec la vraie droite ; sans parler de cette arrogance de Parisien qui dîne avec qui il faut, qui invite qui il faut, et qui arrose de ses fonds les journalistes... Lui-même, Daladier, n'était pas manchot en politique. Il savait y faire avec le plus grand parti de France ; mais les manœuvres obsessionnelles du couple Bonnet – car il fallait compter avec la redoutable Odette Bonnet – le révulsaient. Non, pas Bonnet, une mauvaise idée. Bonnet risquerait de l'embrouiller. À la veille de voir Hitler, il n'en avait pas vraiment besoin... !

Alors le *Président* se résolut à appeler Alexis Léger. Ah, Léger, le secrétaire général du Quai d'Orsay, le vrai patron en fait, c'était autre chose que Bonnet ! La classe au-dessus !

49

Il trouva Léger. On trouvait toujours Léger au téléphone. Immanquablement, sa mère ou sa sœur – qui habitaient avec lui rue Camoëns – aiguillait le correspondant soit vers son bureau, soit vers le domicile de sa maîtresse du moment, soit vers l'hôtel particulier de son amie, la duchesse de Flers.

Léger le rappela illico. Lui non plus ne trouvait pas Chamberlain.

En attendant l'appel de Londres, Daladier entreprit de ranger son cartable pour le lendemain ; une vieille habitude de professeur des lycées. Il se décida, vu l'importance du rendez-vous, à le faire cérémonieusement, d'abord debout afin de mieux envisager la masse de documents. Toute la République semblait s'être mobilisée sur la question. Il y avait là plusieurs piles des dossiers intitulés « Crise des Sudètes ». Les notes de son cabinet de Matignon. Les documents du Quai d'Orsay. Les rapports du ministère de la Guerre bien sûr, de l'état-major général, du 2ᵉ Bureau. Les télégrammes échangés avec *ces pauvres Tchèques*, dont ceux désespérés du président Beneš. La correspondance avec les Anglais. Un mémo sur l'état – plutôt mauvais – des relations de la France avec l'Italie depuis sa condamnation à la SDN pour l'Éthiopie. Une série de cartes de la Tchécoslovaquie et de la région, souvenir du temps où la France vivait encore de l'illusion de la « Petite Entente », censée contenir l'Allemagne, avec les alliés roumains, tchécoslovaques et yougoslaves. Et une série de rapports militaires contradictoires. Il feuilleta le tout.

Daladier reprit ensuite le compte-rendu d'une réunion décisive qu'il avait tenue avec ses militaires, quelques jours auparavant, alors qu'il croyait la guerre inévitable.

Les trois chefs d'armée étaient dans son bureau. Il y avait là l'amiral Darlan pour la marine, le général Vuillemin pour l'armée de l'air, et bien sûr le général Gamelin représentant l'armée de terre, leur supérieur – en théorie – comme chef d'état-major de la Défense nationale.

« Messieurs, avait dit Daladier, je vous ai appelés en une heure très grave. Les décisions du gouvernement et le sort de la France dépendent de ce que vous allez me dire. »

Le *Président* s'était penché en avant. D'un air de confidence, il leur avait soufflé de sa voix rauque : « Si la France se voit contrainte de déclarer la guerre à l'Allemagne, peut-elle compter sur son armée ? »

Gamelin avait réfléchi longuement. Une éternité pour le *Président*, tout à coup inquiet.

Il avait fini par répondre d'une voix douce, avec son air d'éternel bon élève : « L'armée est prête, monsieur ! »

Daladier l'aurait embrassé.

Ensuite, ce fut le tour de l'amiral Darlan. Le marin répondit hardiment et sans tarder : « La flotte est prête. Si nous avons la flotte anglaise à nos côtés, la France n'aura rien à craindre sur mer. »

Enfin, Vuillemin exprima la position de l'aviation. Il le fit avec brutalité : « Si la guerre éclate demain, nous n'aurons plus un seul avion dans quinze jours. Il nous faudra faire piloter par des officiers de réserve les avions que nous possédons car nous ne reverrons jamais ces machines. Nous devrons garder nos bons pilotes jusqu'à ce que nous ayons des appareils convenables. En mai, nous avons commandé des avions à l'Amérique ; les premiers seront livrés en octobre, et les derniers au printemps 1939. En attendant, nos pilotes peuvent se promener... Ils n'ont rien à faire. »

Le général Vuillemin raconta, détailla, insista, asséna : « Vous savez, messieurs, que j'ai rendu visite au général

Göring, il y a trois semaines... » Il eut un petit rire étrange, presque sadique, marqua une pause afin de mieux amener son effet : « Et là-bas, on m'a montré beaucoup de choses, mais certainement pas tout. »

Daladier se souvint de cette dernière réflexion de Vuillemin. Il ne pouvait s'en détacher depuis quelques jours. Il récapitula, une dernière fois, ce qu'il ne savait que trop.

Armée de terre, ça va.

Marine, ça va, quoique...

Mais l'aviation, comment faire la guerre sans l'aviation ? Comment faire alors que Prague pousse au conflit tous les jours, à toute heure ; et que Beneš écrit, harcèle, fait intervenir Blum, intrigue même à Paris ?

Afin de ne pas être perturbé dans sa détermination patriotique, le *Président* tenta d'oublier Vuillemin. Il reprit consciencieusement son travail de rangement et de mémorisation.

Il soulignait ici, il annotait là avec la calligraphie de l'employé de mairie. Il dévorait, il s'imprégnait, comme il le recommandait gaillardement à ses jeunes collaborateurs. Il était parti pour résumer l'essentiel de ces kilos sur de petites fiches cartonnées, comme à son habitude. Parfois, il sautait quelques centimètres de pelures, mais avec mauvaise conscience. Tout l'intéressait : les derniers télégrammes anglais – étonnamment plus fermes depuis deux jours ; la déclaration du ministre soviétique des Affaires étrangères Litvinov, partisan de la fermeté, et isolé dans son pays ; l'ultime position de l'allié roumain, réticent – selon le Quai d'Orsay – devant un survol de son territoire par l'Armée rouge venant au secours de la Tchécoslovaquie.

Il passa une heure à cet exercice, avant d'abandonner.

Il rabâchait. Il n'avait pas besoin de ça pour affronter Hitler.

Il repoussa le tout et se contenta d'extraire des piles de dossiers la « note Gamelin », assortie de la carte des fortifications tchèques. Les fortifications, voilà ce qu'il fallait retenir, et défendre. Dépourvue de ses fortifications, la Tchécoslovaquie perdait ses frontières. Les fortifications lourdes de Zamberk-Fridaldov-Opawa au nord, et les fortifications légères de Znojmo-Breclaw avaient même été soulignées en rouge sur la note du 2e Bureau, comme étant prioritaires. De plus, on redoutait que de telles prises aux mains des Allemands soient dangereuses pour la France ; les plans des fortifications tchèques ayant été fortement inspirés par la ligne Maginot...

Les fortifications tchèques étaient le nerf de la guerre, de la paix en l'occurrence. Cela, il en était sûr. Des milliers de pages que ses collaborateurs avaient préparées, la « note Gamelin » était la seule qui lui semblait vraiment utile. D'ailleurs, il avait confiance en Gamelin, qu'il l'avait nommé quelques mois plus tôt chef d'état-major de la Défense nationale. Gamelin était son homme. Un militaire sérieux, pas une tête folle ; un soldat républicain dans un monde de cagoulards ; le disciple du grand Joffre surtout.

Le *Président* pesta à nouveau contre Sarraut et ses prédécesseurs, qui auraient dû s'opposer à Hitler en 1935 au moment où il rétablissait la conscription en violation du traité de Versailles, en 1936 au moment de la Rhénanie, au début de l'année au moment de l'Anschluss. On n'en serait pas là aujourd'hui... Il fourra la « note Gamelin » dans son vieux cartable, en mit une copie dans son veston

– sait-on jamais ; rajouta deux autres dossiers, dont un sur la vie privée du Führer, transmis par les services ; soupesa le tout avec une lassitude mêlée d'une certaine satisfaction. Il n'était pas un fantaisiste lui, comme ce maudit Chamberlain qui restait introuvable.

*

Dix heures avaient sonné, et toujours pas de nouvelles de l'Anglais.

Le *Président* fit annuler ses obligations de la soirée : deux rendez-vous tardifs et ce dîner de vieux radicaux du Vaucluse qui le rasait. Mais il tint à s'excuser, lui-même, auprès de la Marquise qui recevait ce soir-là. Il était désolé. Il n'était pas d'humeur mondaine, mais il promit à madame de Crussol – d'une voix douce – qu'il lui ferait signe bientôt. Il raccrocha le cœur lourd, et décida d'attendre, dans le ministère déserté, l'appel de Chamberlain.

Plus tard, il téléphona chez lui dans le 16ᵉ arrondissement. Sa sœur l'attendait encore pour dîner ; elle se désola de sa vie de patachon, s'inquiéta pour la guerre et ce voyage à Munich. Lui voulait surtout des nouvelles des enfants. Jean, ça va... ? Pierre, toujours taciturne... ? Il avait envie de parler à ses deux fils, à Jean surtout mais, au téléphone, ce n'était pas facile. À sa sœur, il avait prétexté qu'il ne lui serait pas commode, le lendemain matin, de repartir du 16ᵉ arrondissement pour aller tout à l'est, au Bourget, avec ses collaborateurs et ses piles de dossiers. En vérité, il ne voulait pas rentrer chez lui. Il ne voulait pas passer la nuit rue Anatole de la Forge, dans ce petit appartement, trop sombre, trop briqué. Ce soir, il n'aurait pas supporté Marie, ses recommandations, ses soupirs, ses manières de grande sœur indispensable – et c'était vrai, se dit-il, qu'elle était indispensable depuis la mort de Madeleine. Mais par-dessus tout, plus encore que les intrusions de Marie, ce qu'il redoutait, c'était ses deux garçons. Leurs questions, leur admiration dévote, leurs gentilles fanfaronnades contre le méchant Hitler que papa allait écraser de son poing. Il voulait éviter ces séances, le regard de Jean, si lourd depuis la mort de sa mère. Jean, son Jean, si déroutant, et si brave gars, un peu « taiseux », comme lui : un vrai Daladier. Il venait même de fonder dans son lycée, et en dépit de l'hostilité de son professeur de philosophie monsieur Jean-Paul Sartre, les Jeunesses patriotiques de l'Empire pour, disait-il, lutter à sa manière contre Hitler.

Jean le lui avait annoncé, l'autre soir, l'air bravache et le regard ferme : « Moi aussi papa, je ferai la guerre contre Hitler. » La phrase du gosse l'avait glacé. Le père avait compris que non seulement son Jean serait bientôt un adulte, mais surtout un futur condamné. Depuis cette conversation, l'image de Jean agonisant dans une tranchée avait surgi et le poursuivait. Elle allait, elle venait, elle rusait avec sa conscience. Elle s'introduisait sans prévenir. Comme une « migraine des tranchées », elle pouvait l'atteindre, au cours d'une inauguration officielle, pendant la dictée de son courrier, lors d'un Conseil des ministres consacré au réarmement, d'un dîner avec la Marquise, à tout moment. C'était un spectre qui s'invitait à l'improviste ; comme un cinéma intérieur, un cauchemar incontrôlable. La scène était toujours la même. Elle était affolante, et avait un goût de déjà-vu. Elle ressemblait à l'agonie de Jean Cheminade en 1917, lors de la prise du mont Cornillet, cette terrible bataille. Cheminade, son ami, ouvrier du Nord, catholique au grand cœur, était mort près de lui – à sa place, se répétait-il depuis trente ans. Dans ces moments-là, il revivait l'instant, et était saisi de panique... Le visage de Jean se confondait avec celui de Cheminade. Il revoyait le masque du mort, apaisé, les yeux ouverts. La tête était posée au milieu du cratère formé par l'obus, sur lequel s'étaient répandus des lambeaux de chair, le corps démantibulé de son compagnon. Le *Président* n'en avait parlé à personne ; c'est toujours cette image-là, épouvantable à hurler, qui faisait irruption. Il tentait de la chasser, mais elle le prenait par surprise, comme des bouffées d'angoisse. Dans les moments d'accalmie, il se disait que c'était là le visage de la guerre.

À 10 heures 30, il demanda qu'on relance Londres. Cette fois le *Président* était en colère, une de ses fameuses colères. Il s'en prit à ces incapables du Quai, secoua le conseiller de permanence, gronda la secrétaire ensommeillée. On avait dû mal chercher... On avait dû se tromper de numéro... On n'avait pas dû oser le déranger... Le *Président* tentait pourtant de se rassurer : l'Anglais devait se trouver embringué dans un de ces dîners officiels que l'on ne quitte jamais avant onze heures... C'est sûr, on finirait bien par le trouver ce soir. On le trouverait. Pas de risque... ! Avec son allure de croque-mort, l'Anglais n'était pas du genre à passer la nuit chez une danseuse, ou même... chez une marquise, ricana-t-il intérieurement.

Mais il avait beau se trouver des explications, la désinvolture britannique à la veille d'un tel sommet commençait à l'inquiéter.

Que faire ? Attendre là.

Il était trop tôt pour se rendre avenue Henri-Martin chez la Marquise ; elle aurait encore ses invités.

Il n'avait aucune envie – certainement pas ce soir ! – de tomber sur les mondains qui fréquentaient son salon, l'un des plus fameux de Paris. Pas question de se voir asséner, une fois encore, les arguments de tous les « durs » de Paris, de Pertinax, de Kerillis, de Cot, de Campinchi ou bien de Mandel, qui allaient lui réexpliquer que la France renforcerait Hitler si elle ne soutenait pas les Tchèques. Pas plus que de rencontrer des « mous » qui, comme Barthélemy, Fabre-Luce ou Berl, allaient lui démontrer, obsessionnels et très savants, que le pacte de 1924 avec la Tchécoslovaquie n'avait en fait aucune valeur juridique. Il en avait assez entendu, depuis mai, avec Bonnet et ses sbires, ou encore cette après-midi, avec la poignée de députés « radicaux de droite » qui avait fait son siège, rue Saint-Dominique. Ils répétaient tous la même chose : « Mourir pour les Tchèques ? Mais mes électeurs – et les vôt', monsieur le Président – y savent même pas où que c'est vot' Tchécoslovaquie. » Et le *Président* ne voulait surtout pas prendre le risque de croiser Reynaud, entiché de sa madame de Portes. Ils seraient trop contents de lui infliger leurs « bons conseils », de le troubler, de l'embrouiller. Pas question d'écouter ce jaloux, et cette intrigante, capables de tout. Se laisser influencer serait la meilleure manière de trébucher devant Hitler... Et – il ne se faisait aucune illusion – Reynaud et la duchesse de Portes n'attendaient que cela pour se précipiter à la présidence du Conseil. Ils en rêvaient depuis tant d'années. Ça non !

Il en avait assez de leurs avis et leurs opinions, de leurs thèses et de leurs synthèses ; assez de leurs cartes d'état-major, petit format, grands modèles, en noir et blanc ou en trois couleurs ; assez de leurs notes alarmistes un jour, triomphalistes le lendemain ; assez de leurs propositions de « rectifications des frontières tchèques », plus ou moins généreuses selon le ton d'Hitler.

Il en savait assez pour le lendemain.

*

Onze heures. Toujours pas de Chamberlain.

Il s'allongea sur le canapé Empire, près du poste de radio installé pour les grandes occasions. La dernière fois, c'était il y a quinze jours, le 12 septembre, le fameux discours d'Hitler au Sportpalast de Berlin. Le monde entier attendait de savoir. On avait fait installer des haut-parleurs dans le bureau. Tout le cabinet était réuni, sur le canapé, sur les fauteuils, assis un peu partout autour de l'appareil. Il les avait dévisagés. Les vieux de son cabinet, les plus graves, ceux qui avaient connu 14. Et les jeunes, plus énervés, un peu exaltés, qui croyaient, devant cette crise, découvrir la guerre. Tous étaient si sérieux. Ils attendaient silencieusement ; on les sentait anxieux, fébriles, impatients. Qu'allait dire l'Allemand ? Qu'allait-il faire ? Donnerait-il le signal de la guerre, après l'échec du deuxième voyage de Chamberlain, et son cortège d'humiliations pour les Alliés ? Ou bien le signal de la paix ? Quel vent allait-il souffler... ? Qu'allait-il encore inventer... ? Dans l'urgence, un traducteur de fortune avait été réquisitionné dans un couloir du Quai d'Orsay. Le pauvre s'en était bien tiré, mais il était si timide. Par moments, le contraste était comique, entre le jeune fonctionnaire rougissant et les hurlements du chancelier Hitler qui faisaient vibrer le poste, jusqu'à le saturer. Surtout lorsque, enragé après avoir été larmoyant, il évoquait ses « frères allemands persécutés » et hurlait le nom de « Beneš ».

À la fin du discours d'Hitler, il n'y eut pas un mot. Ils étaient tous estomaqués. Seul, au bout d'une longue minute de silence, un diplomate du cabinet de Bonnet se mit à pérorer. L'homme connaissait les salons ; il avait compris qu'il séduirait l'assistance – et bien sûr Daladier – en répétant, à qui voulait l'entendre, que « le Führer a été, certes violent dans la forme, mais modéré sur le fond... Finalement, tout cela est très bon pour la France, puisque le Führer reconnaît la position française sur l'Alsace et la Lorraine ».

Mais peu importait l'homme de Bonnet, et même l'Alsace et la Lorraine à cet instant-là. Le *Président* était resté comme assommé par la voix furieuse, ce discours long comme un cauchemar qui n'en finit pas, ces menaces, ce fracas, ces roulements gutturaux en évoquant Beneš et les Sudètes. Il était resté concentré si longtemps sur le discours qu'il était épuisé par l'épreuve. Il ne pouvait plus penser ; et de toute manière tout raisonnement aurait été vain à cet instant. Il était en état de choc. Le fanatisme moyenâgeux de ce prêche l'avait effaré. Il avait déjà visionné des discours d'Hitler, aux Actualités Pathé et ailleurs. Il s'en était fait projeter au ministère. Il n'ignorait rien du cirque, le bras brandi, les foules amoureuses, la voix qui roucoule, et puis qui cogne, les grandes messes du parti. Il avait même suivi avec attention l'opération de propagande au moment des Jeux olympiques de Berlin en 1936. Mais il ne l'avait jamais écouté ainsi. Sa tête en vibrait. Depuis, il n'avait pu se défaire tout à fait de ce bourdonnement.

« Un barbare... », sursauta le *Président* au souvenir de ce jour-là. Il était seul dans le bureau obscur, allongé sur le canapé et répétait à voix haute : « Un barbare... Il a pris l'Autriche il y a six mois et nous n'avons rien fait. Mais il ne prendra pas la Tchécoslovaquie. Pas notre allié... Un barbare. Et je ne me laisserai pas faire... Daladier n'est pas homme à se laisser marcher sur les pieds... »

L'hôtel de Brienne l'inquiétait tout à coup ; ses parquets qui craquaient, ses plafonds trop hauts, les lourds feuillages du jardin qui bougeaient, cette tapisserie montrant Vauban érigeant les fortifications qui, à la lumière électrique, prenaient une allure menaçante. Il était l'un des hommes les plus puissants de la planète, le patron de la première armée du monde (à part l'aviation selon le sinistre Vuillemin), le chef incontesté de l'Empire français, le patron du Parti radical ; mais ce soir il était un misérable qui se terrait dans ce bureau.

Ne sachant que faire, où passer la nuit, et de quoi serait fait son lendemain, son corps s'affaissa légèrement. Il eut pitié de lui.

Il se mit à somnoler, en attendant. En attendant il ne savait trop quoi : l'appel de Chamberlain, l'heure du départ des invités de la Marquise, ou que cette nuit se passe. Il s'endormit avec les rugissements d'Hitler, il entendait encore cette voix venue de loin, pas du ventre, pas de la gorge, sortie des forêts germaniques ; cette musique sourde, ces mots presque inaudibles, ce long envoûtement ; jusqu'à ce qu'en un mot ou en un cri, éclate le tonnerre, accompagné par la rage adorante du peuple allemand.

Il se réveilla hébété. Il était en sueur. Son faux col le serrait ; son habit l'emprisonnait. Il mit un moment avant de comprendre où il était. Il crut que c'était déjà le matin, qu'on ne l'avait pas cherché ici, qu'il était en retard.

Minuit bientôt. Il trouva, à portée de main, posés sur une coupelle en argent, deux messages de Prague.

Un huissier avait dû les apporter durant son sommeil. Le président Beneš, urgent... Encore le président Beneš urgent... et toujours rien de Chamberlain !

Il n'ouvrit pas les lettres du président tchécoslovaque. Il savait les suppliques, les conseils, les exhortations et probablement les larmes, pauvres, qu'elles contenaient. Il les connaissait trop.

Le somme l'avait un peu apaisé. Il se redressa sur son divan, et il décida d'envisager les événements sous un angle nouveau.

Une idée lui vint :

« Et si je n'allais pas à Munich... ! »

Il tenta de réfléchir, puis reprit à haute voix cette fois :

« Si je n'y allais pas... ? Après tout... »

Il semblait requinqué par la lumineuse idée :

« Hitler nous convoque, nous siffle, et on devrait s'y rendre ventre à terre ? Est-ce ainsi que l'on traite la France... ! »

Il sourit. Il avait trouvé la faille.

« Après tout, je n'ai pas donné mon accord. La nouvelle est tombée à 3 heures. On ne m'a pas demandé mon avis... On m'a mis devant le fait accompli... et il faudrait maintenant que je m'exécute... Non, formellement, je n'ai pas donné mon accord. »

Il se buta sur cette idée.

« Que Chamberlain y aille tout seul à Munich. Il doit avoir pris goût à l'Allemagne. Il n'a plus peur de rien après ses deux rendez-vous humiliants avec Hitler. D'abord, il visite monsieur Hitler dans son chalet de vacances – on aura tout vu ! Et puis, il accourt à Bad Godesberg pour

61

se ridiculiser aux yeux du monde. Puis il me laisse des jours sans informations... Et maintenant, il veut que ça recommence avec Munich ? Sans moi... ! »

Son esprit s'échauffait. Il marqua une pause ; et pour se calmer, fixa un détail inconnu de lui sur la tapisserie, montrant Vauban et les fortifications. Puis il reprit le chemin de sa résolution nouvelle. Pas à pas.

« Après tout, je ne sais même pas où je mets les pieds... Rien n'a été prévu pour le protocole. On ne sait jamais avec ces loustics de dictateurs... Aucun ordre du jour de la conférence n'a été fixé. De plus on ne sait même pas si les Tchèques vont accepter de venir, ou s'ils sont invités. Et puis... je ne sens pas les Anglais. Depuis six mois qu'on parle de la Tchécoslovaquie, ils vont, ils viennent. Ils sont "mous" trois fois, "durs" une fois. Aujourd'hui, impossible de savoir où en est Chamberlain. Je le croyais "mou", et le voilà, tout du moins à en croire le *Times*, devenu belliciste... Non, décidément, pas Munich !

Il n'a toujours pas appelé. Et il faudrait se rendre à Munich sans conditions, sans préparation, sans savoir.

Non, on ne me fera pas faire ça... »

Le *Président* répéta cette phrase plusieurs fois. Il se leva et la reprit en tournant dans la pénombre de son vaste bureau. Cette fois, il s'était complètement défait de son faux col ; il avait jeté la veste de son habit et ouvert sa chemise. Il était redevenu le paysan dépoitraillé.

« Après tout, la France ne va pas courir comme un chien derrière les Anglais... ! L'Angleterre a beau être l'alpha et l'oméga de notre diplomatie depuis 1904, l'Entente cordiale, comme le répètent les belles âmes du Quai d'Orsay, on ne va tout de même pas tout sacrifier à l'Entente cordiale. Nous devons tenir parole envers nos alliés tchèques...

Non, on ne me fera pas faire cela ; non, on ne me fera pas faire cela. »

Il se figea, illuminé par une ambition nouvelle.

Il imagina qu'en disant ainsi « non » à Hitler, il créerait un front nouveau. Et que devant celui-ci, c'est sûr, l'Allemand reculerait.

Alors il se mit à compter les « alliés possibles » de la France. Ceux qui comprendraient, ceux qui le rejoindraient, ceux qui seraient prêts – qui sait – à combattre.

« Les Tchèques évidemment ! Avec leurs divisions blindées de bonne qualité, puisque formées par l'armée française ; avec leurs huit cent mille hommes mobilisés, avec leurs fortifications de Moravie surtout qui égalent presque notre ligne Maginot, et en tout cas supplantent la ligne Siegfried à peine en construction, ils pourraient tenir le choc... disons trois mois.

Et puis qui ? »

Un doigt resta en l'air.

« Les Russes ? Ils avaient un pacte avec la Tchécoslovaquie eux aussi. Leur ministre des Affaires étrangères Litvniov prônait la fermeté, mais est-il encore en cour au Kremlin ? N'était-il pas trop tard ? Les appeler à la rescousse après les avoir écartés de tout... ! En tout cas, s'allier avec les Russes, ça serait une sacrée affaire. Ça ferait plaisir aux communistes, même à une partie de la droite, à Reynaud, Kerillis et Mandel, mais c'est hasardeux, trop hasardeux...

Les Américains... ? Roosevelt est un peu à l'origine de cette idée de conférence à Munich. Il prétend avoir compris le danger Hitler. Mais que fera-t-il devant l'épreuve ? L'Amérique est frileuse, égoïste, isolationniste comme ils disent. Et de plus, elle préférera toujours l'Angleterre à la France.

Les Hongrois ? Certainement pas, ils sont jaloux des Tchèques, de leur triomphe économique, de notre amitié. Ils ont la nostalgie de l'Empire des Habsbourg. Ils s'allieront avec Hitler.

Et nos amis de la Petite Entente, les Polonais ? Ils détestent les Tchèques et ne rêvent que de s'emparer de leur frontière ouest ?

Les Roumains ? On ne peut pas leur faire confiance. Ils disent nous aimer passionnément mais, comme dit l'autre, ils sont amoureux de Paris, pas de la France... »

Il reposa sa main. Il se voyait en Don Quichotte d'une croisade sans allié. Ridicule, gesticulateur, impuissant...

« Alors, s'allier avec qui ? Avec le Négus ? » Cette plaisanterie le dérida à peine.

Tout à coup, une inquiétude lui vint. Il se dressa, comme le chien à l'affût. Il s'écria comme on s'étouffe :

« Oui... Mais alors... Si je n'y vais pas... »

Et il vit la scène, Munich, la conférence, sans lui.

Il vit Hitler, Mussolini et Chamberlain avec son paletot noir. Il les voyait tous les trois, autour d'une table. Pour la première fois vraiment, et de quelle terrifiante façon, le *Président* concevait enfin le rendez-vous du Munich. La scène était là, sous ses yeux. La vision en était affolante. Dans son émoi, le *Président* se surprit à crier :

« Mais ils vont le dévorer. »

Une image lui apparut, plus terrible encore qu'un tableau de Goya. Les deux ogres et ce pauvre Anglais, tous les trois enfermés dans une pièce étouffante. Ils étaient penchés sur de grandes cartes d'état-major striées de rouge sang. Penchés sur la bête, la pauvre bête tchèque. Il voyait le vieux Chamberlain, embobiné par les deux dictateurs. Il voyait le pays ami, comme une masse horizontale qu'on débite en tranches, dont on sert le meilleur morceau aux Allemands. Les deux dictateurs étaient à l'œuvre. Comme des bouchers. La Tchécoslovaquie ne serait pas défendue par Chamberlain. Ils dépèceraient le pays ami. Ils découperaient les meilleurs morceaux pour eux ; ils s'échangeraient les abats : le couloir morave contre un petit bout de Ruthénie. Ils jetteraient le reste aux Polonais, Roumains et autres Hongrois qui réclameraient leur part.

Le *Président* vit avec effroi ce qu'il voulait précisément éviter : le dépeçage de la Tchécoslovaquie.

Son cauchemar.

L'application pure et simple du dernier plan d'Hitler, celui de Bad Godesberg. La pire des solutions !

Il étouffait et tournait dans la pièce comme un damné.

« Pas ça... Chamberlain laisserait tout filer... »

Il tenta de se calmer, reprit sa respiration : « Non ! Le Taureau du Vaucluse ne désertera pas l'arène. Pas cette fois. »

Il palpa la poche intérieure de son veston, se rassura en constatant que la « note Gamelin » était toujours là. C'était un peu son talisman, pensa-t-il bêtement, mieux son vademecum.

« Et les fortifications, surtout ne pas oublier les fortifications tchèques... »

3

Le frère tchèque

— Eh bien mademoiselle, vous vous en êtes pas mal tirée. Votre récit est assez fidèle. C'est un peu comme ça que ça s'est passé... La veille de la conférence, j'étais seul, terriblement seul, seul comme jamais. Il y a un détail sur lequel vous avez totalement raison, les fortifications, la note Gamelin. Elle m'a été utile, afin de ne pas tomber, ni du côté des va-t-en-guerre, ni du côté des pro-hitlériens. Grâce à elle, j'ai pu... disons, limiter les dégâts. Et puis il y a deux choses que j'aurais ajoutées à ce tableau. La guerre d'Espagne qui faisait rage depuis deux ans. Vous n'imaginez pas à quel point, elle nous impressionnait. C'était à nos portes. Et puis un détail bizarre dont je me souviens aussi. Ce jour-là, en revenant au ministère, je trouvai dans mon courrier un exemplaire dédicacé du livre du colonel de Gaulle *La France et son armée* qui venait d'être publié...

— Vous oubliez aussi de me parler de quelque chose...

— Mais quoi donc ? J'ai fini par tout vous dire, je me suis livré, vous m'avez cureté jusqu'à l'os.

— Non, vous avez oublié quelque chose. Ce soir-là, dans votre parapheur se trouvait un texte. Le blâme adressé au général Faucher, le chef de la mission militaire française, en poste à Prague. Puni parce qu'il refuse de voir abandonner le frère tchèque...

— Vous avez vu Faucher ? demanda-t-il l'air inquiet, à nouveau soupçonneux.

— Non. Il est mort depuis cinq ans. Martha Gellhorn m'en a beaucoup parlé. Ensemble, ils organisèrent l'évacuation des démocrates et des juifs des Sudètes, au lendemain de Munich. Ils prirent, me disait-elle, des risques insensés. Elle m'a souvent dit que Faucher, c'est l'héroïsme français, et pour une Américaine, vous imaginez ce que cela signifie. J'ai aussi lu Churchill qui parle de lui dans une phrase quasi biblique :

« Il y avait à Prague, à cette époque, un général français nommé Faucher. Il se trouvait en Tchécoslovaquie depuis 1919 avec la Mission militaire française, qu'il dirigeait depuis 1926.

Il pria aussitôt le gouvernement français d'accepter sa démission et se mit à la disposition de l'armée tchécoslovaque... »

— J'ai bien un souvenir du général Faucher. Je crois me souvenir qu'il donnait du fil à retordre à l'état-major parce qu'il prenait systématiquement le parti de la République tchécoslovaque. Il avait été l'ami de Masaryk et de Beneš. Mais je ne me souviens pas avoir signé une sanction si grave.

— La voici. Mais voici d'abord ce qu'écrivait Faucher à Gamelin et à vous-même, alors qu'il présentait sa démission et voulait s'enrôler comme simple soldat dans l'armée tchécoslovaque :

« *Il existait en Tchécoslovaquie des sentiments anciens, profonds, touchants d'amour et d'admiration pour la France. Je connais assez le pays pour l'affirmer en me basant sur autre chose que sur des propos ou des manifestations attribuables à la simple politesse. À ces sentiments succèdent haine et mépris ; nous avons trahi avec cette circonstance aggravante que nous avons essayé de camoufler la trahison. "Vous aurez peut-être un jour contre vous des canons de Skoda et des soldats tchéco- slovaques", m'a dit un ami de longue date. Déjà, on ne salue plus les officiers français et pour éviter tout incident le person- nel de la mission ne sort plus qu'en civil. »*

« Télégramme chiffré
Parvenu au Général FAUCHER
Le 28 septembre 1938
À 18 heures 30
Chef Mission Militaire Française. PRAHA.
DE GUERRE. PARIS.
N° 2447 2 / EMA-SAE du 28 septembre 1938 – 12 io
Je vous accuse réception de votre lettre n° 3196/cab. Si les Tchécoslovaques pensaient ainsi, nous n'aurions qu'à les abandonner à leur sort. Mais je ne le crois pas et suis certain qu'ils se rendront compte des efforts que fait la France pour les sauver.

Je vous inflige le blâme du Chef d'E.M.G. et vous invite à continuer à faire votre devoir de général français.

MINISTRE DE LA GUERRE »

La lecture du télégramme terminé, le vieil homme releva la tête. La stupeur était fixée sur son visage. Il était tombé sur une vieille connaissance.

— Monsieur Daladier, vous avez sali cet homme parce qu'il avait eu raison avant tout le monde... ! Parce qu'il voulait que la France respecte la parole donnée, applique le traité signé. Et vous avez eu le cœur de signer ça, ce soir-là ?

— Ce soir-là... ? Vous êtes sûre ? Ce doit être Gamelin qui a manigancé cela. Il a dû le mettre à ma signature ; j'ai dû parapher sans voir. Je ne sais plus. J'avais bien d'autres choses auxquelles penser ce soir-là.

— Penser au président Beneš par exemple ? Dans ces heures-là, il n'a cessé de chercher à vous joindre. En vain !

— Mais nous nous étions tout dit... Nous étions d'accord Beneš et moi... On n'appliquerait pas le diktat d'Hitler mais, en contrepartie, la Tchécoslovaquie ferait un effort pour les Sudètes... Tout cela était déjà réglé !

— Non, monsieur Daladier. À la veille de la conférence, le président Beneš espérait encore. Il attendait au Château de Prague, siège de la présidence de la République. Il espérait encore que la France tienne ses engagements ; un appel de vous ; au moins un signe avant la conférence dont il avait été, de fait, exclu. Jusqu'au 25, il avait cru que la France tiendrait son engagement. En dépit des manœuvres anglaises, il répétait à tous sa foi en la France. Il l'a redit à Beuve-Méry avant son retour en France ; et aussi à Faucher. Beuve-Méry ne lui avait pourtant pas laissé beaucoup d'espoirs quant à la solidarité de la France. Beneš n'avait pas voulu entendre ; il en fut même agacé. Cette nuit-là pourtant, il commençait à se dire que Beuve-Méry avait raison.

— Beuve-Méry savait donc avant moi ce que je ferais à Munich, et si même il y aurait un Munich... !

— Eh oui, monsieur Daladier. C'est la bizarrerie de ces tragédies. Il y a toujours des hommes qui voient mieux, avant, que les autres. Martha Gellhorn, Faucher, Beuve-Méry... étrange trio... Mais revenons à cette nuit-là.

Beneš attendait au Château, comme vous, pauvre roi. Il avait convoqué les chefs de l'armée tchécoslovaque. Son cabinet l'avait prévenu. Les généraux étaient bouleversés, prêts à la guerre, prêts à tout, sans pour autant être factieux – car dans la République tchécoslovaque on ne l'était pas. Le président Beneš avait tenu à les recevoir dans la bibliothèque du Palais, celle bien connue du fondateur de la République tchécoslovaque, Masaryk. Il avait, en ce moment terrible, besoin de sentir la présence du géant qui l'avait précédé.

Les généraux étaient arrivés de tous les coins du pays. Le général Krejci, chef d'état-major, avait quitté la Moravie et ses troupes mobilisées. Il était accompagné de trois commandants provinciaux, le général Vojcechovsky, le général Prachala et le général Luza. Les quatre hommes furent introduits auprès de Beneš en même temps que le nouveau Premier ministre, le général Syrovy.

Et là, les généraux plaidèrent.

Ils étaient prêts à la guerre.

Ils étaient prêts, avec ou sans la France.

Le général Krejci, le chef d'état-major, parla d'abord : « Monsieur le Président, il faut se battre coûte que coûte. Et alors peut-être, les puissances occidentales nous suivront... »

Puis ce fut le tour des trois commandos provinciaux.

Ils parlèrent en chœur : « Monsieur le Président, le peuple est parfaitement uni. L'armée est forte et résolue... Et elle est décidée à lutter jusqu'à la dernière goutte de sang. »

Il y avait des larmes aux yeux des généraux.

Après les avoir écoutés, Beneš se leva. Il invoqua l'histoire de la Bohême et le vieux combat contre les tribus germaniques, saint Václav, patron de l'ancien royaume, le temps de la splendeur avec Ottokar II, et le président Masaryk.

Il était raide. Il était gris de fatigue – il n'avait pas dormi depuis des nuits. Il aurait voulu hurler avec ses généraux mais, la mort dans l'âme, il leur déclara : « Ils nous ont abandonnés... Ils nous ont abandonnés... Ce serait une erreur fatale, impardonnable de laisser massacrer la nation... »

Les généraux comprirent. Leur Président s'était résigné. Il accepterait le verdict de la réunion de Munich du lendemain. Il suivrait les consignes de Londres et Paris. Le petit groupe se dissipa et l'on raconte que, dans la salle et les couloirs du Château, on entendit ce soir-là des mots affreux de rage et de désespoir.

À ce moment-là aussi, Beneš croyait être – comme vous monsieur le président Daladier ! – l'homme le plus seul au monde. Et il l'était vraiment.

Le petit président resta seul, dans son palais désert. Il tenta de vous joindre. Il chercha aussi Chamberlain. Il voulait s'assurer qu'une délégation tchèque serait malgré tout bien présente, à Munich. Il ne vous trouva, ni l'un, ni l'autre.

Durant cette longue nuit, montaient vers le Château du Président les pleurs des Praguois et les cris de rage d'une foule sonnée. La menace grondait. On raconte, monsieur le président Daladier, que cette nuit-là, rue Príkope, rue Nationale, quai Masaryk, un peu partout dans la ville, il ne faisait pas bon être français. Non pas qu'il y ait eu des violences – elles furent rares, à peine une petite manifestation devant les locaux d'Air France où l'on cria : « Français, lâches... ! » Mais dès qu'on parlait français au sein de la foule, on était étrangement interpellé. Ils ne comprenaient pas. Bertrand de Jouvenel, en reportage à Prague, raconte que les Tchèques mettaient dans cette interpellation de la stupeur plutôt que de la violence : « Pourquoi avez-vous fait cela ? Vous êtes si forts. Vous avez donc peur de l'Allemagne ? Nous, nous n'avons pas peur d'elle ! »

Le président Beneš fit une ultime tentative pour vous joindre à votre ministère, monsieur le *Président*. Il ne vous trouva pas. Il devait se demander si ses généraux n'avaient pas raison au fond : si la Tchécoslovaquie se défendait, les Français puis les Anglais seraient bien obligés de suivre.

Mais vous, vous ne répondiez pas, monsieur le *Président*.

4

Le Bourget aller

L'aéroport du Bourget apparaissait enfin.

Il n'était pas mécontent que, dans la Delahaye officielle, cessent bientôt les bavardages de son ministre de l'Air, Guy La Chambre, et les sentences du général Vuillemin sur l'aviation française et la Luftwaffe, sur les mérites comparés du nouvel avion de chasse Heinkel 112 et du nôtre, le Dewoitine 510... Ils l'assommaient avec leurs commentaires et leurs recommandations de dernière minute. Ils l'empêchaient de penser à cette journée, de laisser son esprit divaguer sur la brume matinale de la plaine Saint-Denis, et de sortir de cette nuit agitée.

Un cauchemar lui avait laissé au réveil un goût amer, imprécis, dangereux. Tandis que ses chaperons ressassaient, il tentait d'en réunir les morceaux épars. Il y avait un stade, et dans ce stade une sorte de ring... Il était un boxeur... On le poussait sur ce ring... Une sorte d'immense gong asiatique retentissait... Le gong l'avait fait vibrer... Il était aveuglé par les colonnes de lumière éclairant la salle immense... Et en face de lui, il y avait quelqu'un, son adversaire probablement, mais il ne le voyait pas... Il distinguait un visage... La foule immense autour se tut un instant... Il distingua un visage ; ce n'était pas celui d'Hitler, comme il aurait pu le croire, mais le sien... La foule s'était mise à crier. Bizarrement c'étaient des aboiements de chiens que crachaient les haut-parleurs aux quatre coins du stade...

Sans tomber dans cette excentricité nouvelle qu'on appelait « psycho-analyse » que lui vantait souvent son ami l'ambassadeur américain, William Bullitt, intime du fameux docteur Freud, le *Président* imaginait bien que son rêve devait avoir un lien avec la situation présente, mais il ne parvenait pas à clairement l'interpréter. Il tenta de replonger dans sa nuit à la recherche d'autres éléments du rébus, de comprendre pourquoi l'ennemi, d'abord sans visage, avait pris le sien ; et pourquoi une salle de sports, un ring et les aboiements... Il eut à peine le temps de tirer le fil de son songe que Vuillemin s'était remis à raconter sa visite des usines d'aviation « Hermann Göring ». Il en frémissait encore d'une extase militaire.

Le ministre de l'Air, récemment marié avec une certaine Cora Madou, une chanteuse qui se piquait aussi de politique, interrompit le général dans son récit. Il tenait absolument à recevoir le *Président* dans son « nouveau foyer », dès son retour de Munich. Le *Président*, perdu dans ses pensées, ne répondit rien. Le ministre insista. Daladier l'honora – à tout hasard – d'un de ces grognements dont il était coutumier. Plus que jamais, ce matin, il avait envie de se taire. Il n'avait jamais été bavard. Il était « taiseux », ce mot, on l'en avait affublé très tôt à l'école primaire. Elle lui avait collé à la peau. Il avait cru d'abord que c'était une maladie. Il était « taiseux » comme d'autres étaient tuberculeux. Il s'y était fait.

Lorsque la limousine pénétra dans l'aérogare du Bourget, le souvenir d'un autre matin lui revint en mémoire. C'était un petit matin qui, par sa tension solennelle, lui faisait penser à celui-ci, trente ans plus tôt. Il s'était levé plus tôt que les siens. On l'avait fagoté comme un huissier. Il allait quitter Carpentras. Il ferait sa licence à la faculté, et puis il tenterait le concours de l'agrégation à Lyon ; après, on verrait. Il partait sous le regard de trois générations d'artisans postés sur le pas de la porte. Il était leur espérance.

Aujourd'hui, c'étaient les éminences de la République qui, la tendresse mise à part, lui adressaient ce même regard implorant. Tous les ministres importants étaient là : Bonnet au premier rang qui voulait tant faire bonne figure puisqu'il avait été écarté de la conférence de Munich, le préfet de police de Paris avec son habit de lauriers, le directeur de la compagnie Air France, tous les diplomates étrangers de Paris, l'ambassadeur allemand au premier rang, lui serrant chaleureusement la main, des journalistes en pagaille avec flashs et micros, et même, nota-t-il, de simples employés du Bourget, des mécaniciens crasseux et des manutentionnaires à mégots. Tous formaient une sorte de haie solennelle et émue. Il pensa à son père, disparu depuis longtemps. En ce matin du 29 septembre 1938, il aurait aimé qu'il le serre dans ses bras.

5

Lettre à Ida

Quand l'avion de Sir Arthur Neville Chamberlain décolla de l'aéroport d'Heston, le Premier ministre britannique repensa à sa sœur. Il ne lui avait pas donné de nouvelles depuis la veille. Sir Chamberlain avait une passion dans la vie : sa sœur Ida. Il lui écrivait tous les jours, à tout propos. Lorsque le soir, il rentrait chez lui, il ne pouvait tout de même pas confier à un domestique, fût-il d'une grande finesse, les petites misères et les grands projets de sa vie. Il y avait Ida, et puis il y avait son épouse. Elle ne venait qu'après Ida. De toutes, elle était sa femme préférée, sa confidente, celle avec laquelle il partageait sa vie, à distance. Elle était son double, son âme sœur. À présent, pour avoir les idées claires comme il aimait les avoir, il avait encore besoin de lui écrire, de lui parler. Comme lui, elle comprenait tout, si bien et si vite. Les années passées n'y faisaient rien ; elles avaient même resserré plus encore leurs liens. À 69 ans, il avait toujours besoin d'elle. Elle partageait sa vision de la civilisation, et même des affaires, c'était une Chamberlain ; même femme, elle était bien de cette dynastie roturière et méritante qui comptait pas moins de trois ministres et une dizaine de conseillers municipaux de

Birmingham. Ida croyait au destin d'Arthur Neville. Elle y avait toujours cru, même lorsqu'à un âge avancé, durant la guerre de 1914, celui-ci avait décidé de se lancer en politique. Elle croyait en lui, plus qu'en Austen leur demi-frère disparu l'année précédente et qui, bien avant Arthur Neville, avait fait une belle carrière politique, d'ailleurs consacrée par l'ordre de la Jarretière, si rarement décernée à un roturier. Elle comprenait comme personne – fait exceptionnel pour une femme jugeait-il – la grandeur de l'Empire, la bonté de la Couronne qui permettait à des roturiers méritants d'aspirer – comme les Chamberlain – aux plus hautes fonctions, et les théories de monsieur Keynes. Et surtout, elle était convaincue, en fervente unitarienne, que la Providence avait désigné son frère pour être le « Messager de la Paix » ; car c'était à un Chamberlain qu'il revenait de s'acquitter de cette mission sacrée.

Ma chère Ida,

Il m'aura fallu attendre soixante-neuf ans pour m'y mettre. Je dois t'avouer que je commence à prendre goût à l'avion. Notre flotte, celle de la British Airways, est une merveille de progrès et de confort. Le personnel de bord est délicat, raffiné, attentionné, en tout cas plus que notre domesticité de Bamburg Castle – dont j'ai encore constaté, lors de mon dernier week-end à la pêche, qu'elle laissait vraiment à désirer. Le Lockheed 10 Electra est un appareil ultramoderne ; le premier au monde à être pressurisé. De la sorte, on ne souffre plus, dans l'aéroplane, de ces horribles bourdonnements contre lesquels Austen m'avait vivement mis en garde, tu t'en souviens probablement.

En un mot, voyager en avion est véritablement épatant. Tu devrais essayer toi aussi. Pour ma part, je recommencerai sans

*hésiter, et même avec un certain plaisir. La première fois, lors-
que je suis allé voir le chancelier Hitler, il y a un mois, je
n'avais pas le choix. Il fallait, sans tarder, sauver la Paix;
je me suis rendu en Allemagne sans appréhension en me disant
que le Seigneur me protégerait dans cette mission sacrée. Ce
matin, je n'avais plus aucune crainte en montant dans
l'aéroplane.*

*Sinon la crainte, ma chère Ida, que cette journée se déroule
mal. Tu le sais bien, j'ai tout fait pour baliser la route de la
paix. J'en ai été le pèlerin impénitent depuis le mois de mai
où ces pauvres Sudètes se sont révoltés; mais à présent, je
redoute le chancelier Hitler. Il est si imprévisible. Ce n'est
jamais assez avec lui. Je redoute donc qu'il se passe à Munich
ce qui s'est déjà passé à Bad Godesberg lors de ma deuxième
visite. Les Sudètes ne lui suffisaient plus. C'était la Tchécoslovaquie entière qu'il voulait! D'où la situation intenable où je
me trouve depuis ce diktat. Je te le dis comme je le lui ai dit:
le chancelier Hitler n'est pas raisonnable. Hitler pourrait avoir
tout ce qu'il désire — que je suis prêt à lui accorder et les
Français aussi, j'en suis convaincu — s'il s'y prenait autrement.
Car l'Allemagne d'Hitler a un rôle stabilisateur dans la région.
Notre père, tu le sais bien, rêvait déjà en son temps de cette
« union anglo-teutonne »... Mais il y a toujours un risque avec
lui. Brusquement, sa position peut être si excessive qu'elle
devient — même pour moi qui, tu le sais, ne lui suis pas hostile
par principe — proprement indéfendable.*

*Mais enfin, courage! Je compte sur quelques alliés aujour-
d'hui. Sur Mussolini qui, je le sais, peut se révéler un intermé-
diaire très utile; sur Göring qui, selon Nevile Henderson, son
ami, n'a aucun désir de faire la guerre, peut-être aussi sur ce
bon Daladier qui n'a pas envie d'y aller tout seul. Je compte
aussi, chère Ida, sur la « tendre modération » que nous a enseignée le Seigneur. Et je tiendrai bon en dépit de ce que raconte*

cet ivrogne de Churchill, notre cousin Austen qui nous boude, ou les dandys groupés autour d'Anthony Eden. Car ce ne sont pas eux qui iront à la guerre, si elle se déclare ! Je tiendrai bon, Ida, même si je sais qu'Hitler est un individu amoral, peut-être dangereux, probablement inverti, me dit-on, car je saurai l'arrêter dans son désir de destruction. Je vais prouver aujourd'hui, à tous ceux-là, que l'on peut traiter avec Hitler.

Je le fais sans grande joie, tu le sais. Je le fais parce que la paix du monde est en jeu.

Et parce qu'une fois de plus dans l'Histoire, l'intérêt de la Couronne britannique se confond avec la Paix universelle. Pourquoi d'ailleurs rompre aujourd'hui avec cette doctrine qui, depuis le XVIIIe siècle nous a valu bonheur et prospérité ? Allons-nous, pour un pays lointain et des gens dont nous ne connaissons rien, envoyer mourir nos boys, détruire notre flotte, perdre les Indes, nos intérêts en Europe et aussi nos positions en Afrique et en Arabie ? Ce serait du suicide !

Et je ne suis pas le seul à le penser.

Lors d'un dîner il y a quelques jours chez Lord Runciman, j'ai eu un grand plaisir à revoir le nouvel ambassadeur des États-Unis, Joe Kennedy. Très sympathique, particulièrement bien élevé pour un Américain, un homme de conviction aussi, qui n'est pas toujours d'accord avec Roosevelt, son Président. Eh bien, vois-tu chère Ida, Kennedy, Runciman et moi sommes tombés d'accord sur les Sudètes, et ce nécessaire sacrifice à notre orgueil de démocrates. Pour deux raisons :

Parce que la paix du monde est en cause.

Et aussi – il ne faut pas nous le cacher – parce que le chancelier Hitler peut nous être très utile contre notre véritable ennemi, le bolchevisme. Au moins, avec Hitler on peut parler – et je crois même savoir que ni les industriels de la Ruhr, ni les militaires des Reichswehr n'ont à s'en plaindre. Avec

Staline, c'est impossible. C'est un ours prédateur qui n'a qu'un rêve : nous tomber dessus, nous dévorer nous et nos colonies, anéantir notre civilisation. Le bolchevisme, c'est la véritable barbarie. Il ne respectera rien, ni la famille, ni la propriété, ni la liberté, ni la Couronne. Nous disions donc, ce soir-là, que nous assumions ce slogan qu'on nous jette comme une insulte dans les feuilles intellectuelles : « Mieux vaut Hitler que Staline. »

Ce à quoi Lord Runciman, décidément très lyrique, a surenchéri par un bon mot : « Better Hitler than Blum. »

Nous avons bien ri Kennedy et moi.

Mais à bien y réfléchir, ce que disait Runciman n'est pas tout à fait faux. Il faut se méfier du bolchevisme et de ses dérivés. Les socialistes occidentaux — il faut le remarquer, souvent d'origine juive comme monsieur Blum — tentent d'instaurer des régimes douteux en Europe occidentale.

C'est contre eux aussi, ces communistes déguisés, qu'à l'ouest de l'Europe, monsieur Hitler peut nous être précieux. À condition que nous lui laissions les mains libres à l'est. Cela ne me choque pas puisque telle a été la doctrine de nos ancêtres.

Ton affectionné Neville.

6

Monsieur Léger est du voyage

Les vrombissements du bimoteur d'Air France, le fringant *Poitou*, le sortirent de la torpeur, que le rêve avait déposé en lui. Il se retourna sur son siège, considéra avec presque tendresse ses collaborateurs derrière lui. Il y avait là son directeur de cabinet Clapier, le compagnon des mauvais coups ; Alexis Léger ; et Charles Rochat, proche collaborateur de Léger, responsable « Europe » au Quai d'Orsay. En les observant studieux, concentrés ou rêveurs, il se félicita, une nouvelle fois, de ne pas avoir amené avec lui Bonnet, le ministre des Affaires étrangères. Sans lui, il serait libre de ses mouvements ; on perdrait moins de temps en courbettes avec les Anglais, en messes basses avec ses grands amis italiens, ou tout simplement dans la rédaction d'un accord que seul l'esprit tortueux du chef de la diplomatie française pourrait compliquer.

À ses côtés, il avait voulu Léger.

Alexis Léger était compétent, précis. Indispensable. Il était en quelque sorte le ministre des Affaires étrangères depuis l'époque du grand Aristide Briand, « l'apôtre de la paix ». Depuis 1925 en vérité. Après la Chine, où il n'avait été que simple attaché d'ambassade, Léger avait tapé dans l'œil de Briand. C'était au retour d'une conférence à Washington. Sur le paquebot, les journalistes, après une conférence de presse, avait assiégé le président Briand. Ils le harcelaient de questions personnelles, ils lui réclamaient d'écrire enfin ses mémoires. Briand était au soir de sa vie, mais il n'était pas décidé à écrire quoi que ce soit. Léger, presque inconnu de lui, écoutait dans un coin, et le sortit de l'embarras d'une façon insolite. Il osa répondre à la place de Briand : « Un livre, c'est la mort d'un arbre. » Ce simple mot, et ce fut le coup de foudre entre le vieil homme de légende et le jeune diplomate. Il en fit tout de suite son directeur de cabinet ; ils imaginèrent ensemble la paix européenne ; et ils conçurent ensemble des rêves utopiques et précis sur la construction de cette Europe nouvelle. Le *Président* n'aimait pas Briand, trop naïf, trop exalté, bien imprudent, mais il était fasciné par cette anecdote racontée par Bonnet, qui la tenait lui-même d'Emmanuel Berl.

Léger avait failli annuler sa venue à la dernière minute. Il avait disparu toute la nuit, après avoir averti le *Président* qu'il refusait de se rendre à Munich sans les « instructions écrites de son ministre » — celui-ci étant notoirement « mou », tandis que Léger étant considéré comme un « dur » modéré. Mais Bonnet traînait. Pas fou, il voulait se contenter de fournir à Léger de simples instructions verbales. Léger, lui, exigeait une note écrite de son ministre, pour se « couvrir », selon la prudente pratique du Quai. Le *Président* avait dû intervenir, promettant à l'un, exigeant de l'autre, caressant tous deux.

Bonnet était venu au Bourget, mais il avait tardé à remettre les fameuses « instructions écrites » à Léger. Toute la délégation était déjà dans l'avion, les moteurs tournaient et il rechignait encore. Sur le tarmac, il ne restait plus que

Bonnet et Léger. Celui-ci se planta devant son ministre. Il lui réclama à nouveau les instructions en le regardant froidement dans les yeux : « Vous me les donnez ou non ? Si vous ne me les donnez pas, je ne pars pas. »

Daladier avait sorti la tête de la carlingue. Il s'inquiéta de la situation et du retard. Bonnet tira finalement une enveloppe de sa poche avec une mauvaise grâce ostentatoire.

Léger partait donc et avec les instructions écrites – le ministre « mou » avait cédé. Daladier avait blagué Léger enfin installé dans l'avion : « Alors ? Les instructions de vot' patron... » Les deux hommes avaient échangé un regard entendu. Léger n'avait finalement pas jugé utile de lire les « instructions » de Bonnet au *Président*, tant il connaissait l'homme, son double jeu et ses arrière-pensées.

Daladier se disait que Léger, monsieur Alexis Léger, était un drôle de personnage. Il l'aimait bien, il semblait lui être loyal, autant que possible bien sûr. Il était au moins sûr que Léger n'irait jamais le trahir pour son rival Paul Reynaud. Il se sentait même des affinités avec lui. Tous deux étaient des déclassés. Léger, un grand bourgeois des îles, le fils d'industriels créoles mal repliés sur la métropole ; et lui, un boursier méritant. Mais il y avait entre eux comme une distance.

Léger impressionnait le *Président*.

Parce qu'il était beau, élancé, aérien, au contraire de lui, plus terrien. Il avait une sorte d'élégance aristocratique, et ce léger accent créole dont personne ne se moquait à la différence du sien, trop provençal. Non que le président Daladier ne fût pas bel homme. Il était loin d'être repoussant, il plaisait, il en imposait, mais la mode était aux hommes longs lui semblait-il. Daladier était court, costaud, bien campé, bien nourri. Il donnait aux Français tous les signes de la bonne santé, ce qui n'était pas le cas – se rassurait-t-il – des hommes trop beaux, trop jeunes.

Il aurait voulu dire à Léger tant de choses, mais il n'osait pas, coincé par sa timidité, les convenances, le protocole ; il aurait voulu, en complice, comme pour la Tchécoslovaquie, que l'autre lui raconte sa triple vie.

La première au Quai d'Orsay, il la connaissait. Il savait les mérites du personnage, ses défauts aussi : sa paresse, sa négligence à lire vraiment toutes les dépêches diplomatiques ; sa tendance à faire salon dans son bureau avec les journalistes qu'il contrôlait ; et sa réputation de francmaçon, sur laquelle ses services n'avaient pourtant rien trouvé. Mais tout cela importait peu. Alexis Léger tenait le Quai, et plutôt bien.

La deuxième vie d'Alexis Léger était, paraît-il, celle d'un intéressant poète, connu d'un petit milieu, sous un pseudonyme impossible : Saint-John Perse. Le *Président* s'était procuré deux de ses recueils de poésie. Il avait parcouru, le premier publié en 1911, *Éloges*, et le second intitulé *Anabase*, plus récent, publié en 1924. Il avait trouvé que, pour un diplomate de carrière, Léger avait une bonne plume, un peu abstraite à son goût, lui qui préférait les textes solides, charpentés et documentés. Le *Président* n'avait pas trouvé ces poèmes déplaisants, mais s'était dit qu'il était un peu absurde, peut-être, pour un haut fonctionnaire de cette classe de perdre son temps à faire des rimes. Mais, après tout, si c'était sa fantaisie... ? Pourquoi pas la poésie, ou l'astrologie, ou même les romans policiers si ça lui faisait plaisir, tant qu'il restait ce grand serviteur de l'État...

Mais ce qui par-dessus tout intriguait Daladier, et bien plus que *le poète du dimanche*, c'était la troisième vie de

Léger. L'individu vivait avec sa mère et sa sœur dans ce joli appartement de la rue Camoëns, splendide comparé aux trois pièces du président Daladier situé dans le mauvais 16ᵉ. Et il était, disait-on, un homme couvert de femmes. Sa maîtresse du moment était une belle Cubaine ; celle de toujours était – il la connaissait bien – l'influente duchesse de Flers. Elle était sa bonne amie, aux yeux de tout Paris ; et cela n'avait pas l'air de déranger le duc. Léger vivait pour ainsi dire chez les Flers, y recevait, s'y précipitait au sortir du Quai d'Orsay, passait ses vacances avec eux.

Le *Président* trouvait singulier – et plutôt flatteur – qu'il existât entre Léger et lui un tel point de rencontre. C'était une forme de compagnonnage implicite. Le *Président* avait sa marquise, madame de Crussol ; comme Léger avait sa duchesse, Marthe de Flers.

Il n'avait, bien sûr, jamais été question, ni pour lui, ni pour Léger, de s'ouvrir à l'autre sur ces fréquentations. Parler gaudriole, ce n'était le genre ni de l'un, ni de l'autre. Ces deux femmes étaient d'ailleurs trop honorablement connues dans le monde. L'une, véritable aristocrate, née de Cumont, duchesse par son alliance avec le duc de Flers ; et l'autre, née Béziers, comme il le lui disait pour la taquiner, marquise grâce à son mariage avec le marquis de Crussol, qui était tout de même le petit-fils de la duchesse d'Uzès. Le *Président* trouva drôle que les amants des deux femmes les plus puissantes de Paris – avec leurs « salons de gauche », faisaient et défaisaient des cabinets – se trouvassent à cet instant dans cet avion.

L'idée qu'il était allié à Léger et aux Flers, et disposait ainsi de leurs puissants réseaux associés à ceux de la marquise de Crussol, lui donnait un sentiment d'invulnérabilité, au moment où il faisait route vers l'Allemagne.

Bonnet pouvait toujours venir avec ses journaux stipendiés, ses amis Berl et Monzie, l'agence Havas qu'il contrôlait, sa poignée de députés à la Chambre ! Monsieur Paul Reynaud, petit bonhomme, petit d'esprit, prêt à tout pour le remplacer, pouvait toujours trépigner d'impatience, et avec lui, la marquise de Portes ! Que pesait madame de Portes face à la Marquise associée à la duchesse de Flers ?

7

Vers Munich

Il arriverait à Munich dans moins de trois heures. Il était heureux de ce répit. Pas de téléphone durant tout ce temps, il aurait la paix. Pas de parapheurs à signer, pas de ministres à calmer, pas de militaires à remonter, pas de journalistes à secouer. Les militaires surtout ! Le *Président* était à peine remis de sa colère contre eux. La veille, une importante réunion militaire s'était tenue autour de lui. On faisait le point sur la mobilisation, sur l'acheminement des troupes ; on passait en revue les problèmes de la défense passive ; on se lamentait du manque cruel de DCA ; et l'on se félicitait de l'utilité du métro comme abri antiaérien. Le *Président* voulut aussi qu'on l'informe de la distribution des masques à gaz à la population. Puisque la France avait, au moins sur ce point, pris ses précautions.

Il y eut un flottement chez les militaires. Gamelin se tourna vers son adjoint qui, embarrassé, se tourna à son tour vers un général moins étoilé. Ce dernier se déclara incompétent, les masques à gaz relevant d'un autre département. Devant cette incurie, le *Président* explosa, et chacun se mit à la recherche des quelques millions de masques à

gaz perdus. Les civils du cabinet étaient venus à la rescousse. Les fonctionnaires, les militaires, les gratte-papier
avaient cherché et défilé toute la journée. Les masques à
gaz restaient introuvables. Le *Président* en aurait viré le
ministre de la Guerre si cela avait été un autre que lui.
Trois millions de masques volatilisés ! Il fallait en remplacer, de toute urgence. Chacun revint alors avec sa solution,
jusqu'à ce qu'un, plus audacieux, propose qu'on les
commande aux usines tchèques. Leurs masques à gaz
étaient fiables et ils étaient capables de les livrer en temps
et quantités voulus.

« Voilà où est la France », se renfrogna le *Président* en
s'allongeant sur le fauteuil pullman, une des fiertés du
MD220 de la compagnie nationale.

Il n'allait tout de même pas *se mettre martel en tête*. Il
tenta de s'endormir afin d'avoir les idées claires. Le *Président* considérait qu'une sieste était nécessaire pour effacer
les soucis, qu'il considérait à sa manière paysanne comme
des plis au cerveau. Il tenta de se laisser aller au rythme de
l'avion, d'imaginer que l'entrée moelleuse dans les nuages
le projetterait dans un univers protecteur. Il avait envie
d'être bercé. Mais il avait beau se tourner, se retourner,
chercher une position, il ne pouvait trouver le sommeil. Il
y avait les chuchotements de Léger et de Rochat. Il y eut
eu la visite du commandant de bord Durmon, si-fier-de-
piloter-le-*Président*-sur-le-*Poitou*, précisant la vitesse de
croisière, les performances, l'altitude et le rayon d'action
de ce « bijou », sorti il y a peu des usines Marcel Bloch.
Puis, il y avait eu, à plusieurs reprises, le diligent steward
qui voulait absolument lui faire boire du champagne et le
faire manger. Il avait accepté le champagne pour s'endormir, s'était-il excusé. Mais, il s'était remis à chercher le

sommeil, avec le désespoir de l'assoiffé du désert. Il voulait dormir, non pas pour se reposer, mais pour être anesthésié, échapper à toutes ces questions qui venaient l'assaillir physiquement.

« Pourquoi donc n'avait-on pu joindre, Chamberlain ? Où en étaient vraiment les Anglais ?

Auraient-ils changé d'avis ?

Seraient-ils – qui sait ? – prêts à intervenir pour sauver la Tchécoslovaquie avec nous ? Alors dans ce cas-là, avec l'aviation anglaise aux côtés des Français, Hitler n'aurait qu'à bien se tenir ! »

Le *Président* s'épuisait ainsi, à se réconforter, puis à s'alarmer.

« À moins que... »

Il se redressa sur sa couche.

« À moins que les Anglais se soient brusquement rapprochés d'Hitler ?... Comme au temps de Frédéric II ! Ce ne serait pas impossible, après tout. Les Anglais n'ont pas de pacte avec les Tchèques. Leur politique n'est pas continentale... Et puis Chamberlain n'est pas franc du collier. Au téléphone, à chaque fois qu'il s'agit de parler sérieusement des Sudètes, il y a du brouillage sur la ligne... »

« ... Et les Allemands, leur ligne Siegfried vaut-elle vraiment moins que notre ligne Maginot ?

Et les fortifications tchèques, ne pas oublier les fortifications tchèques... »

C'est sur ces pensées, en cherchant à se souvenir du nom de cette fortification tchèque plus décisive que les autres selon Gamelin que le *Président* s'endormit enfin.

On le réveilla en Alsace, à la verticale de Strasbourg. Le commandant Durmon tenait à ce que le *Président* voie la terre de France, avant de passer en Allemagne. Daladier se laissa entraîner dans le cockpit, et il demanda au commandant où se trouvait donc la ligne bleue des Vosges. On lui désigna un horizon ; il ne vit rien de spécial, et s'en retourna à son siège, ne sachant s'il devait être reconnaissant de cette attention, ou bien remonté contre cet opportun qui avait osé le sortir du sommeil si durement trouvé.

Il ne parvint pas à se rendormir. Il chercha une occupation, et tira de son cartable un dossier, intitulé « Vie privée d'Hitler ». C'était une note des services français fondée sur des sources allemandes dissidentes. Daladier avait l'habitude de ce genre de document crapoteux. Il les lisait avec distraction, davantage pour compléter ou infirmer des impressions – comme il le faisait d'ailleurs avec ces comptes-rendus d'écoute téléphoniques dont il était friand. Ainsi, se disait-il, il pouvait mieux juger les hommes et leurs femmes, leurs passions et leurs faiblesses. Mais attention, conseillait-il à ses proches collaborateurs, ou à la Marquise quand elle était trop curieuse, il fallait toujours faire un usage modéré et républicain de ce genre de document.

L'auteur des révélations en question était un ancien compagnon du chef national-socialiste, un certain Otto Strasser. Il avait été l'intime d'Hitler dès les années vingt, avec son frère Gregor. Il avait mené tous les combats fondateurs, puis s'était éloigné d'Hitler qu'il ne trouvait « ni assez à gauche », ni « vraiment révolutionnaire ». Le dénommé Strasser fondait ses dires sur une relation particulièrement étrange que le Führer avait entretenue avec sa jeune nièce, la fille de sa demi-sœur, Geli Raubal, entre 1929 et 1931. Il avait alors plus de 30 ans et était devenu la vedette de la scène politique allemande ; la jeune fille avait quitté son Autriche profonde pour s'installer dans son appartement, au numéro 16 de la Prinzregentenplatz, à Munich. Elle voulait, disait-on, devenir chanteuse d'opéra. Durant cette période, Adolf et Geli étaient devenus inséparables. Ils sortaient partout ensemble. Il la menait à ses meetings, il l'invitait à sa table comme s'il ne pouvait plus se passer d'elle. Ils formaient un couple étrange, où la jeune femme exerçait, du moins au début, une grande influence sur Adolf Hitler.

Selon le récit de Strasser, Hitler avait un jour, demandé à la jeune fille de poser nue pour lui ; ce n'était pas le genre de peinture qu'il pratiquait, ni qu'il aimait. Dans sa carrière de peintre, alors qu'il s'était vu cruellement refuser l'entrée à l'École des beaux-arts de Vienne, le jeune Adolf Hitler était plutôt du genre « copieur de carte postale ». En quelques mois il avait rempli des cahiers entiers où la jeune femme posait dans les positions les plus invraisemblables. Des dessins crus, des dessins sales, d'une violence folle. Strasser était un des seuls à avoir eus entre les mains. Ensuite, la relation serait devenue plus physique. Selon la note des services, « Adolf Hitler voulait notamment que sa nièce l'injurie, et le piétine, et aussi qu'elle le frappe avec ses poings, ses pieds et un fouet à chien lorsqu'il était étendu nu devant elle sur le tapis ».

Daladier, qui n'était pas bégueule, n'en revenait pas. Il poursuivit sa lecture, avidement : « Parfois, Hitler inversait les rôles, et la battait aussi, mais jamais avec la violence qu'il réclamait d'elle. »

La note secrète concluait en expliquant que c'était probablement cette « relation sado-masochiste » qui avait conduit la jeune Geli à se suicider le 19 septembre 1931 dans l'appartement d'Hitler. Avec le pistolet de son oncle.

Une fois cette lecture achevée, le *Président* resta prostré sur son siège. Il ne répondit même pas à la énième proposition du steward. Il était effaré. Il restait l'œil fixé sur la couverture du dossier, incapable de se détacher de ces scènes. Il les voyait et les revoyait. Il imaginait le décor, l'heure de leur cérémonie, leurs ténèbres dégueulasses, leurs ébats d'animaux. Il ne pouvait s'empêcher de penser à la manière dont il faisait la chose avec la Marquise.

Et si c'était cela le secret de l'Allemand, sa face obscure ? se dit-il, en cherchant à brider son imagination. Ensuite il se demanda si ce document n'était pas un faux, un montage des « durs », un complot des Américains ou des Israélites contre Hitler. Pourquoi Otto Strasser qui n'était pas n'importe qui, un des fondateurs du national-socialisme avec Hitler, irait-il chercher des histoires aussi sales ? Et pourquoi cette histoire-là précisément ? Si Strasser avait voulu nuire à son ancien chef, il aurait pu trouver des motifs plus efficaces. Il aurait claironné que l'imposteur Hitler était un impuissant, ou un homosexuel, ou un corrompu... Mais vrai ou pas, le *Président* avait la nausée. Il aurait eu besoin d'en parler, de s'en ouvrir à quelqu'un, ou d'en blaguer même. Il pensa à Léger derrière lui, mais se convainquit que ce ne serait pas une bonne idée. Il remit le dossier dans son cartable, et tenta de se rendormir.

Mais il n'y parvenait plus. Le spectre d'Hitler, un Hitler nu, maigre, glabre avait surgi dans sa tête. C'était un diable. Il hurlait, il se vautrait. Toutes les émotions ressenties au moment de ce discours entendu à la radio repassèrent dans la tête du *Président*. L'effroi surtout. Car Hitler ne parlait pas, il ne criait pas, il rugissait. C'était un chien enragé, pas un chef politique. Un chien enragé... Le *Président* trouva tout à coup le rapprochement troublant : c'était des aboiements de chiens semblables aux rugissements d'Hitler qu'il avait entendus dans son rêve.

Son esprit divaguait.

Le *Président* voulut reprendre le contrôle.

Bon, Hitler, on ne l'aimait pas. Mais, il fallait éviter les ragots et les fantasmes, la panique. Il fallait chasser l'affectif, bannir les *a priori*, passer par-dessus bord les préjugés, et même le racisme anti-boche qu'il sentait bien derrière les attaques contre le Chancelier du Reich. Bref, garder la tête froide.

Pour saisir Hitler, il fallait être guidé par un principe directeur.

Et rien de mieux dans ces moments-là, se réjouit fugacement le *Président*, que la Raison. La Raison ! Le recours à la Raison, l'examen par la Raison, cet entêtant, ce nécessaire, ce salvateur bienfait enseignée par ses maîtres de la Faculté. C'était la seule manière de garder le cap et de comprendre l'animal.

Il voulut son examen méthodique.

Chercher d'abord à qui Hitler pouvait s'apparenter – c'était élémentaire.

Il avait beau être républicain, laïque, radical et socialiste, il n'était pas obtus. Il pouvait tout à fait concevoir autre chose que la République de Jules Ferry. Par certains côtés, il trouvait même que le système anglais, par exemple, n'avait pas que des inconvénients. Il enviait la stabilité de ses collègues du 10 Downing Street qui n'étaient pas soumis à l'infernal tourniquet des cabinets ministériels français.

Même Mussolini ! Le *Président* avait fini par connaître le zèbre. C'était un fanfaron. Il rejouait César, mais au fond il était de l'ancienne école, un peu comme lui. Un socialiste défroqué, exalté, dévoyé c'est vrai. D'ailleurs le *Président* le regrettait parfois. Mussolini aurait pu rester du bon côté, de notre côté, si on ne l'avait pas embêté à la SDN. avec cette histoire d'Abyssinie. Après tout, l'Italie avait bien le droit, elle aussi, à son bout d'Afrique...

Staline. Lui c'était autre chose. Pour le *Président*, Staline était d'abord un Géorgien, ensuite un communiste, qui avait le complexe du grand Russe.

Même les autres, le général Beck en Pologne, Salazar au Portugal, et peut-être demain ce dénommé Franco, le *Président* pouvait comprendre, identifier, se repérer.

Mais Hitler, c'était autre chose.

Le *Président* n'y comprenait rien.

Bien sûr, il n'avait jamais rien laissé paraître de son désarroi devant l'énigme Hitler, ni en public, ni devant ses ministres, ni même auprès de la Marquise. Aucune de ses positions politiques n'aurait pu indiquer la moindre faiblesse face à l'Allemand. Rien d'ailleurs n'aurait pu laisser paraître, durant les Conseils des ministres, ces doutes qui l'assaillaient. Le président Daladier n'était-il pas le promoteur du réarmement, le premier des défenseurs de la France – et ça, il ne faut pas qu'ils l'oublient les journaux parisiens !

Mais rien ne pouvait y faire. La question Hitler le déroutait – et le *Président* n'aimait pas ça.

Hitler restait insaisissable, malgré le renfort de la Raison.

Il n'était lui, ni un traître venu de la gauche, ni un tsar, ni même un général de pronunciamiento.

Hitler, c'était autre chose.

Le *Président* avait réfléchi à la question. Il avait lu, il s'était documenté, il avait quitté le Moyen Âge carolingien, son domaine de prédilection, pour devenir incollable sur la question allemande. Il avait examiné l'idée – plutôt partagée – que le maître de l'Allemagne serait un « nouveau Bismarck ». Excepté l'unification allemande, ce Reich auquel ils se référaient tous deux, la comparaison s'arrêtait là pour le *Président*. Il avait aussi envisagé qu'Hitler soit un nouveau Frédéric II dont – paraît-il – il avait accroché un portrait dans son bureau de Berlin. Il s'était penché sur la vie du « despote éclairé » qui avait entrepris la guerre de Sept Ans avec le soutien financier de l'Angleterre. Mais Frédéric II, lui, protégeait Voltaire et aimait la France. Pas Hitler qui la considérait « comme l'ennemi héréditaire ».

Il avait écouté aussi les uns et les autres. Jouvenel, expliquant qu'Hitler était une sorte de « Mahomet teuton ». L'académicien Louis Bertrand défendant l'idée qu'il était un « Napoléon allemand ». Le *Président* avait failli le sortir de son bureau. Napoléon, Napoléon, Napoléon ! Il s'était dit que l'éminence, revenu énamouré des Jeux de Berlin où il avait été invité, avait dû être rincé par les services de la Propagande allemande.

Il avait même entendu un diplomate anglais lui expliquer qu'Hitler n'était pas plus dangereux qu'un « Gandhi en bottes prussiennes » – l'expression viendrait de Sir Nevile Henderson lui-même...

Réflexion faite, le *Président* trouva toutes ces idées vertigineuses et un peu fêlées.

Alors, le *Président* s'efforça de penser à Hitler autrement, en écartant cette antipathie réflexe qui obscurcissait l'esprit des éditorialistes parisiens, des mères de famille trop sensibles, ou des israélites trop concernés.

Avec empathie, ça n'engageait à rien.

Il voulait penser à Hitler sans préjugés, c'est ça, débarrassé de tous les préjugés.

Il voulait y penser comme à un adversaire coriace, un collègue un peu spécial.

Et au fond, c'était un collègue allemand.

Un collègue allemand.

Cette idée lui plut. De plus elle n'était pas inexacte.

Lui et Hitler n'étaient-ils pas curieusement arrivés au pouvoir en même temps, le même jour, à quelques heures près ? Le 30 janvier 1933, l'Allemand Adolf Hitler devenait chancelier d'Allemagne ; tandis que le Français Daladier était désigné à la présidence du Conseil. Le *Président* avait souvent été troublé par ce fait.

Pour la première fois, des deux côtés du Rhin, dans chacun des deux pays ancestralement ennemis, deux anciens combattants de 14-18, deux quadragénaires, deux hommes nouveaux arrivaient au sommet de l'État. Il avait toujours vu dans cette concordance plus qu'une coïncidence. Presque une gémellité, une grande espérance, ou bien une grande menace, quelque chose qui – c'était sûr – allait lier leur destin.

Et puis, il avait une autre raison de se souvenir de ce jour-là. Tandis qu'à Berlin Hitler triomphait, entouré de ses troupes, dans une ville éclairée aux flambeaux, au milieu d'une foule en liesse, Daladier, lui, peinait. Il n'avait pas de gouvernement et se battait avec les socialistes qui refusaient d'y entrer. Ils étaient là, face à lui, cinq socialistes obstinés, Auriol, Compère-Morel, Frossard, Lebas et Jules Moch. Et il tentait encore de les convaincre. Il avait tout lâché, sauf la réduction des budgets militaires que les socialistes exigeaient. Il avait plaidé, voulu démontrer que lui

Daladier restait fidèle à Jaurès, qu'il fallait sortir de leur isolement historique. Il était en train de leur proposer cinq postes et une vice-présidence lorsqu'un huissier entra dans la pièce.

Une dépêche urgente.

Monsieur Adolf Hitler venait d'être désigné chancelier.

Il y avait eu un flottement dans la petite assemblée, de l'incrédulité surtout. Les socialistes n'avaient pas eu l'air de prendre l'affaire très au sérieux, du moins dans les souvenirs du *Président*.

« Comment les Allemands et le vieil Hindenburg ont-ils pu appeler au pouvoir cet excité, ce phénomène de foire... ? »

Daladier avait encore supplié :

« N'y a-t-il pas lieu de tenir compte de cette nouvelle donnée... ? »

Il avait insisté afin de les faire sortir de leur dangereuse intransigeance.

Pour les socialistes, il n'y avait rien à modifier. Sauf s'il acceptait la réduction des dépenses militaires.

Le *Président* et les socialistes s'étaient séparés sèchement.

Au rappel de ce souvenir une vieille colère lui revint.

Il invita Léger à s'asseoir près de lui avant l'atterrissage à Munich ; pour faire un dernier point, insista-t-il. En vérité, il voulait partager cette rancœur qui revenait : « Cher Léger, j'ai lu le *Populaire* ces jours-ci, ces socialistes sont devenus d'incorrigibles donneurs de leçons. Ils se veulent les premiers anti-hitlériens. Ils n'étaient pas si regardants en 33... Ces messieurs de la SFIO ne voulaient "rien modifier de leur position", comme ils disaient, parce qu'au fond, ces Parisiens, ces anciens planqués, ces écervelés, se moquaient éperdument d'Hitler. Ils ne s'intéressaient pas à autre chose qu'à leur "base" prolétarienne, comme ils disaient, et à offrir un week-end aux ouvriers. Incapables d'assumer leur anti-fascisme de salon ! Et dire que ce sont les mêmes qui, depuis des mois et jusqu'à ce matin encore, me conchient dans leurs journaux pour ne pas avoir déjà déclaré la guerre. Ils hurlent au loup, ils me somment d'égorger le nazisme à mains nues et de sauver leur grand ami, et ça tout en me mettant des bâtons dans les roues. Hypocrites... »

Et il se remit à grogner contre les Parisiens, les ministres « mous », les hauts fonctionnaires « durs », les militaires et leurs masques à gaz, les instituteurs et leur pétition paci-fiste, et les ouvriers avec leurs quarante heures : « Ah, si j'avais réussi alors ! Si pour Hitler, ils m'avaient suivi en 1933 ! L'Europe n'en serait pas là, au bord de la guerre. Mais j'ai été entravé, combattu, diffamé. J'ai été empêché par ces impuissants républicains. Ah ! mon bon Léger... ! Il y a des jours où on les envierait, les Mussolini et les Hitler ! Ces dictateurs font hurler monsieur Blum, mais au moins ils sont libres de leurs manœuvres. Ils ne sont pas empêchés de gouverner. Ils ne sont pas menacés tous les quatre matins de tomber sous les coups tordus des parlementaires. Eux seuls, entendez-vous, eux seuls ont les moyens de conduire leur pays, leur politique. »

Le *Président* s'arrêta brutalement dans son discours amer. Il était soulagé. Un instant plus tard, il reprit bonhomme : « Mais enfin, mon cher Léger, je suis républicain et je ne vais pas me refaire. »

8

Ribbentrop sur le tarmac

Jusque-là, ce n'avait été qu'une abstraction redoutée, des titres à la une des journaux, et des cartes, des cartes, toujours plus de cartes de la Tchécoslovaquie et de ses Sudètes. Cette fois, il y était. À Munich, l'accueil sur le tarmac mit le *Président* en condition. Lorsqu'il commença à s'engager sur la passerelle, Clapier le retint par la manche. En bas, la compagnie chargée de lui rendre les honneurs n'était pas composée de militaires de la Wehrmacht, mais de troupes des SS. Et Clapier n'était pas certain que les SS puissent être considérées comme une armée officielle. Il fallait temporiser, on allait vérifier... Le *Président* et Léger échangèrent un regard inquiet. Il interrogea d'une voix sourde, mais d'un ton impératif : « Le protocole, que dit le protocole ? » Le comité d'accueil attendait au bas de l'avion, chaque seconde comptait. Le chef de cabinet n'ayant trouvé, ni auprès de Léger, ni auprès de Rochat, de réponse à cette explosive question, Daladier sortit la tête de la carlingue, et la retira aussitôt. La vision d'une interminable rangée d'hommes en noir, casqués, bottés, au garde-à-vous, était saisissante. Dans son dos, le *Président* entendit Léger lui souffler : « Allez-y... Allez-y... Monsieur le *Président*... Et puis de toute manière... Nous n'avons pas le choix... » Il n'avait plus le choix, en effet : le ministre des Affaires étrangères du Reich, monsieur Joachim von Ribbentrop, observait le manège, l'hésitation et les messes basses.

Le *Président* descendit enfin la passerelle.

Il constata qu'en cinq ans Ribbentrop n'avait pas changé. L'aryen type. Une véritable réclame pour le IIIᵉ Reich. Grand, blond, distingué, l'air infatué, des yeux pâles qui ne regardent rien, un glaçon, mais quelle prestance ! Les deux hommes échangèrent une poignée de mains rapide, Daladier força une sorte de virilité ombrageuse, l'Allemand restant distant, à peine courtois. Rien n'indiquait que les deux hommes se connaissaient depuis longtemps – et d'ailleurs, qui aurait pu l'imaginer ? Campé au bas de la passerelle, Daladier tenta de se trouver une contenance. Il se tourna pour s'assurer de la présence de ses collaborateurs, marmonna des présentations inutiles, fit mine de lever le nez au ciel, beau temps à Munich. Le tapis rouge était là qui l'attendait, et Daladier ne bougeait toujours pas. Il hésitait encore à cause des SS. Ribbentrop se pencha sur lui, murmura quelque chose, puis l'accompagna du bras, presque fermement, en lui désignant le chemin. Le *Horst Wessel Lied* venait de se terminer. La *Marseillaise* retentit, elle était jouée lourdement, pompeusement, comme déréglée par l'humeur allemande. Daladier se décida à défiler d'un pas incertain, lent, accablé, devant les géants blonds. Le regard tourné vers eux, mais ne les voyant pas.

Le trajet de l'aéroport à la ville avait été pénible. Dans l'immense Mercedes décapotable, les deux hommes ne s'étaient pas adressé la parole. Daladier savait parfaitement à quoi s'en tenir. Ribbentrop était l'ennemi de la journée, on le lui avait dit de toute part. Il voulait la guerre, et s'était opposé au principe de la rencontre de Munich. Ribbentrop était ministre des Affaires étrangères depuis quelques mois seulement. Il était l'instrument d'Hitler qui, cette année-là, avait décidé d'étendre son pouvoir. Comme le maréchal Keitel, mis à la même époque à la tête de l'armée, il était un inconditionnel d'Hitler, un serviteur zélé. Dans l'entourage du Führer, il y avait, un peu comme en France s'était convaincu le *Président*, des « durs » et des « mous »... Ribbentrop était parmi les « durs » du régime, le plus « dur » peut-être. Et il avait une revanche à prendre ces temps-ci. Il venait d'être écarté du triomphal Anschluss six mois plus tôt, au profit de son rival Göring – le chef des « mous » allemands. Pourtant nouveau ministre des Affaires étrangères, il avait été court-circuité dans cette affaire par Göring, alors qu'il se trouvait en voyage officiel à Londres. L'humiliation avait été grande aux yeux de ces Anglais qu'il haïssait, pour les avoir si bien connus, comme commis voyageur puis ambassadeur.

Mais pour les Sudètes, Ribbentrop ne s'était pas laissé faire. Il avait même obtenu du Führer l'engagement que Göring n'empiéterait plus sur sa politique étrangère. De nouveau, il était un va-t-en-guerre influent. La veille, il avait failli saboter la conférence de Munich. Sachant à quoi s'en tenir, les deux hommes ne cherchèrent pas à se faire de diplomatiques manières. À quoi bon perdre son temps... ? Le *Président* avait décidé d'affronter les Allemands ; pas de leur faire des manières comme ces foutus Anglais.

Édouard Daladier préférait contempler la campagne bavaroise. Le défilé des paysages, les faubourgs de la ville, les attroupements publics plus denses, le temps ensoleillé dans ce sud allemand, étaient ses pauvres distractions. Un instant, il jeta un regard oblique sur Ribbentrop.

Le ministre du Reich restait raide comme un automate. Il avait le regard fixé sur la route, figé dans sa posture de grand du Reich. Le *Président* ricana intérieurement en le voyant ainsi : « Ça, un génie... un second Bismarck selon Hitler... ! Cet ancien représentant en champagne... ! »

Ribbentrop, avant d'être ministre, ou ambassadeur à Londres, était en effet le représentant – très lancé – des champagnes Pommery. Il était aussi devenu le gendre du magnat du mousseux allemand, le richissime Henkell. Dès 1933, l'ambitieux Ribbentrop avait été une sorte de conseiller d'Hitler pour les Affaires étrangères. Le ministère et les services de la Wilhelmstrasse étant alors loin d'être nazifiés, Hitler s'en plaignait, s'en méfiait. Il s'appuya donc sur Ribbentrop et ses réseaux. L'homme voyageait beaucoup. Grâce à sa couverture professionnelle, il fut ainsi à la tête de quelques officines nazies influentes de Paris à Londres : le fameux « Bureau Ribbentrop » que toutes les diplomaties occidentales redoutaient. Pour Daladier, Ribbentrop restait le mauvais génie d'Hitler. Il le serait encore aujourd'hui. Il serait l'obstacle durant la conférence. Il cherchait la meilleure manière de le contourner.

Daladier était perdu dans ses pensées tactiques quand, arrivés à l'hôtel réservé pour la délégation française, Ribbentrop lâcha enfin quelque chose, avec aigreur.

« Si vous aviez voulu, il y a cinq ans... Si vous aviez écouté Brinon. Nous n'en serions pas là ! »

Par réflexe, le Français baissa la tête. Il ne s'attendait pas à cela, à cette remarque déplacée, presque intime, en débarquant à Munich. Il ne répondit rien, seulement un hochement de la tête, lourd, accablé qui signifiait à la fois les regrets, les complications de la vie et un secret partagé.

Au bout d'un moment, le *Président* français finit par articuler : « À qui le dites-vous... »

9

1933, la mission Brinon

Je sursautai à l'évocation du nom de Brinon.

Brinon... Fernand de Brinon... L'ambassadeur du gouvernement de Vichy à Paris, sous l'Occupation ; le serviteur le plus zélé des Allemands, à côté de qui Pétain et Laval passaient pour des « dissidents gaullistes »... Dans ma mémoire, il avait été le pire homme de la Collaboration française. Il en était d'ailleurs devenu le chef dans l'exil grotesque et pathétique de Sigmaringen, à l'été 1944 ! Brinon, l'immonde Brinon, dont la femme juive était une des rares « aryennes d'honneur » sous le IIIᵉ Reich, condamné à mort pour intelligence avec l'ennemi et participation au pseudo-gouvernement de Sigmaringen, exécuté le 15 avril 1947 au fort de Montrouge...

Non, ce n'était pas possible. Le *Président* devait se tromper. Pas le même Brinon. Que venait-il faire dans cette histoire ?

— Brinon... Mais de quel Brinon parlait donc Ribbentrop dans cette voiture ? Du nazi français ? De Fernand de Brinon... !

— Tiens... Vous avez entendu parler de Brinon, vous l'Américaine... Oh, Brinon, c'est une longue histoire... Ce n'est pas seulement le chef nazi français de 1945. Ça, c'est la fin de l'histoire... J'ai connu Brinon bien avant, en 1922. Il était journaliste au *Journal des débats*, une publication modérée et de très bonne tenue. Brinon était radical comme moi, ancien combattant comme moi. C'était un homme agréable, un aristocrate libournais dont la famille avait dû être déclassée. Très vite dans les années vingt, Brinon était devenu un journaliste qui comptait surtout pour sa connaissance approfondie des questions allemandes, et un ardent partisan du rapprochement franco-allemand. Il passait sa vie entre Paris et Berlin où il connaissait bien tous les dirigeants. Il n'était d'ailleurs pas spécialement nazi. Il avait fréquenté les leaders sociaux-démocrates allemands avec autant de facilité qu'il allait fréquenter les chefs nazis.

Naturellement, lorsque je suis devenu président du Conseil en 1933, Brinon m'intéressa sacrément par sa connaissance de l'Allemagne. J'avais suivi l'ascension d'Hitler. Elle m'avait inquiété. Je connaissais trop les imperfections du traité de Versailles, et je redoutais le parti que pouvait tirer Hitler de l'humiliation des Allemands. Je m'étais dit qu'il ne fallait pas traîner.

Je venais d'arriver au pouvoir ; Hitler aussi. C'était peut-être une occasion. Le rapprochement était dans l'air. Mon état d'esprit d'alors c'était qu'« il était temps », et que « si un ancien combattant ne le faisait pas, qui le ferait ? ».

Je confiai donc, dès mon arrivée à la présidence du Conseil, une mission officieuse en ce sens à Fernand de Brinon.

— En ce sens, que voulez-vous dire... ? En quoi consistait donc cette mission officieuse ?

— À m'organiser une rencontre officielle avec Hitler... La grande Réconciliation entre la France et l'Allemagne, quoi.

— Dès votre arrivée au pouvoir ?

— Ça vous étonne... ? J'avais pris conscience du danger de la situation en Allemagne. Je pensais ainsi avoir une chance d'endiguer le danger... Je dois vous avouer que j'ai passé pas mal de temps sur cette histoire de rencontre avec Hitler en 1933, et même en 1934 je crois bien... Une telle opiniâtreté vous surprend vraiment, hein ? Ceux qui n'ont pas connu la guerre – je veux dire la Grande Guerre – ne peuvent pas comprendre... ! Qu'y avait-il d'ailleurs de scandaleux à vouloir rencontrer le chancelier Hitler en 1933... ?

Le désir de s'entendre avec l'Allemagne était là en France dans l'esprit de tous. Les anciens combattants, dont beaucoup étaient au pouvoir, disaient : « Plus jamais ça. » Briand et les poètes rêvaient de concorde universelle, de Paix européenne. J'avais vu – je vous l'ai déjà dit – un signe dans notre arrivée concomitante au pouvoir. Je pensais que des gens comme Hitler, comme moi, étions la relève... Pour moi, en tout cas, ce fut le grand sujet de l'été 1933.

— Mais pourquoi avoir fait appel à Brinon ? Vous aviez déjà François-Poncet en ambassade à Berlin ; vous aviez aussi un bon ministre des Affaires étrangères, Paul-Boncour...

— Je ne voulais pas de circuits officiels, à cause des fuites. Le Quai d'Orsay n'était pas dans le coup, pas plus que François-Poncet à Berlin. Comment dire... avec Brinon, j'avais confiance, et il avait de nombreuses relations. Il pouvait toucher Hitler, m'avait-il dit. Il avait fait la connaissance de Ribbentrop un peu avant, en 1932, chez les Polignac durant une chasse. L'Allemand, qui était encore dans le commerce du champagne, lui avait été présenté par un de ses camarades de la guerre, Guy de Wendel qui, lui, devint par la suite un anti-nazi farouche. Les deux hommes étaient alors liés.

— En 1933, le contact avec Hitler passa donc par Ribbentrop ?

— En effet, et durant l'été 1933, et jusqu'en 1934, nous nous sommes beaucoup vus, Ribbentrop, Brinon et moi. Je me souviens d'un rendez-vous dans la garçonnière de Brinon, à Neuilly. Puis d'autres rencontres, probablement après que j'ai obtenu la Légion d'honneur pour Brinon. C'était à Vichy. J'étais en cure, l'été est agréable dans la ville d'eaux. J'étais veuf depuis peu. Je décidai d'éviter l'hôtel du Parc, celui des Ambassadeurs et m'installai dans une villa, à l'écart du quadrilatère des Thermes, trop fréquentés. J'étais accompagné de mon fidèle Clapier et de mes amis, les Brinon. Ils étaient alors si drôles, si lancés dans le monde, si prévenants avec moi. Rien n'aurait pu laisser imaginer la suite. Qu'ils deviendraient – dix ans plus tard – le couple le plus insolite de la Collaboration. Puisque madame de Brinon, Lise, était israélite. C'est vous dire... Je l'aimais bien, je l'appelais « la Colonelle ». Je crois qu'elle est encore vivante, et qu'après l'exécution de Brinon en 1947, elle refit sa vie avec un autre ultra de la Collaboration, Benoist-Méchin. Elle doit être abonnée aux collabos...

Notre résidence à Vichy était discrète. Ribbentrop put y débarquer sans crainte d'être repéré. Je m'étais renseigné sur Ribbentrop : son enfance au Canada, sa belle guerre dans l'aviation, des amis sociaux-démocrates et israélites, une adhésion au parti nazi en 932, et une vie de grand voyageur européen. Ribbentrop était l'homme idéal pour ce genre de mission. Il n'était pas encore un officiel, mais très influent. Hitler – dont il n'était pas l'intime – lui était reconnaissant du fait qu'en janvier 1933 les principaux conciliabules – qui menèrent à sa prise de pouvoir – s'étaient menés dans sa villa de Berlin. C'est chez lui qu'Hitler avait dû rassurer, choyer, endormir la vigilance de la droite allemande, de von Papen, et du fils du président Hindenburg dont tout dépendait...! Ce fait, largement vanté par Brinon, m'avait impressionné.

Durant ces belles soirées d'août 1933 à Vichy, nous avons beaucoup parlé, Ribbentrop, Brinon et moi. De la Grande Réconciliation bien sûr! J'en ai gardé un souvenir étrange, très doux. Nous nous tenions dans un de ces jardins de Vichy, plantés par la bienfaitrice de la station, l'impératrice Eugénie qui – prétendait-on – avait habité la maison... Deux Français, un Allemand, trois anciens combattants, trois utopistes – oui. Nous rêvions à haute voix.

— Que s'est-il dit précisément durant ces rendez-vous secrets ?

— Des choses importantes et précises sur l'avenir de nos deux pays... Nous avons dit à l'Allemand tout le mal que nous pensions de la politique des réparations, consécutives à 14-18, insupportables aux Allemands ; des Américains décidément trop durs, si peu européens, qui exigeaient d'une France démunie le remboursement de l'emprunt de guerre – ce qui nous conduisait à être intransigeants, hélas, avec l'Allemagne. Ribbentrop s'était même – je m'en souviens – montré sentimental en proclamant, après un dîner fameux, vibrant : « Le Führer est un taciturne... Comme le président Daladier... Ils sont tous deux des hommes qui parlent peu mais bien. » Les Brinon, épatés, avaient hautement approuvé la formule. J'avais eu envie de démentir.

Je me suis contenté de faire le modeste ; mais – pour tout vous dire – le rapprochement m'avait flatté.

Par ailleurs, notre plan était précis. Nous avions imaginé une rencontre hautement symbolique entre moi et Hitler. Une réconciliation spectaculaire, propre à frapper les esprits, ceux des anciens combattants, et des générations futures aussi. J'avais imaginé cette rencontre sur le pont de Kehl, là où, au XIVe siècle, fut édifié le premier ouvrage sur le Rhin. Tout un symbole !

Nous avions aussi évoqué toute une série de choses, outre le lieu, une date, la meilleure saison, l'édification d'un gigantesque monument à la mémoire des victimes de la guerre. Nous étions même, sur la suggestion de Brinon, rentrés dans les détails, avec le choix des deux sociétés de cinématographie qu'on convoquerait pour l'occasion – une française, une allemande, mais aucune agence anglo-saxonne. Brinon s'était mis à rêver d'une grande revue franco-allemande dont il serait le directeur évidemment, et de tous les voyages de patrons et d'artistes qu'on organise-rait entre les deux pays.

— Concrètement, quel était votre plan de bataille ?

— Nous avions choisi la discrétion, je vous l'ai dit. Ribbentrop et moi, nous connaissions trop bien les jalousies du Quai d'Orsay, les mesquineries de la Wilhelmstrasse, les résistances de Blum, la jalousie de Göring. Nous les connais-sions trop pour risquer quelque indiscrétion. Brinon fut donc chargé de partir en Allemagne début septembre. Là, il eut deux importants entretiens ménagés par Ribbentrop. Le pre-mier avec le général von Blomberg, ministre de la Guerre du Reich, où ils évoquèrent la délicate question de la restitution de la Sarre à l'Allemagne ainsi que des questions militaires et douanières. Le deuxième entretien fut plus décisif. Il se tint avec Hitler à Berchtesgaden, au nid d'aigle. L'entretien dura deux heures, en présence de von Blomberg et Ribbentrop. Brinon se présentait en « ami et émissaire du président du Conseil français » et aussi comme ancien combattant de la guerre. Il revint vers moi chargé d'un long message : les demandes d'Hitler.

Un : La Sarre « qui est allemande, devait revenir à l'Allemagne ».

Deux : Les réparations devaient être assouplies.

Trois : Les colonies d'Afrique dont il faudrait céder un bout à l'Allemagne.

Avec mon autorisation, Brinon publia pour *Le Matin* un entretien avec le Führer dans l'édition du 22 novembre. Il fut retentissant. Je vous ai retrouvé la copie. Hitler y déclarait : « *Si la France entend fonder sa sécurité sur l'impossibilité matérielle pour l'Allemagne de se défendre, il n'y a rien à faire. Mais si elle admet de trouver sa sécurité dans un accord librement discuté, je suis prêt à tout entendre. [...] La Société des Nations est un parlement international dans lequel des groupes de puissance s'opposent et s'agitent. Les malentendus sont aggravés au lieu d'être résolus. Je suis toujours prêt [...] à entamer des négociations avec ceux qui veulent bien causer avec moi. [...] Je n'ai pas l'intention d'attaquer mes voisins.* » Je trouvai cela encourageant. Je chargeai Brinon de repartir à Berlin muni de nouvelles instructions. Mais brusquement, le ton avait changé. Il y avait eu des malentendus. L'Allemagne avait claqué la porte de la SDN. Les conditions d'Hitler s'étaient durcies. Mais je n'avais pas renoncé.

Les contacts avec Ribbentrop se poursuivirent en 1934. Mais je me rendais compte que mon désir de rapprochement n'était pas compatible avec le régime de la IIIᵉ République. Je devais consulter le Parlement, je devais tenir compte du Quai d'Orsay, je devais rendre des comptes à mon parti. Et puis j'ai commencé à me méfier un peu de Brinon. Il était insistant pour que nous reprenions le chemin du rapprochement franco-allemand. Mais il était bizarre, un peu trop franc-tireur. Et puis il avait de gros besoins d'argent. J'ai su qu'il s'était mis à travailler pour les Allemands, en se servant grossièrement de ce comité France-Allemagne que j'avais fait subventionner. Oh, pas des choses très répréhensibles, du moins au début : la confection de dossiers pour la presse, quelques synthèses pour Ribbentrop, l'organisation de quelques voyages d'agréments pour des personnalités françaises aux Jeux olympiques de Berlin de 1936.

— Et à présent, regrettez-vous ce rendez-vous manqué ?

— Parfois... Je me suis parfois reproché d'avoir calé, d'avoir écouté ces ministres qui me conjuraient de refuser le dialogue face à Hitler, qui m'annonçaient que toute relation avec Hitler était un aveu de faiblesse ! Qu'ai-je eu besoin de rester dans la ligne de la Société des Nations puisque celle-ci a finalement disparu.

10

L'hôtel des Quatre Saisons

L'hôtel des Quatre Saisons est un vieil établissement d'excellente réputation, avait suggéré le consul de France. La délégation française s'y installa avant midi. Le président français déboula dans le hall de l'hôtel, tête dans les épaules, caché derrière son chapeau, col de son paletot relevé, et cigarette aux lèvres. Clignant des yeux sous les flashs de la presse internationale, il ne répondait pas aux questions, esquissait à peine une méchante grimace. Il cherchait sa direction, une issue, un ascenseur, sa chambre, la paix pour préparer le sommet. Il avançait sans voir ; il heurta un groupe de clients, écarta quelques parasites. Il ne prêtait attention à personne, ni au directeur du palace, courbé et volubile, ni aux concierges qui lui souhaitaient gracieusement et en chœur « *Willkommen in München... Herr Präsident* ». Il fonçait comme un taureau. Il était fermé. Il écoutait à peine Léger qui s'inquiétait de n'avoir toujours pas de nouvelles des Anglais. Il était concentré. Il ne voulait rien perdre de sa force, de cette énergie accumulée depuis un mois, de ses résolutions d'hier. On ne lui ferait pas sacrifier la Tchécoslovaquie amie. Les drapeaux des quatre pays sur tous les bâtiments, la foule se massant depuis l'aéroport, la nuée des journalistes et l'empressement des grooms semblaient avoir fouetté sa détermination.

Il était à Munich, enfin.

Une fois dans la suite présidentielle, Daladier félicita l'ambassadeur de son choix hôtelier, qui en rosit de plaisir bien qu'il n'y fût pour rien. François-Poncet était un diplomate fameux. Il était de cette génération où les ambassadeurs français n'étaient pas vingt, se nommaient Charles-Roux ou Léon Noël, et avaient protocolairement préséance sur leur ministre. Moustachu, habile, spirituel, cet ancien journaliste, ancien député, ancien sous-secrétaire d'État, était disait-on le diplomate le mieux habillé de Berlin. Il n'était pas de la Carrière – ce qui devait gêner Léger – mais en sept ans passés à Berlin, l'agrégé d'allemand avait fini par être très introduit auprès d'Hitler.

À présent, l'ambassadeur à Berlin était devenu le centre d'intérêt du *Président*, c'était visible. Il captivait, il amusait, on l'écoutait gravement, et il n'en était pas mécontent, surtout devant Alexis Léger. Il était stimulé par l'intérêt du chef ; le *Président* avait besoin d'entendre parler des Allemands et d'Hitler « de la bouche du cheval » avait-il dit, pensant ainsi honorer l'ambassadeur. Léger toujours au téléphone et Rochat qui se morfondait avaient brusquement disparu du champ de vision présidentiel. Clapier s'était écarté ; il avait l'habitude. François-Poncet était l'homme de l'heure, celui qui savait.

Pour se mettre en appétit, le *Président* commença par interroger François-Poncet sur son entretien de la veille avec Hitler, celui qui avait déclenché le sommet de Munich.

Le chef avait eu la dépêche du Quai, mais il voulait des détails précis...

François-Poncet lui raconta qu'il était arrivé à onze heures à la chancellerie. Dans les couloirs, des généraux s'agitaient. Un déjeuner avec les commandants d'unité d'invasion était donné par Hitler. Il avait croisé Ribbentrop, avant d'être introduit auprès d'un Hitler, « nerveux, tendu... le visage animé ». Le Führer l'avait écouté respectueusement, comme il le faisait toujours depuis cinq ans qu'ils se fréquentaient. Il avait été particulièrement attentif lorsque François-Poncet avait dit : « Vous vous trompez, monsieur le chancelier, si vous croyez pouvoir localiser le conflit à la Tchécoslovaquie. Si vous attaquez ce pays, vous mettrez le feu à toute l'Europe. » Hitler, injuriant à nouveau, semblait intraitable. Il avait pourtant répondu courtoisement à François-Poncet, avant de s'en prendre à Beneš, en hurlant cette fois. Mais François-Poncet avait insisté. L'entretien avait été interrompu par l'arrivée inopinée de l'ambassadeur d'Italie, Attolico.

Le *Président,* tout au long du récit de François-Poncet, avait été impatient, avide de détails, et fier de l'audace de son ambassadeur. Il était soucieux, comme insatisfait, il voulait en savoir plus, plus encore... Il tournait dans la pièce, bras dans le dos, corps courbé, le front sévère où certains croyaient voir un bouillonnement intérieur. Il avait la posture de Napoléon avant la bataille. Il mitrailla François-Poncet de ses questions sans le regarder :

« Dans quel état d'esprit l'avez-vous trouvé... ?

Combien de temps a duré l'entretien... ?

Était-il excité, comme lors de son discours du Sportpalast... ?

Que dit-on de sa santé... ?

Où en est-il avec Göring... ?

Et avec cet extrémiste de Ribbentrop... ? »

L'ambassadeur tentait de répondre avec diligence, précision et nuances, en pesant le pour et le contre comme tout bon diplomate du Quai. À chaque réponse de l'ambassadeur, le *Président* acquiesçait. Parfois, il s'étonnait et s'immobilisait dans sa course en apprenant un fait méconnu de lui. Par exemple que la conférence avait été voulue par Göring qui avait convaincu Hitler « dans le dos de Ribbentrop ». Le *Président* avait donc confirmation de son intuition : il y avait à Berlin aussi des « mous » sur lesquels il faudrait s'appuyer et des « durs » dont il faudrait se méfier.

Mais le temps pressait. L'ambassadeur parlait trop long. Et lorsque Daladier, impatient, l'interrogea à nouveau sur les divisions politiques au sein du IIIe Reich, François-Poncet se mit à répondre efficacement, dans une sorte de sabir télégraphique.

« Contre la guerre... Le maréchal Göring... Contre la guerre... L'ancien ministre des Affaires étrangères von Neurath... Contre la guerre... Le secrétaire d'État von Weizsäcker. »

Moue intéressée de Daladier à l'évocation du maréchal Göring.

« Pour la guerre... Ribbentrop... Pour la guerre... Himmler, le chef des SS... Pour la guerre, des extrémistes du régime comme le chef des SS, Himmler... »

La méthode télégraphique semblait convenir au *Président*. François-Poncet poursuivit :

« Mais la population allemande... apathique... Elle serait plutôt contre une intervention en Tchécoslovaquie... »

Daladier releva la tête. Il était radieux. Le *Président* appréciait de plus en plus, lui et ses informations. François-Poncet en profita alors pour glisser une autre bonne nouvelle ; et cette fois en prenant le risque de développer :

« Et puis, il semblerait que la Wehrmacht aussi soit contre la guerre... On dit que la hiérarchie militaire ne partage pas les vues du chancelier Hitler. On parle même d'un "complot des généraux"... Le colonel Oster, de l'Abwehr, a divulgué des renseignements aux Anglais. Avec le lieutenant-colonel Gerhard Graf von Schwerin, il aurait tenté de les encourager à se montrer fermes face à Hitler. Avec lui, d'autres officiers supérieurs, dont le général Halder, chef d'état-major général, s'efforceraient de monter une conjuration contre Hitler. De nombreux autres membres de l'armée auraient été contactés à cette occasion, dont le général Beck. L'amiral Canaris, chef de l'Abwehr, et lui se disaient prêts, en cas de guerre contre la Tchécoslovaquie, à déclencher un coup d'État. »

Daladier pouffa, François-Poncet blêmit.

Le *Président* ne croyait pas à ces « sornettes » dont Chamberlain lui avait dit un mot, à Londres le 19 septembre. Brusquement, il s'emporta contre ces informations qui venaient déjouer ses maigres certitudes. C'était une fable, un mauvais roman d'espionnage, pire, un piège...

L'ambassadeur avait commis l'imprudence de rapporter ces balivernes. Il sentit aussitôt son crédit auprès du *Président* s'effondrer. Il voulut se rattraper et se décida à développer un sujet qui ferait pâlir Léger de jalousie. Il lança doctement : « Et puis il y a un facteur à ne pas négliger. Le précédent autrichien... »

Daladier se figea, intrigué. François-Poncet expliqua que, selon ses amis modérés de Berlin, Hitler s'en voulait de ne pas avoir « avalé la Bohême en même temps que l'Autriche, il y a six mois ». Que la victoire sans combattre en Autriche l'avait frustré d'un beau succès militaire...

Cette perspective assombrit soudain le *Président*. Il resta immobile, songeur un long moment.

Mais tel un étudiant anxieux, reprenant son bachotage à l'ultime moment, il lui venait, encore, une foule de questions négligées, comme autant d'inquiétudes.

La possibilité de pouvoir raisonner Hitler ?

La manière de contrecarrer l'influence de Ribbentrop ?

L'état d'avancement de la « ligne Siegfried qui – n'est-ce pas ? – ne valait pas notre ligne Maginot » ?

La température en Autriche après l'Anschluss ? Combien de divisions allemandes là-bas ?

Et les Roumains, laisseront-ils passer les avions soviétiques si jamais Staline venait au secours de la Tchécoslovaquie ?

Les dernières confidences de l'ambassadeur russe à Berlin ? Bougeront-ils ?

Ou faut-il définitivement oublier les Soviétiques... ?

Le projet d'invasion allemand était récent ? Ou remontait-il à novembre 1937, au moment où les « services français » avaient prévenu de l'existence d'un mystérieux « Protocole Hossbach » ?

Le *Président* mitraillait à nouveau, et l'ambassadeur se laissa assaillir sans déplaisir. Pour lui, c'était l'occasion de briller, de se rendre aussi indispensable que Léger, de s'assurer vraiment cette ambassade à Rome – le palazzo Farnese, un paradis ! – qu'on lui avait promise ; ou – sait-on jamais – de remplacer un jour Léger lui-même à la tête du Quai – si le belliqueux Massigli n'avait pas le poste. Ne disait-on pas Léger, usé, englué dans sa routine briandiste, dépassé de plus en plus... ?

Une dernière fois, le *Président* interrogea François-Poncet sur le pourcentage de chances qu'Hitler bluffe. Une dernière fois, il s'inquiéta de savoir qui, à Berlin, des « mous » ou des « durs », avait pris le pas sur l'autre. Il venait de débarquer dans un monde inconnu, dangereux. Et il tentait, à toute force, de faire rentrer Hitler dans ses propres sabots républicains, français, radicaux et socialistes. Il en était touchant.

Au terme de ce roboratif rapport diplomatique, le *Président* poussa un grognement d'aise : « Merci Poncet... Merci Poncet. » Il lui était reconnaissant. Il s'était goinfré d'informations. Maintenant, il était repu.

Le *Président* se rappela soudain la présence des autres. Clapier au garde-à-vous qui lui tendait son manteau ; Rochat agité, inquiet de ne pas avoir de nouvelles d'une correspondante du Quai – et de ses dossiers – probablement perdue dans Munich. Et Léger, l'indispensable Léger, pendu au téléphone depuis leur arrivée. D'un geste du menton, Daladier s'enquit d'un éventuel problème, mais Léger ne répondait pas. Il était en grande conversation, et il était blême. Le très courtois secrétaire général du Quai d'Orsay finit par lancer une insulte sonore – et française – à son correspondant, avant de raccrocher.

« Mais que se passe-t-il donc, mon cher Léger, demanda Daladier, en forçant son accent bonhomme et provençal.

— Impossible de joindre Chamberlain, Horace Wilson, ou le moindre Anglais ! Tout à l'heure, ils n'étaient pas arrivés à l'hôtel Regina. Maintenant, c'est le standard de l'hôtel qui a des problèmes de transmission. »

11

Le *sympathique* maréchal Göring

Le maréchal Hermann Göring était au bas du grand escalier, dans le hall grouillant, entouré de ses administrateurs. Le *Président* ralentit son pas pour mieux l'observer. C'était donc lui le fameux Göring, numéro deux du IIIᵉ Reich, Premier ministre de Prusse, président du Reichstag, grand veneur du Reich, et dauphin désigné du Führer. Lui, le chef de la terrifiante Luftwaffe, l'homme qui l'empêchait de dormir, lui, tous les Français et même les Anglais ; qui menaçait de semer sur Paris ou sur Londres la désolation ; qui terrifiait avec ses mystérieux bombardiers à longue portée. Depuis plus de vingt ans, il avait vu tant de photos que l'homme lui semblait familier. La première fois, c'était en 1918. Sa compagnie avait pris une tranchée ennemie. On s'était installé et on avait trouvé là un macchabée foudroyé alors qu'il était en train de lire une revue d'aviation. Sur la couverture, le capitaine Göring, successeur du « baron rouge » von Richthofen. Depuis, la célébrité n'avait cessé d'accompagner Göring. Le *Président* se souvenait aussi de ce portrait de Göring – ce devait être à la fin des années vingt – où « l'as des as » posait, à la façon du Studio Harcourt de Paris, comme une vedette de cinéma, air de

125

chérubin, yeux de velours, pose martiale, cheveux gominés, quelque chose de Rudolf Valentino, en plus enflé. Ancien héros, nouveau leader politique, il avait apporté à Hitler, dès les années vingt, sa légende et un peu de respectabilité.

En voyant le *Président* descendre, Göring s'anima. Il planta là sa troupe et vint à la rencontre du Français, l'air jovial, le visage ouvert, la main largement tendue. Daladier eut la tentation de se fermer alors que le massif Göring se précipitait sur lui ; mais après l'accueil glacial de Ribbentrop à l'aéroport, ce bonhomme tout à coup chaleureux, ces bras hospitaliers, cette face à l'allure humaine, le *Président* ne put s'empêcher de le trouver sympathique. Tout en notant que l'uniforme d'apparat du maréchal, d'un blanc qui faisait mal aux yeux et où le corps devait dégouliner de ses cent vingt kilos, n'était pas très seyant.

Mais plus que les titres à rallonge du numéro deux du Reich, une femme actrice de vingt ans plus jeune, une fortune colossale, des dizaines d'usines qu'il s'était appropriées dans le pays, c'était le Göring « as des as » qui, à l'instant, impressionnait le *Président*.

Un peu troublé par ces réminiscences, il détaillait la seule décoration que le maréchal – qu'on disait pourtant avide de médailles et de diamants – portait aujourd'hui : la plus belle, la plus fameuse, il le savait, la Croix pour le mérite. La décoration prussienne avait longtemps été la plus haute décoration allemande, et la plus prestigieuse de la Première Guerre mondiale. Dans l'aviation, elle récompensait la gloire des chevaliers du ciel. Les récipiendaires, lorsqu'ils étaient en uniforme, devaient porter l'insigne, une croix de Malte bleue avec des aigles entre les bras, sur laquelle étaient gravés une couronne et les mots dorés « Pour le Mérite ». Face au héros de 1918, Daladier n'était tout à coup plus le même. Il retrouvait les réflexes du jeune officier qu'il était alors. Les sentiments anciens, les hiérarchies de jeunesse longtemps enfouies, comme pétrifiées au fond de l'âme, avaient resurgi. Il avait l'admiration intacte. À présent, il n'était plus le *Président* français.

Il était redevenu le rampant de 1914, le sergent volontaire au 258ème régiment d'infanterie. Vingt années, une carrière prodigieuse, et même les frontières venaient d'être abolies. Il était à nouveau l'homme de terre, celui dont la boue était une seconde peau et les loutres des compagnons familiers. Celui qui, levant les yeux au ciel pour fuir sa misère, restait fasciné par les joutes aériennes de ces seigneurs de la guerre qui s'appelaient Guynemer, Richthofen ou Göring et qu'on reconnaissait parfois en vol à leurs couleurs et à leurs armoiries. Car en dépit du patriotisme sourcilleux de Daladier, les exploits du capitaine Göring l'avaient vraiment fait rêver. Il se souvint du récit de ce jeune aviateur français, polytechnicien et protestant. Il lui avait raconté avec fierté en 1918 comment il avait été descendu, au-dessus de la Somme, par le capitaine Hermann Göring. L'avion français était en flammes ; l'Allemand s'était approché, avait tourné autour de lui pour le saluer, s'enquérir de sa vie et s'en était allé avec panache et battements d'ailes, sans l'achever

Le premier émoi passé, le *Président* se ressaisit. Il se dit qu'il était tout de même le chef français. Il retrouva de la solennité lorsque le maréchal prononça une sorte de discours de « bienvenue » dans un français chantant. Le Français tenta de répondre avec la même chaleur dans un allemand fleuri. Il ne se força pas trop. Il se disait, pour se mettre à l'aise, que Göring était à Berlin l'homme de la paix, et forcément l'ennemi de Ribbentrop. Autant dire un ami dans ces conditions ; et en dépit de quelques ragots d'ambassade, selon lesquels Göring aurait comparé la Tchécoslovaquie à « une appendicite qu'il fallait opérer ». Un excès de tribun, c'est sûr, comme il s'en produisait en France, même dans les congrès du Parti radical où pouvaient se dire tant de bêtises...

Göring palabrait, Daladier le dévisageait, il avait envie d'être en confiance. Il allait mieux, mais il sentit tout à coup une odeur lourde, forte, sucrée tout autour de lui. De l'encens, du parfum, celui qu'une cocotte aura laissé traîné dans le hall à son passage. Les effluves lui parvenaient, et de plus en plus fort.

C'était Göring, il était parfumé.

Le *Président* fut bêtement troublé. Il trouvait ça bizarre. On l'avait pourtant prévenu, le numéro deux du Reich était un peu spécial. Il aimait les bijoux, il collectionnait les tableaux et les châteaux, il se voulait « un homme de la Renaissance ». Il avait fait de sa principale demeure un gigantesque mausolée, à la mémoire de sa première femme suédoise. Il disposait d'une flotte personnelle de dix avions Condor, d'une extravagante garde-robe, d'uniformes d'apparat par dizaines, taillés dans toutes les étoffes, surtout les plus criardes, qu'il dessinait lui-même ; et qu'il changeait, disait-on, plusieurs fois par jour. On racontait même qu'il recevait ses hôtes pour dîner revêtu d'un kimono rose, avec aux pieds des mules de la même couleur, dans un de ses palais, digne d'un monarque européen et sans que cela choque personne. Dans le très puritain IIIe Reich de monsieur Hitler, on acceptait tout de Göring, des pires rapines à l'usage de la morphine.

Une fois épuisées les salutations, le maréchal voulut bavarder avec le *Président*. Se montrer avec lui surtout. Il l'entraîna dans le hall, le tint par le bras, conversa avec lui comme peuvent le faire deux curistes en vacances. Ils firent ainsi quelques pas. Des photographes surgirent. Daladier sursauta, Göring les chassa d'un geste, et les deux hommes reprirent leur promenade vers le cortège qui attendait dans la rue.

Dans le tourniquet de l'hôtel où l'on s'était engagé, Léger vint trouver Daladier. « Il y a une urgence », souffla-t-il. Léger n'arrivait toujours pas à joindre les Anglais à l'hôtel Regina, et de plus on avait perdu une diplomate française de l'ambassade et ses dossiers. Le secrétaire général en était convaincu : les Allemands faisaient obstruction. Ils ne voulaient pas que les Alliés puissent se concerter avant la réunion...

Daladier, qui s'était considérablement détendu au contact de Göring, retrouva son masque maussade. Il était agacé, il grogna en direction de Léger faute de pouvoir crier ; se demanda quoi faire, imagina de demander à son « nouvel ami » Göring de régler ce problème probablement dû à Ribbentrop. Puis se ravisa. Ce serait rompre la si bonne harmonie qui venait de s'installer.

Confus de faire attendre Göring de l'autre côté du tourniquet, le *Président* somma Léger de se débrouiller. Et de le rejoindre sur le lieu de la conférence.

*

En les voyant sortir de l'hôtel des Quatre Saisons, dans cette posture amicale, la foule postée dehors explosa. Daladier s'arrêta. Il se servit de son chapeau pour voir sans être ébloui par l'éclatante lumière de midi – « le temps du Führer », s'était réjoui Göring. Il entendait des « Vive la France » enthousiastes. Des « Vive Daladier » émouvants. Il devinait des slogans en allemand, des « Donnez-nous la paix », des « Plus jamais ça », et même des bouts de *Marseillaise*. Le *Président* était médusé. Donc ce peuple ne voulait pas la guerre lui non plus... À ses côtés, Göring était aux anges. Il s'affairait, il embrassait les petites filles en costume local, il serrait fièrement les petits garçons revêtus de l'uniforme brun des Jeunesses hitlériennes. Tandis que des vieux en costume bavarois l'empoignaient. Daladier était un peu perdu dans ce bain de foule inattendu. Göring le rattrapa bien vite. Il lui prit le bras et le leva en direction de la foule, comme on le fait avec un champion. Daladier voulut protester. La foule rugit de plus belle, l'ovation l'assourdit. Il se laissa faire, et tenta de crier sa reconnaissance à l'oreille de Göring : « Mais au fond, vos Munichois ce sont, comme chez moi, des Méridionaux. »

Le parcours n'en finissait pas.

C'étaient encore des *Marseillaise*, des portraits de lui et du Führer côte à côte – « où donc les avaient-ils trouvés ? » –, des vivats, des baisers et des fleurs. Le *Président* – qui avait l'œil – se dit que c'étaient là des manifestations spontanées. Aucun régime ne pouvait fabriquer cet enthousiasme et cette envie de paix. La foule ralentissait la décapotable officielle, les acclamait encore et encore, les aimait, et les suppliait de leur « donner la paix ».

Maintenant, le *Président* était impatient d'arriver à la « maison du Führer ».

Au bout d'un moment, le *Président* s'inquiéta auprès de Göring. À ce rythme, on n'y arriverait jamais. Le maréchal le rassura : « Non... Aucun des trois autres dirigeants n'était encore arrivé au Führerbau. » Puis partit d'un grand rire, en lui tapant la cuisse, comme s'il se moquait de son sérieux. Le geste familier, obscène, le fit se raidir. Le *Président* se referma.

Tout à coup, il supportait mal ce défilé, ce soleil de plomb qu'ils appelaient tous fièrement « le temps du Führer ».

À la descente d'avion, et même à la sortie de l'hôtel des Quatre Saisons, il avait encore toute sa fougue, son énergie, et des idées claires. Il était prêt. Mais voilà qu'il commençait à goutter sous son feutre ; c'était mauvais signe. Il faisait trop chaud et ses vêtements d'hiver lui pesaient. Son corps s'alourdissait. Sa chemise déjà trempée lui interdirait de tomber la veste, comme il aimait à le faire lors des longues négociations. Il fallait arriver sans tarder. Il fallait que commence cette conférence.

Le *Président* n'entendait plus les vivats, seulement un bourdonnement. Il ne reconnaissait plus ces bouts de *Marseillaise* qui, dix minutes plus tôt, lui avaient chauffé le cœur. Il ne voyait plus rien, ni la foule, ni Munich, ni ses beautés classiques. Tout n'était que vacarme et brouillard. Brouillard de visages aimants, de visages rieurs, de visages d'homme en noir des SS. Tout était indifférencié. Il traversait une immense haie humaine, chauffée à blanc, adorante, implorante et désespérée. Il était dans le toril, ce couloir long et aveugle où est maintenu le taureau avant d'entrer en pleine lumière sur la piste.

En descendant de la limousine, le *Président* nota que le visage d'Hermann Göring dégoulinait de sueur et de maquillage.

TROISIÈME PARTIE

1

Le Führerbau

Le *Président* entra dans l'arène à 12 heures 21.

Le Führerbau est un pur palais hitlérien.

Une bâtisse aux lignes grecques sans ornement, sans rondeur, tout en angles mais aux proportions germaniques. La « maison du Führer » donne sur le prestigieux Königsplatz dont elle ferme le rectangle. Sévère, énorme, toute neuve, elle tranche sur le baroque de la ville. Sur sa façade de marbre rose, un aigle de bronze se détache, ailes déployées. On y pénètre par deux portiques à colonnes.

Le Führerbau est un des hauts lieux du régime. Arrivé au pouvoir, Hitler en a commandé la construction à son architecte du moment, Troost ; et comme toujours, celui qui rêvait de rentrer au cabinet Littmann à Munich en 1913 s'était mêlé de tout, des plans bien sûr, des matériaux, du marbre, des fenêtres, des salles de réunion, et même des visites du chantier. Le lieu est à la fois le siège du parti nazi et le bureau d'Hitler, mais Hitler déteste travailler dans ses bureaux, à la Chancellerie de Berlin comme à Munich. En fait, l'édification du nouveau siège munichois du parti n'était qu'un prétexte. Car pour Hitler, tout est bon pour glorifier, embellir, agrandir Munich, son Munich. Rien n'est trop beau, ni trop cher, pour l'« Athènes sur l'Isar », l'autre capitale du Reich. Berlin... ? Ce n'était qu'une capitale à regret, une ville étrangère où il vivait à l'hôtel, et passait le moins de temps possible. Berlin la frivole, Berlin l'invertie, Berlin la rouge dont il avait laissé le soin à l'ancien gauchiste de la NSDAP, le docteur Goebbels. Berlin, si peu allemande, à la différence de Munich. Berlin qu'il vomissait à peu près autant que Vienne, « cette Babylone des races ». Pour Hitler, il y avait Munich d'abord, et aussi Nuremberg pour les congrès du parti. C'est là, à Munich où il était arrivé par le train un matin de mai, vingt-cinq ans plus tôt, avec une valise noire, que tout s'était joué.

C'est à Munich que le maître de l'Allemagne nouvelle avait voulu les faire venir. Chez lui.

Roulements de tambour. Le chef du protocole, un grand rouquin, en jaquette grand siècle et nu-tête, se précipita sur Daladier qui d'abord ne le vit pas, trop occupé à examiner les gardes noirs SS lui présentant les armes, immobiles comme pétrifiés, pistolets à la ceinture, brassard rouge au bras.

À l'intérieur du Führerbau, des huissiers vêtus de noirs, bas blancs et souliers à boucles, ouvraient les portes et guidaient les invités dans un ballet feutré. Ce détail rassura le *Président* français qui les trouva plus civilisés que les SS. Il n'aurait pu se concentrer, durant ce sommet, en sachant ces géants en noir à tout moment derrière son dos.

Neville Chamberlain venait d'arriver, pas Hitler, ni Mussolini.

« Il fait peine à voir », se dit Daladier en apercevant Chamberlain dans ce salon du premier étage. Le Premier ministre de Sa Majesté avait l'air d'être posé là, comme un bibelot au milieu des Ribbentrop, des généraux de la Wehrmacht et des officiers des SS. Il était toujours revêtu de son pardessus noir, son parapluie à la main. Il était posté devant un buffet froid, auquel il ne touchait pas. Personne ne s'occupait de lui. À ses côtés se tenaient, avec le même air emprunté, trois hommes. Trois Anglais. Même défroque, mêmes paletots, même parapluie. Horace Wilson, l'éminence grise du 10 Downing Street, le véritable cerveau de la politique britannique d'*appeasement*, Sir Nevile Henderson, l'ambassadeur de Grande-Bretagne en Allemagne qui arborait un pimpant œillet rouge à la boutonnière, et aussi un jeune diplomate au teint rose, Mr. Ashton-Gwatkin. Lorsque Chamberlain aperçut Daladier, il s'anima avec brusquerie, comme Robinson tombant sur Vendredi. Il émit un de ces cris rauques et tribaux que se lancent parfois les Anglais lors de retrouvailles, dans leurs clubs, sur un terrain de cricket ou au fond de l'Afrique. Un « ouaaye Édououaarddd » brusque qui marquait autant la surprise de le croiser là, le bonheur de le retrouver et la complicité ancienne face à l'épreuve. Mais cette excessive exubérance – car en vérité, Chamberlain et Daladier ne s'étaient jamais vraiment tombés dans les bras – cachait autre chose : le malaise de Chamberlain depuis son arrivée, toutes les petites humiliations subies depuis l'arrivée à Munich, l'absence de protocole, pas de vestiaire où poser son manteau, la froideur des hiérarques nazis présents, leur indifférence insultante, le ton brutal de Ribbentrop...

L'Anglais répéta « Édououaarddd ». Il prit la main de Daladier et ne cessa de la secouer. L'élan de Chamberlain, cette affection soudaine et démonstrative, désarçonna le *Président* qui n'avait, à cet instant précis, qu'une envie :

prendre Sir Neville Chamberlain, Premier ministre de Sa Majesté et gouverneur des Indes, au collet. Lui effacer son sourire. Secouer à son tour ce gentleman supérieur, toujours fourré chez Hitler. Le sommer, oui le sommer, de s'expliquer sur son silence d'hier soir, ses appels téléphoniques restés sans réponse, toutes ces bizarreries depuis son premier rendez-vous avec Hitler à Berchtesgaden ; et sur son changement d'attitude, depuis qu'il était revenu, dix jours auparavant, de son deuxième voyage chez le Führer, encore plus « dur » que lui, Daladier.

Le sommer de s'expliquer, sur ça et tout le reste, sur l'essentiel, sur ce qui allait se passer tout à l'heure. Sur ce qu'ils diraient ensemble à Hitler. Sur la manière dont des alliés devaient agir en principe. Mais le lieu hélas ne s'y prêtait guère. Le *Président* ravala sa colère, comme un homme malheureux en ménage et douloureusement résigné.

Les généraux, les SS, les diplomates de la Wilhelmstrasse, les conseillers militaires de Göring, les habits noirs et les uniformes gris-verts étaient de plus en plus nombreux, et les deux alliés de plus en plus perdus. Ils restaient au milieu de la pièce, refusaient le champagne, les petits-fours, et cherchaient une contenance. Ils prenaient le temps de répondre plus longuement à leurs collaborateurs, aux huissiers en habit qui avaient la gentillesse de s'intéresser à eux. Ils se forçaient par moments à acquiescer, ensemble, à un mot de l'autre, de peur que les Allemands ne se rendent compte que quelque chose n'allait pas dans le couple.

En effet, Göring les observait.

Il vint vers eux en ouvrant les bras, son bâton de maréchal à la main. Il suffit de ce corps envahissant auquel on ne pouvait échapper, de ses tapes dans le dos, et aussi de quelques banalités touristiques pour qu'aussitôt l'Anglais et le Français se dérident, et leurs collaborateurs avec eux.

Daladier accepta enfin un verre, mais de vin rouge français. Chamberlain, une eau minérale. La glace était rompue.

Göring prit le bras de Daladier, comme à l'hôtel, pour lui demander comment il avait obtenu, si vite, ses galons de capitaine en 14-18. Le Français, fier comme tout, commença à lui expliquer, lorsque Göring s'aperçut que Chamberlain, qui lui était déjà trop vieux en 14 pour avoir fait la guerre, s'ennuyait de cette conversation. Alors il se tourna vers l'Anglais pour le complimenter de sa récente découverte de l'avion. Le patron de la Luftwaffe s'intéressa à l'avion que le Premier ministre anglais avait pris le matin. Chamberlain, flatté, répondit impeccablement, en grand connaisseur qu'il était forcément devenu depuis son récent baptême de l'air, qu'il s'agissait d'un « Lockheed 10 Electra » de la British Airways, qui faisait du deux cents miles à l'heure, qui montait à près de vingt mille pieds, et surtout qui était le premier avion à être pressurisé – « autant dire qu'on ne sent pas le voyage ».

Göring opina : « C'est en effet un très bon avion. » Chamberlain en bafouilla de reconnaissance. L'Allemand, pour ne pas laisser le Français en reste, s'intéressa ensuite au confort et aux performances du *Poitou* d'Air France sur lequel il avait volé.

Daladier ne put s'empêcher d'expliquer aux deux autres que le *Poitou* d'Air France montait, lui, jusqu'à huit mille mètres, qu'il volait à une vitesse de presque quatre cents kilomètres à l'heure, sans parler de la « climatisation » et des fauteuils Pullman épatants et ultra-modernes.

Göring, visiblement très intéressé, lui demanda le modèle de l'appareil.

« Un Bloch 220 », répondit fièrement le *Président* avant de réaliser, qu'il avait peut-être importuné le maréchal Göring en prononçant le nom de l'avionneur, un Juif ; mais il s'aperçut qu'heureusement Göring n'avait pas relevé. Il était passé à autre chose. Le maréchal vantait son dernier bijou : le FW 200 Condor qui venait d'effectuer, et en une traite, le trajet Berlin-New York.

Le *Président* trouvait la situation pittoresque. Si les Français savaient ça... ! Si les Français savaient que lui, Daladier, discutait benoîtement, un verre à la main, turbines et compresseurs avec la terreur du ciel européen... !

Puis Mussolini débarqua. Ce fut un ouragan. Le *decano dei dittattori* – « le doyen des dictateurs » – avait son pas martial, un uniforme vert de général d'aviation, des yeux noirs roulant dans leurs orbites comme des billes. Il était suivi du comte Ciano, un homme jeune, vigoureux, un peu épais, son gendre et ministre des Affaires étrangères, dans le même uniforme que lui, ainsi que d'une camarilla tourbillonnante d'officiers décorés, dorés, enrubannés, de diplomates rutilants. Le Duce passa en revue la petite assemblée, sidérée par cette arrivée tonitruante.

Mussolini salua d'abord Chamberlain, froidement.

Puis le maréchal Göring, fraternellement.

Et enfin le *Président* Daladier, respectueusement, avec gravité, d'un claquement de talons. Le *Président* fut frappé, en voyant le Duce, non pas tant par sa petite taille que par une curieuse disproportion entre le haut et le bas du corps. En haut, un cou de taureau, cette gueule grande et ouverte, ce torse athlétique, bombé ; et au bas du corps, le contraste avec des cuisses ridicules, des jambes courtes, si courtes que, par moments, elles semblaient s'agiter en l'air quand le pas

s'accélérait. Daladier se moqua en lui-même : le fameux
« étalon italien » lui faisait penser à un pur-sang raté, trop
court sur pattes.

Avec l'arrivée des Italiens, l'atmosphère devint plus cha-
leureuse. Les Allemands se mirent à rivaliser d'amabilités
auprès des derniers arrivés. Les conversations avec les
Français et les Anglais, laissés à l'écart, s'animèrent.
Chamberlain, qui n'osait pas importuner le Duce – car le
contentieux entre les deux pays était grand – recommença,
auprès du comte Ciano, son entreprise de séduction. Il voulait un tête-à-tête avec le Duce. Il fallait renouer les liens
entre la Couronne et l'Empire, qui s'étaient distendus
depuis cette malheureuse affaire de l'Éthiopie...

Le Duce et le maréchal Göring s'étaient un peu éloignés.
Göring était aux petits soins, avec l'Italien. Il claquait des
doigts vers les maîtres d'hôtels, harponnait les diplomates
du Reich afin de satisfaire le moindre de ses désirs. Il était
moins hâbleur, plus attentif, totalement respectueux envers
le Duce. Il le traitait avec la déférence particulière que l'on
devait à l'allié que l'on venait d'humilier sévèrement en
Autriche. Göring n'oubliait pas – il ne fallait jamais
oublier, répétait-il à Hitler trop imprudent à son goût –
qu'en 1934, les Italiens avaient massé leurs troupes à la
frontière du Brenner, et menacé de déclarer la guerre à
l'Allemagne si l'Autriche, dont l'Italie s'estimait le protecteur naturel, était attaquée. Les temps avaient changé.

Göring demanda le silence. Les apartés cessèrent. Le
numéro deux du Reich tenait à remercier, du fond du
cœur, le Duce pour sa médiation, pour ce long voyage,
pour le dérangement causé, et surtout pour sa quête inlas-
sable de la paix en Europe.

À son tour Chamberlain leva son verre d'eau minérale. Son sourire s'épanouit sur un visage couperosé. Tout à coup, il était soulagé d'entendre le magnifique mot « Paix », en ces murs.

Daladier opina, bien forcé, puis marmonna à Clapier quelques mots qui se perdirent dans le brouhaha. « Où était donc passé Léger bon sang ? Ou étaient passés Léger et ses fameux dossiers ? »

Devant les hommages rendus, le Duce s'empourpra. Il retrouva vite son masque de César, remercia chacun d'un de ces regards profonds qu'on voyait s'afficher – à la même époque – sur toutes les palissades de la péninsule, puis l'assortit d'un mouvement de menton solennel. Puis en un éclair, le visage du dictateur italien s'éclaira d'une bonhomie inattendue. Il reprit le cours de la conversation avec les généraux allemands admiratifs, leur vanta les mérites de ses chasseurs qui faisaient *pour Franco des merveilles en Espagne*, chercha à les convaincre que ses hydravions géants constituaient la meilleure arme aérienne. Il leur prenait le bras pour finir une phrase. Il leur tapait dans le dos. Le masque du Duce avait disparu. C'était l'enfant de Romagne qui vendait sa camelote, qui s'impatientait à la cantonade du retard d'Hitler, et qui répétait, en se frottant les mains comme s'il allait passer à table : « Il n'y a pas de temps à perdre, messieurs.. Mon train repart à minuit... Il n'y a pas de temps à perdre. »

Subitement, Göring étouffa un rire.

Hitler pénétrait dans la pièce, entouré de ses aides de camp.

2

Hitler, premières impressions

— L'épisode de l'arrivée d'Hitler me semble encore obscur. Je ne parviens pas à le décrire. Tant d'images de lui se mêlent. Quelle a été votre première impression ?

— Je m'en souviens, comme si c'était hier. Il arriva et ce fut le silence. La petite assemblée, une bonne cinquantaine de personnes, se tourna d'un même mouvement pour le voir.

J'étais le seul des chefs d'État présents à ne l'avoir jamais rencontré... Mussolini et lui étaient ouvertement alliés depuis la constitution de l'Axe Rome-Berlin en 1936 ; ils s'étaient vus souvent depuis 1934. Chamberlain avait été reçu par Hitler, à deux reprises en septembre, longuement, comme vous le savez.

Le chancelier Hitler fut d'abord très sec, à peine poli, avec monsieur Chamberlain ; puis il se dirigea vers moi. Il m'observait en avançant. Il ne me lâcha pas des yeux durant ces quelques pas. Il me jaugeait probablement – et moi aussi. Arrivé devant moi, je me rendis compte qu'il était un peu plus grand que moi. Mais pas plus costaud. Je l'observais intensément. Malgré ses quarante-neuf ans, on ne lui donnait pas d'âge. Il aurait pu être plus jeune, ou très vieux, il paraissait surtout – comment dire ? – maladif, oui, c'est ça. Sa peau était grise, presque bleue. Je me suis dit que cet homme n'était pas en bonne santé. Léger m'expliqua, peu après, que c'était dû à son alimentation, strictement végétarienne... Il me serra la main longuement, à mon grand étonnement, presque chaleureusement. Je l'entendis prononcer, d'une voix douce, aimable : « Bienvenue monsieur le président Daladier. » Il s'inclina cérémonieusement devant moi. Mais brusquement, tandis qu'il me saluait, ses yeux sombres se révulsèrent.

Ensuite, tout reprit son cours diplomatique.

Je fus surpris, un peu dérouté par sa drôle d'allure. Pensez, chez nous, les démocrates, on n'est pas habitué à ça... À cet accoutrement, et... à ce genre de visage. Un visage malingre, souffreteux, malsain, pâle, aux traits crispés. Face à lui, j'ai essayé, un court instant, de me l'imaginer en homme de la rue, sans son uniforme, sans cette drôle de moustache carrée et sans cette fameuse mèche de cheveux. Je n'ai pas pu... Cette mèche était tout Hitler. Elle était, en ce temps-là, bien plus longue que sur les photos de propagande. Elle lui tombait sur le visage. Un instant, il secoua le cou, comme pris d'un tic, et la mèche lui dévora le visage. Cela, ajouté à son accoutrement, lui donnait une allure bohème. Il était affublé d'une veste kaki, comme un soldat du peuple ; à son bras un brassard recouvert de la croix gammée. Il portait un pantalon noir, trop large, qui tombait sur des chaussures grossières, pas cirées, usées, dessemelées. Oui, je m'en souviens, ses chaussures, des chaussures de clochard. Je me rappelle mon mouvement de perplexité, et de dédain. Je me suis dit : « C'est ça, le dictateur suprême de l'Allemagne. » Il ne ressemblait à rien. A part Aristide Briand avec son allure de clochard, je ne connaissais personne qui lui ressemblât, dans nos milieux politiques, diplomatiques, et même militaires. Cet homme n'était pas de notre monde, pas même de celui de Mussolini, malgré ses excentricités. Hitler ne ressemblait à aucun Allemand, pas à Ribbentrop ce mondain, pas même au civilisé Otto Abetz que j'avais rencontré à Paris avec Brinon, bien avant que je ne le fasse expulser en 39 ; pas non plus aux militaires allemands qui, eux, étaient des junkers prussiens – des hobereaux si vous voulez – déplaisants mais si bien mis, si bien élevés... Il n'avait en fait pas une tête d'Allemand. Oh bien sûr, ils ne sont pas tous blonds aux yeux bleus, quoique c'eût été le minimum pour le chef de la « race des seigneurs ». Mais, lui, il était brun, vraiment ; ses pommettes étaient hautes, saillantes, comme celle de ces Hongrois, de ces Slaves trempés de sang asiate ; sa taille, son tour de rein, étaient loin d'être athlétiques. Je l'observai et me dis que les « services » français n'avaient pas tort.

— Les « services » français ?

— Eh bien, certains prétendaient qu'Hitler avait du sang tchèque. Selon eux, sa famille maternelle, comme paternelle, ne venait pas de Haute-Autriche, comme il le faisait croire, mais du Waldviertel, au nord-ouest de la Basse-Autriche, tout près de la Bohême. Et ce sont des Tchèques qui ont peuplé cette région depuis le XIIIᵉ siècle. Nombre de mes conseillers expliquent sa haine envers les Tchèque et en particulier envers Beneš, par fait qu'il veuille absolument faire oublier ses propres racines. Mais enfin, ce qu'il voulait ce jour-là, c'étaient les Sudètes ; c'est pourquoi nous étions là. Et qu'il eût du sang tchèque, ou même juif comme d'autres le colportaient, cela ne changeait rien à l'affaire...

— Que vous êtes-vous dit avant de commencer la conférence ?

— Rien de plus... Je crois qu'il était pressé d'en venir au fait... Et moi aussi.

3

Première séance

Hitler avait lancé à Ribbentrop : « Amenez-les-moi »,
comme on parle à un rabatteur pendant la chasse. Le
Führer commença à s'éloigner seul en direction de son
bureau. Mussolini le rattrapa ; les deux dictateurs devaient
cheminer ensemble forcément. Ils échangèrent en marchant
quelques mots, deux ou trois rires, de brefs coups d'œil
surtout. Ils s'appliquaient à avancer au même rythme. Ils
s'admiraient. Ils se surveillaient en fait. L'un ne devait
jamais dépasser l'autre ; mais aucun des deux ne devait être
en retard d'un pas. Le cortège s'ébranla. La salle de réception se vida. Chamberlain et les Anglais suivirent triste-
ment, encadrés par Göring et Ribbentrop. Le reste des
diplomates, des militaires et des experts marchaient à une
distance respectueuse. Les officiels italiens traînaient.

Mais les Français, eux, ne suivaient pas. Le *Président*
s'agitait dans la grande pièce désertée. Il répétait à haute
voix : « Mais où est Léger... Mais où est Léger ? » Il inter-
pella un huissier, puis un officier des SS muet, menaçant :
« Je ne commence pas si Léger n'est pas là. » Puis, à peine
un ton plus bas, à ses collaborateurs, il avoua, en s'excusant

d'un pauvre rire bête : « Je ne peux pas commencer sans Léger. Il connaît tous ces trucs-là ; moi, je ne sais rien. »

Enfin Léger surgit essoufflé, ébranlé, ayant perdu de sa superbe. Il s'excusa à peine. Et se mit à raconter qu'on l'avait baladé dans tout Munich pour l'éloigner. Il demanda si personne n'avait vu « une certaine mademoiselle Klobukovski qui détient tous les papiers ! ».

Enfin, mademoiselle Klobukovski arriva, essoufflée elle aussi, remit les fameux dossiers à Léger, et les Français se précipitèrent.

Le maître d'hôtel rouquin, à l'uniforme étriqué, qui avait accueilli les chefs d'État sur le perron, était encore à la manœuvre. À l'entrée de la salle, il pilotait le flux d'éminences. Il canalisait les experts, les regroupait par secteur de compétence dans un premier salon où, tout de suite, ils ouvrirent leur serviette et s'installèrent. Il guidait les conseillers militaires – les Allemands et les Italiens étaient en nombre – vers un second salon où ils déroulèrent aussitôt leurs cartes d'état-major. Il cornaquait les diplomates qui, eux, continuaient à ondoyer en queue du cortège, espérant être admis dans le saint des saints, et les conduisit d'autorité dans une antichambre. Le sommet avait été décidé si vite, les règles protocolaires étaient restées si floues. Ils tentaient leur chance. Le seul mot d'ordre de la réunion avait été lancé par Hitler : pas de ministre des Affaires étrangères. On avait fait une exception pour Ribbentrop parce qu'il était la puissance invitante ; et pour Ciano parce que Mussolini rendait service.

Le flegmatique François-Poncet hâta le pas, afin de se trouver au niveau de Daladier. Il fut fermement retenu par le cerbère roux. Alexis Léger, lui, passa sans problème et ne répondit pas au regard insistant de François-Poncet, cet intrigant, un « mou » déguisé, un germanophile à peine repenti qui faisait ouvertement campagne contre lui au Quai...

Même Göring, le numéro deux du Reich, s'était fait refouler par le maître d'hôtel rouquin, lorsqu'il se précipita dans la salle à la suite d'Hitler. Le cerbère osa lui faire « non » de la tête, avec assurance. Daladier observait la scène. Göring s'empourpra, il grogna, menaça. Il avait les mâchoires serrées et le bâton de maréchal menaçant. « Mais Ribbentrop, lui ? », protesta-t-il. Le rouquin tint bon.

Daladier avait compris l'humiliation de ce pauvre Göring. D'une furtive accolade, il voulut faire savoir au maréchal qu'il était sincèrement désolé ; l'autre ne s'en rendit pas compte.

À l'entrée du cabinet d'Hitler, il ne restait que les Quatre, leurs doublures et le traducteur. Ils se débarrassèrent de leurs couvre-chefs et de leurs effets au vestiaire où les casquettes des dictateurs voisinaient avec les chapeaux mous des démocrates et le parapluie de Chamberlain.

Hitler entra le premier, suivi de Chamberlain. Mussolini lança un clin d'œil de forban à son gendre. Daladier se rassura en constatant la présence de Léger derrière lui. Avant d'entrer dans la salle, il palpa – comme d'autres se signent – la « note Gamelin » dans la poche de son veston.

Les deux portes du bureau d'Hitler se refermèrent.

Le cabinet de travail du Führer était tout sauf un bureau. Hitler détestait les bureaux. Il détestait se mettre à une table de travail, détestait les horaires, détestait les réunions formelles, jamais une réunion avant midi. Le Führer de l'Allemagne laborieuse détestait travailler. Il avait gardé cela

– et aussi l'habitude de se lever à onze heures le matin – de sa jeunesse bohème à Munich où les journées se passaient à haranguer les foules sur des tréteaux de fortune, ou bien à comploter dans les arrière-salles des brasseries. Aujourd'hui, le Führer avait de nombreuses secrétaires mobilisées dans tout le pays, prêtes à toute heure du jour et de la nuit à prendre des notes en vue d'un de ses discours. Partout, à la Chancellerie de Berlin, au Berghof, son nid d'aigle, au siège du Parti, dans son appartement privé de Munich et même à l'hôtel où il séjournait à Berlin...

Plutôt qu'un bureau, l'endroit faisait penser à une salle des fêtes par la taille et sa décoration champêtre, mélange de boiseries et tapisseries à fleurs. La pièce était rectangulaire, éclairée par deux fenêtres hautes, aux proportions impressionnantes, comme tout le reste du Führerbau. Sur la gauche, en entrant, se trouvaient une immense cheminée, un guéridon, des canapés et des fauteuils.

Sans attendre, Hitler visa un canapé. Il s'y laissa tomber comme le font les enfants gâtés ou les vieillards fourbus. D'un geste flasque, il invita les autres à en faire autant. Déconcerté, Daladier écarquilla les yeux en direction de Léger, l'indispensable Léger, tout à coup détenteur d'un pouvoir magique : décoder, déchiffrer, traduire, deviner leurs arrière-pensées à tous, en spécialiste qu'il était. Léger lui renvoya, à propos de la désinvolture de leur hôte, un sourire de cardinal qui signifiait qu'en un quart de siècle au Quai d'Orsay, il en avait vu d'autres. Cela réconforta le *Président*.

L'interprète Paul Schmidt s'installa à la droite d'Hitler, suffisamment près de son oreille, mais légèrement en retrait pour pouvoir se faire oublier. Schmidt était un des rares diplomates de l'ancienne école à la Wilhelmstrasse ; il n'était pas nazi, et néanmoins apprécié pour sa diligence, sa discrétion et son expérience des sommets internationaux.

Le reste de l'assemblée était toujours debout.

Il y eut un instant de flottement, comme dans un dîner sans plan de table. Daladier chercha la place qui lui semblait la plus appropriée pour l'épreuve qui allait débuter. Un fauteuil, pas de canapé. Plutôt en face de lui, mais pas trop. Il s'assit dans le fauteuil, face à Hitler, Léger à sa gauche. Cette fois c'était parti. Le *Président* se cala méthodiquement sur son siège. Du calme, du calme. Il était le sportif avant l'épreuve. Il tâtonnait pour ajuster son corps à la meilleure position. Il croisait et décroisait ses jambes pour se défroisser les muscles. Avant de constater, non sans plaisir, qu'il n'avait pas perdu au change en ne s'asseyant pas sur le canapé, trop bas, trop mou.

Il était 12 heures 45.

Hitler commença. Il prit un air de maquignon pressé, se pencha en avant, comme s'il voulait créer une sorte d'intimité entre eux, et expédia le rituel des remerciements. Ils avaient une affaire à traiter ; pour lui, cela n'avait pas l'air d'une conférence. Il rendit d'abord hommage au Duce qui avait bien voulu faire *ce si long voyage* pour servir de médiateur dans cette pénible affaire. Il avait insisté sur le mot « médiateur » en l'assortissant d'un sourire respectueux.

Mussolini, étalé sur sa banquette, les bras écartés, avait l'air satisfait de l'entremetteur qui a fait son travail : la mise en présence des parties.

Daladier nota l'air de déférence, presque de soumission, du Führer quand il s'adressait à Mussolini. Il remarqua également que la voix du dictateur n'était pas la même que celle qu'il avait entendue à la radio, tour à tour nasillarde ou rauque, toujours brutale. À présent, c'était une voix comme les autres ; elle était même capable d'inflexions charmeuses. Daladier, très bon tribun lui-même, s'interrogea, en professionnel de la chose, sur ce curieux phénomène.

« Maintenant, messieurs, je puis l'avouer, nous avons réalisé un armement comme le monde n'en a jamais vu... J'ai, en ces cinq années, dépensé des milliards et équipé les troupes avec les armes les plus modernes. J'ai donné à mon ami Göring l'ordre de créer une aviation qui protège l'Allemagne contre toute attaque. »

L'hommage à Göring – absent – était appuyé. Ribbentrop se crispa. Hitler observa, amusé, le dépit de son ministre des Affaires étrangères, puis s'adressa à Daladier directement :

« J'ai fait beaucoup d'efforts, monsieur Daladier... Oui, j'ai même déclaré qu'il n'y avait plus de difficultés entre nous et la France, monsieur le *Président*. Que l'Alsace-Lorraine n'existait plus pour nous, que c'était seulement un territoire frontière car nous ne voulions pas, à cause d'elle, de guerre avec la France. »

Hochements de tête satisfaits du *Président*.

Chamberlain, tenant son genou à deux mains, se balançait, ennuyé visiblement par ce discours qu'il avait déjà entendu deux fois ce mois-ci ; et aussi parce que l'allié français prenait soudain de l'importance aux yeux de leur hôte.

Mais un ton plus haut, la voix soudain plus gutturale, vaguement menaçante, Hitler scanda alors à l'adresse de tous :

« Le monde ne doit plus avoir de doute... Ce n'est plus le Führer, ce n'est plus un homme qui parle, mais le peuple allemand... »

Il observa les trois autres chefs et, comme s'ils n'avaient pas compris, se mit à développer longuement la même idée.

Il s'échauffait en parlant.

L'homme se métamorphosait.

Il fermait les yeux, ou les révulsait. Il crispait ses mains, parfois il agitait un bras. Il semblait obéir à ce poing qui venait marteler le guéridon. Il finit par se dresser, debout, transporté, mû par une rage enfouie et vive, le visage douloureux :

« La question qui, ces derniers mois, nous a émus le plus profondément est bien connue de vous. Elle ne s'appelle pas tant Tchécoslovaquie que Beneš... »

Il hurla trois fois le nom de Beneš, comme s'il s'agissait d'une malédiction.

« Beneš... Dans ce nom s'unit tout ce qui émeut aujourd'hui des millions d'hommes, et ce qui les anime d'une résolution fanatique... »

Et puis il se radoucit.

L'assistance était sous le choc.

Il retomba sur son fauteuil, se tamponna le front et se referma sans que rien fût venu expliquer ni la colère qui avait précédé, ni l'abattement dans lequel il semblait avoir sombré.

Un silence bienvenu se posa sur l'assemblée. On crut que le courroux avait disparu, que le chancelier était enfin revenu à des mœurs civilisées, mais il recommença à marteler le guéridon.

Il disait Beneš et ça recommençait. « Lorsque Beneš a créé cet État par un mensonge, il déclara qu'il voulait l'organiser sur le modèle des cantons suisses. Mais il institua un régime de terreur... Combien de temps cela doit-il durer ? Pendant vingt ans le peuple allemand a assisté en spectateur à cette oppression. S'il l'a fait jusqu'à présent, c'est parce qu'il était impuissant. »

Paul Schmidt faisait de son mieux pour la traduction. Elle devait être tous azimuts ; et de plus simultanée. Pour Hitler en allemand. Pour Chamberlain en anglais. Pour Daladier en français. Seul Mussolini avait refusé la traduction, et se proposa d'aider Schmidt. Le Duce l'avait assez répété depuis son arrivée, il était le seul des Quatre à parler couramment l'anglais, le français et l'allemand aussi bien que l'italien.

À chaque phrase, le placide Schmidt se trouvait bousculé, soit par Hitler, soit par Mussolini. Lorsqu'il estimait à une pause ou à un soupir qu'il pouvait y aller, il était toujours interrompu par Hitler qui reprenait. Et quand Hitler le laissait traduire, c'était Mussolini qui se mêlait de toutes les versions. C'était le tohu-bohu.

Consternés, les deux démocrates étaient bien forcés d'écouter Hitler qui continuait dans ce désordre à soliloquer. Hitler qui se faisait plaindre, Hitler qui gémissait, Hitler qui pleurait toujours à l'évocation du martyre de ses frères des Sudètes.

Le plaidoyer du Führer produisit ses effets.

Chamberlain aurait tout accepté pour que cela cesse ; par moments, il acquiesçait douloureusement.

Daladier, lui, renfrogné, toujours sur ses gardes, jaugeait minutieusement l'adversaire. En écoutant la traduction, il s'était rendu compte qu'Hitler resservait là l'exacte réplique du discours du 12 septembre, celui du Sportpalast. Il admirait l'orateur mais décida de se méfier. Ne pas se laisser impressionner.

Il regarda donc Hitler s'agiter, se fatiguer, perdre son calme. Il scrutait ses tics, en particulier cette épaule gauche qui sursautait parfois en même temps que le genou. Il cherchait la faille ; il voulait deviner les points faibles ; il voulait analyser la moindre de ses humeurs. Il envisageait l'adversaire. Sous toutes ces coutures. Il tentait d'appréhender l'animal.

N'était-il pas, depuis toujours, un excellent juge, le meilleur juge des hommes, de tous ceux qu'il avait rencontrés, séduits, commandés dans le Vaucluse, au Parti radical, dans tous les ministères où il était passé ? Ah, sa science des hommes ! Madeleine, la pauvre Madeleine, disait, admirative, qu'il pouvait lire les hommes à livre ouvert. Et en effet, en croisant quiconque sur un marché à Carpentras ou dans la salle des Quatre Colonnes, Daladier pouvait le radiographier mentalement. Il avait la science des hommes, vraiment. Il savait d'un coup d'œil ce qui le faisait vivre, aimer, obéir, et bien sûr voter. Les hommes, c'était son affaire à Daladier. Tout le monde. Séduire la droite du Parti radical, commander les cagoulards de l'état-major, tout en pouvant se trouver, le temps d'un Front populaire, à la même tribune que Maurice Thorez... qui aurait pu en faire autant ? Alors pourquoi pas aujourd'hui ? Cet Allemand serait-il fait d'un autre bois ? N'avait-il pas lui aussi des boyaux, une cervelle, deux bras et deux jambes ? N'avait-il pas été un nourrisson avant d'être le diable européen ? Il se dit que cet Hitler avait beau avoir quelque chose de Parsifal, de « Gandhi en bottes prussiennes » ou de Tartempion, il n'en restait pas moins homme.

Lui, Daladier, trouverait son point faible, le meilleur angle d'attaque.

Ce n'était pas bien compliqué.

1. L'Allemand était brutal, par conséquent il ne respectait que la force. Il fallait être fort.

2. L'Allemand avait son franc-parler. Il ne fallait donc pas faire de manières avec lui ; pas comme l'Anglais.

3. L'Allemand était un peu spécial, c'est vrai, mais jusque-là, il n'avait trouvé personne pour le contredire, ou tout simplement négocier avec lui. Il n'avait eu que cette chiffe molle de Chamberlain ; et avec Daladier, c'est sûr, ça changerait.

Muni de ces trois règles, Daladier se cala bien dans son fauteuil.

Hitler voulut poursuivre.

D'un geste aérien, avec autorité, le Duce l'interrompit. C'était au tour de Chamberlain. Le *Président* remarqua qu'Hitler s'était incliné, sans rechigner, devant l'injonction de son aîné ; et qu'il s'était mis à fixer un détail ornemental du tapis.

Les remerciements de Chamberlain furent plus ternes. Le Premier ministre anglais s'adressa au chancelier Hitler d'un ton dont il ne se départait jamais avec lui. Un ton de patience, de bonne volonté, celui du futur prix Nobel de la Paix qu'il se verrait décerner, à coup sûr, après l'affaire de Munich. Neville Chamberlain annonça qu'il n'était pas « partie prenante dans le conflit ». Il dit ceci de manière détachée, seigneuriale, comme s'il voulait lui aussi, à l'exemple de Mussolini, servir de médiateur dans « ce litige qui ne concernait que la Tchécoslovaquie, l'Allemagne et la France... »

Daladier fut consterné par la veulerie anglaise. De ses bras puissants, il s'accrocha à son siège. Il voulait hurler, il marmonna. Il voulait prendre Chamberlain au collet, ah ça oui ; il se contenta de se retourner vers Léger qui, lui aussi, avait entendu...

En dépit des efforts de Chamberlain, Hitler ne le regardait pas. L'Anglais quêtait un acquiescement, une reconnaissance, quelque chose qui rappelât la complicité romantique de leur première rencontre au sommet des Alpes, dans ce nid d'aigle de Berchtesgaden où tout semblait possible, à condition qu'on donnât à l'Allemagne la possibilité de se « réunifier ». Mais rien ne venait. Hitler continuait à ignorer le conciliant monsieur Chamberlain.

Le regard du Führer et celui de Mussolini se posèrent sur Édouard Daladier. Le *Président* comprit que c'était son tour.

Mais Chamberlain n'avait pas fini. Il leva le doigt pour poursuivre, comme un élève implorant. Quand il s'y sentit autorisé, l'Anglais ajouta avec un entrain un peu forcé :

« Et j'allais oublier... Je voulais dire aussi que je suis en accord complet avec le Duce, et bien sûr avec le Führer. Il faut faire vite. Il faut conclure dans la journée... »

L'attention de tous retomba. Daladier n'eut pas besoin d'attendre la traduction de Schmidt. Il blêmit à nouveau.

« L'Angleterre n'a d'autre but dans cette réunion que la paix en Europe... »

Le Premier ministre anglais suspendit sa phrase, espéra encore croiser le regard du Führer. Las, il déclara plus fort, comme s'il était encore temps d'attirer son attention :

« ... et bien sûr, la réunification du peuple allemand sur laquelle le chancelier Hitler et moi nous nous sommes accordés dès notre première rencontre. »

Daladier dévisagea Chamberlain. Il semblait le voir pour la première fois ; il le découvrait. Il se mit à crachoter entre ses dents, à l'attention de Léger, « perfide Albion ». Il répéta le juron, plus haut, ambitionnant qu'en face les Anglais l'entendraient.

Il n'en revenait pas.

Il croyait tout savoir sur cet allié difficile. Dès la première rencontre avec Chamberlain à Londres en avril, il avait bien compris que la politique anglaise d'*appeasement* envers Hitler n'était pas précisément celle de la France. Il n'ignorait pas les divergences entre les deux alliés. Il savait évidemment que l'Angleterre, à la différence de la France, n'avait aucun engagement de solidarité envers la Tchécoslovaquie. Mais il découvrait là un autre Chamberlain. Pas tout à fait un ennemi. Mais plus un allié.

Le *Président* était bousculé par cette révélation. Sonné comme un cocu qui vient enfin d'être mis en face d'une vérité ancienne qu'il refusait de voir.

C'était au tour du *Président*. Pour ne pas être en reste, lui aussi remercia le chancelier Hitler de son invitation, mais sans plus, sans les salamalecs de Chamberlain. Il tenta même, dans un soudain mouvement de machiavélisme, de s'appesantir chaleureusement, longuement, sur le rôle et l'action déterminante de Son Excellence, Benito Mussolini.

Flatté, le Duce, qui était affalé sur son fauteuil, se redressa. Daladier le remarqua. Il appuya ses remerciements d'un regard de gratitude en direction de l'Italien. L'allié anglais venait de l'inquiéter, le *Président* improvisait. Il semblait chercher dans ce soudain désert, un allié, un soutien, un regard. Il y avait le Duce. Pourquoi pas ? Et dans le tourbillon de l'improvisation, il se dit qu'après tout, Laval, Bonnet, de Monzie, tout le lobby pro-italien de Paris, n'avaient pas forcément tort... Que Mussolini n'était pas Hitler... Qu'il était tout de même un ancien socialiste... Qu'on avait commis une folie, après Stresa, de le laisser filer vers Hitler... Et qu'on aurait dû fermer les yeux au moment de l'Éthiopie...

Personne n'avait perçu l'émoi de Daladier. Les formules diplomatiques, et cette œillade à Mussolini, lui avaient permis de se remettre d'aplomb. Maintenant, il fallait en venir à l'essentiel, cette intervention énergique à laquelle il pensait depuis qu'Hitler avait pris la parole.

Il allait falloir se lancer, s'imposer. Il allait falloir faire oublier Chamberlain et sa veulerie. Affronter Hitler, ce fauve. Lui, Daladier, savait comment parler à ces gens-là.

Alors il allait lui parler, d'homme à homme. De guerrier à guerrier. D'ancien combattant à ancien combattant qu'ils étaient tous les deux à la différence de Chamberlain qui, en 1914, était déjà un vieillard.

Le *Président* se lança, profitant d'un léger flottement dans la conversation. Il commença sans manières, mais avec une voix sonore. Il savait, en tribun expérimenté, que son timbre portait ; il trouva le ton approprié, grave, sourd, chargé de menaces.

« Messieurs, je voudrais tout d'abord que soient bien précisées les intentions du chancelier Hitler... »

Puis il marqua une pause théâtrale.

Le *Président* n'était plus l'homme taciturne, las, maussade depuis son arrivée. Il était redevenu solide, offensif, arrogant même.

Il laissa Schmidt achever la traduction de ce début de phrase ; mais quand celui-ci eut fini, il continua à se taire. Il avait besoin de l'attention de tous. Mussolini cessa son bavardage avec Ciano, Hitler sortit de sa contemplation du tapis à motifs, et les Anglais feignirent de s'intéresser. La petite dramaturgie produisait ses effets. Le *Président* n'en fut pas mécontent. Il allait se faire respecter ainsi ; il n'avait pas l'intention de lever la voix. Hitler pouvait se permettre, lui, de hurler, c'était son registre ; mais pas Daladier, pas la France.

Il poursuivit, avec la satisfaction du professeur qui triomphe de la classe dissipée : « Si le chancelier Hitler propose, comme je l'ai compris, de détruire la Tchécoslovaquie en tant qu'État indépendant et de la rattacher purement et simplement au Reich – de l'annexer – je sais ce qu'il me reste à faire... »

Il marqua un autre silence avant de se lever lentement.

Un éclair d'inquiétude traversa le regard de Mussolini qui cherchait celui d'Hitler.

Le traducteur se mit à chuchoter ses versions, en allemand pour Hitler, en anglais pour Chamberlain, et évita Mussolini. Il ne voulait pas rompre la solennité de l'instant. Daladier lui lança un regard reconnaissant ; et lorsque Schmidt eut terminé, le *Président* reprit, toujours sonore et résolu.

« Je n'ai plus qu'à rentrer en France. »

Et il désigna la porte.

Pas besoin de Schmidt. Ils avaient tous compris.

Mussolini se redressa, en alerte.

Hitler sortit de sa torpeur.

Chamberlain pesta sourdement, en se retournant vers Horace Wilson.

En un éclair, douchés par la brutale détermination du *Président*, tous le considérèrent autrement. Ils n'en revenaient pas. Le bon monsieur Daladier était devenu un autre homme. Un forcené, un fou qui manipule de la nitroglycérine, et que l'on ne veut pas contrarier. Un homme dangereux, imprévisible, important.

Hitler, plus en retrait, semblait tout à coup ne plus s'ennuyer. Il avait été brusquement réveillé par le danger, excité. Il était à nouveau aux aguets, et laissait faire le Duce. Mussolini prit l'opération en mains. Il s'approcha de Daladier. Il avait l'air effondré, malheureux. Il voulut flatter la vanité de Daladier et lui lança suppliant :

« Voyons, monsieur le *Président*... Voyons... La pensée du Führer n'a pas été bien comprise... »

Le *Président*, toujours debout, prêt à s'en aller, Léger aussi, à ses côtés, suspendit son mouvement. Son corps était sur le départ, mais son regard daignait s'intéresser à la supplique de Mussolini. Il faisait penser à l'épouse outragée mais trop faible pour partir, ou trop dépourvue, qui menace, et qui secrètement espère encore, jusqu'à la dernière seconde. D'un mouvement de menton un peu forcé, le Français signifia à l'Italien qu'il l'écoutait.

Mussolini lui déclara, avec un enthousiasme précautionneux, dans un sabir d'italien, de français, d'anglais et d'allemand :

« Mais au contraire, monsieur le *Président*... Le Führer a insisté sur le fait qu'en dehors des districts sudètes, l'Allemagne ne revendiquait aucune partie du territoire tchèque... Il s'est mal exprimé... »

Puis il mima un geste de reproche en direction d'Hitler. Il répéta :

« Il s'est mal exprimé... Il s'est mal exprimé... Je le lui dis si souvent. »

Il désignait Hitler comme s'il était un vaurien. Et à la grande stupéfaction des autres, le dictateur allemand se laissait malmener par le Duce. Il était silencieux, replié sur son canapé, courbait l'échine tandis que l'autre le sermonnait. On aurait cru un enfant fautif.

Mussolini voulut pousser son avantage. Il exigea d'Hitler qu'il s'excuse auprès de « monsieur le *Président* Daladier ».

Le Duce insista. Il semblait prendre un certain plaisir à cette comédie. Daladier observait le manège. Il était ahuri par la soudaine docilité de l'Allemand. Il n'en revenait pas de l'effet qu'avait produit sa menace.

Hitler finit par s'exécuter.

Lentement, à voix basse, avec dans son œil le mauvais orgueil du repenti, il se redressa et s'excusa :

« Non, monsieur Daladier, je me suis mal fait comprendre. Le Duce l'a bien exprimé... Je ne veux pas des Tchèques ! Je ne veux que mes frères allemands. »

Hitler marquait une pause après chaque phrase. Cette fois il laissait Schmidt finir ses traductions. Puis, constatant que ses paroles avaient provoqué un effet apaisant sur Daladier, son regard fut à nouveau attiré par Mussolini, et ses mimiques d'entraîneur qui l'encourageaient : « Tout doux, tout doux, c'est ça. » Il lui sembla que le danger était passé, alors il lança à l'attention de Daladier, tout à coup facétieux :

« Tenez, monsieur le *Président*... Ces Tchèques, vous me les donneriez tous, je n'en voudrais aucun... ! »

Daladier eut un mouvement de recul devant l'énormité, mais s'apercevant que l'assemblée tout entière – même le placide Paul Schmidt – riait de bon cœur devant la saillie inattendue du Führer, il décida de se rasseoir et de sourire, seulement sourire, à la blague d'Hitler.

Dans sa tête, il se repassa la boutade, l'examina, la disséqua.

Il en conclut que le Führer ne souhaitait pas « le démantèlement de la Tchécoslovaquie ». On ne pouvait le dire plus clairement. Il voulait ses Sudètes, mais pas plus.

Certes, les Tchèques devraient faire des concessions. Il faudrait amputer, et ce n'est jamais agréable de demander ça à un ami, mais apparemment la vie de la Tchécoslovaquie n'était pas menacée.

La blague était, c'est sûr, l'accusé de réception à son solennel avertissement.

Tout à coup, le *Président* allait mieux. Il était comme soulagé par l'engagement d'Hitler. Il se mit même à rire franchement avec les autres. Et tandis que les rires se prolongeaient, que Mussolini en rajoutait, que Chamberlain pouffait, Hitler et Daladier échangèrent un regard. Pour la première fois, un regard d'homme, se dit Daladier. Il y avait dans l'œil du Français de la gratitude, du contentement, quelque chose qui voulait dire « nous nous sommes compris ».

4

« C'est là que j'aurais dû partir »

— La scène est pas mal rendue, mademoiselle. C'est en effet à ce moment-là, après le premier accrochage avec Hitler, que j'aurais dû partir... Car j'ai vraiment voulu partir !

— Quitter la conférence... ? Ce n'était donc pas un effet de théâtre ?

— Non, mademoiselle... Ce n'était pas du théâtre, comme vous dites... Malgré la plaisanterie d'Hitler sur les Tchèques, malgré les rires, malgré Mussolini et ses œillades, j'avais senti le traquenard. Il n'y avait pas d'ordre du jour à cette conférence. Je me rendais compte que j'étais en terrain hostile : Chamberlain n'était pas fiable, je venais de le comprendre ; Mussolini n'était pas véritablement le « médiateur » qu'il prétendait. Et pour Hitler, vous savez... J'étais seul soudainement. Oui, si seul que j'étais prêt à repartir pour Paris. J'étais oppressé ; je me savais coincé ; j'en avais assez vu. C'était le bon moment... Ç'aurait dû être le bon moment...

— Mais alors pourquoi ne pas être parti ?

— Mais j'allais partir ! J'étais debout. La porte était à quelques pas. Léger m'aurait suivi. Durant ces quelques instants, qui durèrent un siècle, je n'avais que cette idée en tête. Rentrer à Paris, et au plus vite. J'étais mentalement prêt. Je rentrais à Paris.

J'avais l'impression que le destin m'avait écrit un rôle sur mesure. J'avais calculé le temps du trajet retour, moins de trois heures. Je serais à Paris en fin de journée. Je ne préviendrais personne. Et je débarquerais chez moi, une fois la nuit tombée. *Incognito.* Pas question d'aller parader, de me faire acclamer par les Français qui auraient été si fiers de moi. Je serais rentré à la maison, simplement. J'y aurais retrouvé mes fils. À cet instant précis, j'avais follement envie de les tenir dans mes bras. Oui, je serais rentré chez moi et j'y aurais passé une bonne nuit.

Bien sûr, je me disais qu'un tel geste ferait un barouf du diable, mais quelle allure ! J'avais déjà en tête ce que j'expliquerais aux Français à la radio le lendemain matin ; et aussi le discours que je ferais à l'Assemblée nationale qui – je n'en doutais pas – ne m'accueillerait pas avec des roses. Mais j'étais prêt à ferrailler avec eux et même devant le bureau politique du Parti radical ; prêt à affronter les « mous » de l'aile droite, la bande à Bonnet ; prêt à me payer les « pacifistes » de la SFIO. J'étais résolu. Les Quatre ne feraient que Trois !

Mais vous voyez, la vie est bizarre, il s'en est fallu de peu, de quelques pas, quelques secondes... J'ai cherché le regard de Léger pour lui signifier notre départ, mais je ne l'ai pas trouvé. Il était penché sur ses notes. C'est alors que je me suis mis à douter.

Tandis que Mussolini tentait de débloquer la situation, j'ai imaginé ma chute devant le Parlement. J'ai compté le nombre de députés qui voteraient pour moi. Je me suis vu mort politiquement, tombé au champ d'honneur parlementaire. J'imaginais sans mal la presse du lendemain. J'entendais même le vendeur de journaux à la criée, celui de la place de l'Opéra, avec sa gouaille, répéter : « Munich, Daladier déclare forfait. » Je voyais aussi, dans cet instant d'extra-lucidité peut-être, l'incompréhension de Jean, mon fils, en me voyant arriver à la maison. Son père avait déserté le combat avec Hitler. Tout cela formait un chaos dans ma tête. J'étais sur le départ mais j'entendais les ricanements dans les restaurants parisiens à mon arrivée, le commentaire aigre de Pétain, la revanche de Laval, le grand discours que Blum ferait contre moi, les manifestations de rue des communistes, les reproches du vieux Herriot qui prendrait là sa revanche après tant d'années. Tout me passait par la tête. J'imaginais la joie, l'exaltation de madame de Portes en son salon le soir même ; et ses manigances assurément ; et la convocation de ses protégés, Paul Reynaud son amant, et Bonnet leur grand ami ; leurs plans conçus dans la nuit pour me remplacer. Ils en avaient la force. Je leur en donnais la possibilité. Mais ils n'étaient d'accord sur rien. Reynaud le « dur » et Bonnet le « mou » : certainement, la rusée Hélène de Portes saurait y faire. J'ai considéré aussi, ça compte, le grand chagrin que je causerais à la Marquise. Elle ne s'en remettrait pas de cette humiliation, voir sa rivale de Portes triompher, ses ennemis au pouvoir et son salon déserté, non, je ne pouvais lui faire cela.

Ah ! ça non, partir ainsi, ce serait la mort.

Oui, en ces quelques secondes, j'ai vu la meute sur moi. Les miens d'abord qui déjà travaillaient à ma perte. La gauche du Front populaire, mes anciens amis qui m'auraient piétiné au nom de leur antifascisme. Et aussi l'extrême droite avec ses journaux qui aurait hurlé à la « désertion ». Ils auraient fait de moi un nouveau Salengro.

Un « déserteur », et cette fois pour de vrai.

— Mais pourquoi donc un « déserteur » ? Pourquoi pas un « résistant » au contraire, même si l'expression n'était pas d'époque ?

— Vous savez bien, mademoiselle... La mort politique je l'avais connue quatre ans auparavant. Et j'avais bien cru ne jamais m'en remettre. Après le 6 février 1934...

— Mais qu'est-ce que le 6 février 1934 a à voir là-dedans ?

— Vous vous souvenez peut-être que j'étais alors président du Conseil. À la suite du scandale Stavisky, les ligues d'extrême droite et aussi les communistes avaient appelé à une grande manifestation. Le climat politique était épouvantable, la République était discréditée. Nous nous attendions à du gros temps. Ce fut pire, le fameux 6 février... J'étais un jeune président du Conseil, certes, mais j'avais été à la manœuvre durant toute la nuit. La République avait résisté. Les gardes mobiles avaient bloqué les insurgés sur le pont de la Concorde, repoussé les assauts des « camelots du roi » rue de Bourgogne. Hélas au petit matin, le bilan était lourd : dix-huit morts, mille quatre cent trente-cinq blessés. Mais par ma fermeté, je crois bien ce soir-là avoir sauvé la République.

J'avais été aidé dans cette tâche par mon ministre de l'Intérieur, le socialiste Frot. Lui aussi il voulait tenir bon, du moins le 6, après... Ensemble, nous avions passé ensemble une bonne partie de la nuit à compulser tous les Dalloz, à consulter le procureur général afin de trouver la manière la plus légale de décréter « l'état de siège ».

Au matin du 7 février 1934, Paris avait retrouvé son calme. La voirie effaçait les traces de la bataille. Je croyais l'orage passé. Mais dans la matinée, un vent de panique commença à souffler sur la République. Les journaux du matin avaient titré sur les morts ; ils en avaient exagéré le nombre ; ils avaient fait de moi un « assassin ». C'était une véritable surenchère. Personne ne m'épargnait : ni la gauche qui ne me trouvait pas assez ferme, ni la droite qui m'accusait d'avoir du sang sur les mains. Des rumeurs commençaient à circuler sur un « coup plus gros encore » qui se préparait, sur de gigantesques stocks d'armes prêts à servir à la périphérie de Paris, sur des bataillons factieux et des généraux qui allaient prendre la tête de la révolte. On parlait du maréchal Franchet d'Esperey. Les ministres s'apprêtaient à quitter le navire. Les députés ramollissaient à vue d'œil. Même les républicains les plus durs vinrent faire mon siège.

On allait à la « guerre civile ». Il fallait que je démissionne.

C'était intenable.

J'avais compris. Si je restais, j'allais devoir faire appel à l'armée au prochain coup de force. Il allait falloir – si du moins elle m'obéissait – faire tirer sur la foule. À mon cabinet, on prévoyait les dix mille morts et ça, je n'en avais pas envie et le président Lebrun non plus. Dans mon enfance, j'avais entendu parler de Draveil, de Villeneuve-Saint-Georges, des troubles du Midi et des régiments qu'on avait fait tirer sur la foule.

À la fin de la matinée du 7, je donnais ma démission au président Lebrun.

Alors vous pensez bien qu'après avoir démissionné le 7 février 1934 de cette façon – on peut le dire – idiote, je n'allais pas recommencer avec Munich.

— Mais peut-on vraiment comparer le 6 février et Munich ?

— Je ne sais pas... C'est vrai que le complot fasciste et militaire qui avait paniqué les députés, les ministres et jusqu'au président de la République, avait largement été exagéré. Plus tard, en revenant au pouvoir, j'ai eu connaissance d'un certain nombre d'informations. Les factieux avaient fait circuler des informations erronées, affolantes. Ils avaient des hommes à la préfecture de police, dans les états-majors et jusqu'à mon propre ministre de l'Intérieur ; j'ai appris qu'il faisait partie d'un complot dit « de l'Acacia », censé remplacer la IIIᵉ République par un régime de salut public.

Alors vous pensez, quatre ans plus tard à Munich, je n'allais pas laisser le pays entre les mains de ces gens-là ou, pire encore, entre les mains de Paul Reynaud et d'Hélène de Portes. Je vais même vous confier une chose qui va peut-être vous choquer : si j'avais eu le pouvoir en mains en 38, si j'avais eu les pouvoirs de votre de Gaulle aujourd'hui, si j'avais été un peu dictateur, disons, eh bien je crois que j'aurais vraiment quitté Munich, à ce moment-là. Et sans le regretter.

5

Le Duce a une idée

« *Ces Tchèques, vous me les donneriez tous, je n'en voudrais aucun...* »

Ils venaient tous de rire ensemble, comme des hommes, et en riant ils avaient déjà désamorcé la crise, presque. Mussolini sentit que c'était le moment propice, celui où le courtier en assurances passe à l'action, les défenses du futur client ayant été anéanties en douceur. Il attendit que les rires soient retombés pour lancer d'un ton modeste, en tâtant son uniforme :

« J'ai rédigé un bref projet de compromis que j'aurais aimé vous soumettre... »

Il chercha dans sa poche, et négligemment en sortit un papier chiffonné. Le visage des deux démocrates s'éclaira. Enfin du sérieux ! Hitler s'intéressa, se leva, voulut même lire derrière l'épaule du Duce, mais c'était en italien. Mussolini brandit son papier avant de le faire circuler. Le regard de Chamberlain était plein de considération mais, hélas, lui non plus ne lisait pas l'italien. Hitler s'empara à nouveau du papier chiffonné, le survola encore sans le comprendre, puis fit l'effort – remarqué – de se lever pour le transmettre au *Président* Daladier assis en face à lui. Les Trois semblaient considérer avec reconnaissance cette note de Mussolini incompréhensible pour eux, mais si généreuse.

Le traducteur Paul Schmidt se proposa. Mussolini déclina d'un geste impérieux. C'était son affaire. L'ancien instituteur retrouvait ses habitudes. Il semblait donner un cours à son public affamé de savoir.

« 1° Évacuation de la région des Sudètes dès le 1er octobre.
2° Garantie donnée à l'Allemagne par la France, la Grande-Bretagne et l'Italie que l'évacuation du territoire sera terminée au plus tard le 10 octobre, sans aucune destruction.
3° Examen du détail des questions posées par l'évacuation par une commission internationale comportant la représentation des quatre puissances et de la Tchécoslovaquie.
4° Contrôle international du plébiscite et de la détermination définitive du tracé des frontières dans les territoires "douteux" et occupation de ces territoires par des forces internationales.
5° Occupation progressive par l'armée allemande, à dater du 1er octobre, des zones à population allemande majoritaire. »

Le texte était précis. Le ton d'autorité. Les termes pesés. Le Duce, en énonçant chacune des propositions, forçait son talent. En vérité, la proposition n'avait rien d'italien. Elle avait été rédigée la veille par Göring, Neurath et von Weizsäcker, suite à la décision de tenir une « conférence de la dernière chance ». Hitler l'avait lue, y avait apposé la mention « acceptable », puis Schmidt l'avait, en urgence, traduite en italien et transmise à Mussolini. Le Duce avec Ciano s'étaient prêtés à ce petit jeu avec délice. Paul Schmidt aussi. La « proposition Mussolini » était donc un leurre, la réplique de l'inacceptable proposition d'Hitler, celle de Bad Godesberg, repeinte aux couleurs italiennes.

Le leurre fonctionna à merveille.

Daladier qui redoutait plus que tout le mémorandum de Bad Godesberg, se sentit plutôt rassuré. Oh, bien sûr, on discuterait, on s'étriperait peut-être, Hitler pinaillerait, mais au moins, ce n'était pas le *Diktat* allemand, ça non ! Chamberlain qui, lui, redoutait plus que tout la zizanie, un nouveau clash, se trouvait ravi qu'il existât une plate-forme de discussion. Chacun à sa manière n'entra pas, pour l'instant, dans le détail des cinq points du « plan Mussolini ». Ils n'avaient pas eu le temps de l'analyser, d'en référer à Paris ou à Londres ; mais ils convinrent ensemble que cela pouvait constituer une base de discussion intéressante.

Mussolini était radieux tout à coup.

Il fit mine de consulter Hitler sur son plan. Celui-ci, tout à sa comédie, voulut se montrer prudent. Il voulut ajouter qu'il y avait des choses très intéressantes, mais des détails à revoir.

Entendant ses réticences, un voile d'inquiétude passa dans le regard de Daladier. Et Chamberlain, lui, ne cacha pas son agacement.

Les deux dictateurs se regardèrent. Ils étaient ferrés.

On décida de faire traduire le document sans plus tarder et de l'étudier après le déjeuner qui serait pris séparément.

Des rayons de soleil vinrent éclairer la pièce. Ce fut comme un sursaut d'été. Daladier y vit un signe, les nuages au-dessus de la réunion avaient été chassés. Mussolini, se réjouissant ouvertement du temps splendide, accueillit la lumière en déclamant :

« C'est en effet le temps du Führer, comme vous dites chez vous... Et aussi le temps de la paix. »

Tout allait pour le mieux. L'état d'esprit était à la concorde. La guerre immédiate semblait écartée. Sans vergogne, Mussolini se frottait vraiment les mains. Il annonça joyeusement qu'ils pourraient – c'est sûr – repartir à l'heure dite. On s'apprêtait donc à s'en aller déjeuner quand Neville Chamberlain intervint :

« Je le répète, vos propositions, Duce, me paraissent une excellente base de départ... Mais cet accord, et notamment certaines de ces clauses, ne peut avoir de sens que si nous appelons des représentants du gouvernement tchécoslovaque à siéger avec nous... »

Daladier approuva vivement, d'autant plus qu'il avait lui-même oublié ces pauvres Tchèques. La question de leur participation à la conférence avait été évoquée la veille par ses collaborateurs. Beneš l'avait bombardé de coups de téléphone et d'interventions obliques. Le parti tchèque de Paris, Blum et son entourage, Kerillis ce fou, et même le général Faucher, s'étaient étranglés à l'idée que les Tchécoslovaques ne soient pas invités dans cette conférence. Les Tchèques... C'est vrai, les Tchèques... Il hocha la tête, approuvant encore, tandis que Chamberlain poursuivait.

Hitler répliqua au Premier ministre anglais, et sur un ton de commandement qui n'avait à voir ni avec la furie première ni avec l'humour.

« Si nous devons demander aux Tchèques leur accord sur chaque détail, nous n'en aurons pas terminé avant quinze jours. »

Mussolini approuva bruyamment. Le doigt menaçant il ajouta :

« Et surtout n'oubliez pas que mon train part à minuit quoi qu'il en soit... »

Et le Führer surenchérit :

« Dans l'état de tension actuel, le moindre retard comporte de terribles dangers... Et d'ailleurs, messieurs, ce n'est pas un différend germano-tchèque que nous avons à résoudre aujourd'hui, mais bien une question européenne... »

L'argument de l'Europe ne déplut pas à Daladier. Il ne voulait pas lâcher Chamberlain en rase campagne, mais il se dit que le raisonnement de l'Allemand se tenait.

« Si Beneš est capable de remettre en question un accord reposant sur l'autorité morale de nos quatre signatures, cela signifiera qu'il est décidé à ne rien accepter... Si ce n'est par la force. »

Mussolini ajouta, en faisant le raisonnable :

« Nous ne pouvons pas attendre pour délibérer la venue d'un représentant qualifié du gouvernement tchèque. C'est à nous, aux grandes puissances – il insista sur cette expression –, qu'il appartient de donner à l'Allemagne la garantie morale que l'évacuation aura lieu sans destructions. »

Daladier avait entendu « grandes puissances ; il trouvait l'expression juste. Mussolini et Hitler venaient de parler d'une « question européenne » et c'était vrai. Il en avait soupé des jeux byzantins de la diplomatie française depuis Aristide Briand, ce rêveur, ce mauvais prophète, cet irresponsable qui avait jeté la France dans les bras d'une Société anonyme, leur SDN, et dans les hasardeuses combinaisons de la « Petite Entente » où soi-disant se trouvait l'avenir de la France... Sur le principe, Daladier n'avait, bien sûr, rien contre la participation de ces pauvres Tchèques. Bien au contraire ! Mais sur le plan pratique, Mussolini et Hitler n'avaient pas tort. Avec les Tchèques, ça n'en finirait pas. Ils ne seraient jamais contents. Ils viendraient gâcher l'ambiance enfin civilisée qui régnait entre les Quatre. Ils l'alourdiraient avec leurs jérémiades, leurs supplications. Ils les retarderaient en demandant toujours plus, en refusant de lâcher quelques miettes de ces Sudètes qui faisaient problème. Ils risqueraient même de tout faire capoter, sous prétexte que telle fortification, en vérité pas si importante, était vitale.

Mais l'Anglais insistait. Il avait beau être le chantre de l'*appeasement*, il tenait à ces Tchèques. Les Trois le considérèrent ensemble, d'un même œil. Ils ne s'étaient pas concertés, mais ils le regardaient tout à coup comme un énergumène susceptible de rompre l'harmonie naissante. Il y avait de l'anxiété chez Daladier. De l'agacement chez Mussolini. Et chez Hitler, un mépris pour ce gêneur qui, il y a quelques jours encore, semblait être, sinon son meilleur ami, du moins son meilleur futur allié.

Daladier sortit de sa réserve. Il tenta de soutenir Chamberlain. Mollement.

« La présence d'un représentant tchécoslovaque que nous pourrions consulter, le cas échéant, serait utile... Ne serait-ce que pour prévenir les désordres qui peuvent toujours se produire à l'occasion d'une cession de territoires. »

Maintenant, tout le monde avait épuisé ses arguments. Chacun était dans son coin. Hitler crachotait des petits « *nein, nein, nein* » en tapant doucement du pied.

Mussolini pestait entre ses dents, il avait l'œil noir et semblait maudire l'Anglais.

Daladier feignait l'absence. En fait, il jouissait d'une situation nouvelle, inattendue : cette fois, ce n'était pas lui le gêneur. Ce qui ne l'empêchait pas de redouter le pire, encore des complications, le retour de l'orage, les éructations d'Hitler, les savantes pressions de Mussolini, et pour finir le déraillement de cette conférence qui devenait enfin intéressante.

Un moment interminable sembla se passer, avant que Chamberlain ne susurre, avec l'air emprunté de celui qui vient de se rendre compte qu'il a causé du dérangement à ces hôtes :

« Il suffirait... il suffirait peut-être... »

Alerte générale des trois autres, tout à coup suspendus à la parole anglaise :

« ... que ce représentant se tînt dans une pièce voisine... à notre disposition. »

Daladier était abasourdi. Il ne comprenait décidément rien à l'Anglais. Il avait redouté le pire, la rupture finale, l'ultime polémique qui ferait tout valser dans le décor. Il était bluffé par l'esprit pratique de son allié.

À l'énoncé de la suggestion de Chamberlain, le visage d'Hitler fut traversé par un tic. Il avait été impatient, crispé, menaçant ; il s'était tant ennuyé depuis le début ; il était à nouveau à l'écoute, l'œil allumé, presque bienveillant.

Mussolini tapotait nerveusement sur le rebord de son siège. Il s'apprêtait à refuser, quand Hitler, d'un signe l'invita à la modération. L'air faussement excédé, Mussolini lâcha un sonore :

« Va, va, va. »

6

L'arrivée des Tchèques

Un long couloir de l'hôtel Regina, le palace où s'était installée la délégation anglaise. Deux hommes avançaient encadrés par des policiers de la Gestapo en tenue. Le docteur Vojtěch Mastný, ministre de la Tchécoslovaquie en Allemagne, et Hubert Masařík, un jeune diplomate tchèque venu de Prague. Leur avion, qui avait quitté la petite ville tchécoslovaque de Ruzyn, venait d'atterrir à Munich. Ils avaient été accueillis comme des suspects. La Gestapo était à l'aéroport : on avait préféré le comité d'accueil policier à l'envoi d'un diplomate de la Wilhelmstrasse. On les avait fait monter dans une voiture de police, et conduits là sans un mot. En fait n'existant pas juridiquement pour les Allemands, ils faisaient partie de la délégation anglaise.

Les deux hommes étaient accompagnés d'un diplomate anglais, monsieur Ashton-Gwatkin, qui les avait rejoints à la hâte. Ils le connaissaient. C'était un collaborateur de Lord Runciman dont la mission de médiation avait laissé un si mauvais souvenir aux Tchèques. Lord Runciman, Lady Runciman et leurs troupes mondaines s'étaient montrés surtout empressés auprès de Konrad Henlein, le chef du parti des Sudètes pro-nazi. Ils avaient passé l'essentiel de leur temps à fréquenter les hobereaux germaniques et à médire de « l'oppresseur tchécoslovaque ».

Les deux Tchèques ne répondaient pas à Ashton-Gwatkin qui ne cessait de bavarder en soufflant et en s'essuyant le front. Ils avançaient raides, silencieux. Le docteur Mastný, plus ancien, trahissait sa nervosité en torturant la poignée de son cartable qui contenait la proposition secrète du président Beneš sur d'éventuelles cessions territoriales aux Allemands. L'autre, Masařík, avançait avec une espèce d'insolence. Les deux gardes de la Gestapo se figèrent devant une porte, firent une sorte de pas de l'oie en se rangeant de chaque côté de celle-ci. Ils invitèrent, en allemand et sans égard, les deux diplomates tchèques à pénétrer dans une petite pièce sans fenêtre ; le diplomate anglais les suivit. Il était nerveux.

La pièce était sans fenêtre. Ce n'était pas une chambre, ni même une soupente ; mais plutôt un de ces recoins où, dans les grands hôtels, les femmes de chambre se changent et entreposent leur nécessaire. Le lieu avait été vidé, mais il sentait le produit d'entretien, un mélange aigre de parfum et de javel. Devant la porte, deux gardes de la Gestapo stationnaient. La lumière venant du plafond était blanche, trop forte.

Mastný interrogea Ashton-Gwatkin sur leur présence à la conférence : « Quand serons-nous reçus ? La conférence a-t-elle commencé ? »

Ashton-Gwatkin : « Malheureusement... nous n'avons pu attendre... Et puis... le chancelier Hitler est intraitable... »

Mastný : « Mais comment une telle réunion peut-elle se tenir sans nous ?... »

Ashton-Gwatkin : « Il y a eu des complications de dernière minute... Mais ne vous inquiétez pas... Avec les Français, nous agissons au mieux pour défendre vos intérêts... (un silence) et aussi pour éviter que la guerre éclate demain en Europe. »

Mastný : « Comment pouvez-vous prendre cette décision sans les principaux concernés... ? Nous ne savons rien de ce qui se trame. Nous ignorons sur quelles bases vous allez travailler. Sur celles du plan franco-britannique du 16 septembre, déjà insupportables pour notre nation ? Ou sur celles de l'inacceptable diktat d'Hitler à Bad Godesberg ? »

Ashton-Gwatkin, gêné : « Je ne peux encore rien vous dire... Mais, hélas, vu l'état d'avancement de la crise nous pouvons redouter le pire... »

Mastný : « Le pire ? Que voulez-vous dire ? »

Ashton-Gwatkin, évasif, de plus en plus gêné : « La situation est difficile... Très pénible, oui... »

Le visage des deux Tchèques se décomposait au fur et à mesure de l'aveu de Ashton-Gwatkin. Le président Beneš leur avait annoncé que la situation était périlleuse. Les généraux de Prague et ceux des fortifications les avaient exhortés à l'intransigeance. Le Premier ministre, celui des Affaires étrangères et une flopée de savants géographes les avaient préparés, la rage et les larmes aux yeux, à l'épreuve. Mais voilà qu'on la leur interdisait cette épreuve justement. Ils n'auraient même pas à se défendre ; les Français et les Anglais s'en chargeraient. La rage de Mastný était froide, impressionnante, l'émotif Ashton-Gwatkin tenta de s'en aller. L'ambassadeur le retint par la manche. Masařík déroula alors la carte de son pays barrée de grands traits rouges :

Mastný : « Vous voyez... Ce sont les zones vitales pour la survie de la Tchécoslovaquie... ! Vous voyez bien sur cette carte qu'il est impensable de toucher à ce que nous appelons chez nous le "couloir de la Moravie". Si celui-ci était touché notre pays serait coupé en deux. C'en serait fini de la Tchécoslovaquie. »

Ashton-Gwatkin arborait une mine de condoléances. Il acquiesçait sévèrement, sans un mot, l'œil lourd et compatissant, mais sans regarder la carte de ce pays lointain, à la peuplade inconnue, comme avait dit Chamberlain. Il ne connaissait rien à la Tchécoslovaquie, ni aux subtilités de leur *Mitteleuropa* et à ce ridicule « couloir de la Moravie » dont l'autre lui parlait comme s'il s'agissait de l'empire des Indes.

Ashton-Gwatkin devait vraiment partir. Il était attendu, on le réclamait à la « maison du Führer ». Il se glissa dehors, les laissant, en promettant de revenir bientôt.

Il claqua la porte, on entendit un bruit de verrou.

7

« Qu'est-ce que je fous ici ? »

Hitler sortit le premier de son palais pour s'engouffrer dans sa voiture. Chamberlain le suivit et disparut dans la foule. Puis suivit Daladier, un peu plus bourru que d'habitude. Il se trompa d'automobile. Il monta dans celle du Duce. Un garde noir lui fit remarquer son erreur. Il s'effaça penaud, agacé, avec un haussement d'épaules pour laisser la place à Mussolini qui rejoignait Hitler pour déjeuner. D'un geste machinal, il alluma une cigarette. On l'entendit grogner : « Mais qu'est-ce que je fous ici... ? » Puis il s'installa dans sa voiture qui était avancée.

La foule était dense. La voiture du *Président* était déjà en marche lorsque le maréchal Göring tenta de s'y engouffrer. Il peina, souffla, et finit par s'y glisser lourdement, encombré par son poignard en or porté à la ceinture, son bâton de maréchal tenu à la main. Lui demanda s'il pouvait le déposer à l'hôtel des Quatre Saisons où il se rendait et rit aux éclats quand il parvint à se caler près de Daladier. Sans même regarder Léger, il le poussa sur le strapontin d'en face. Léger trébucha ; il restait blême devant cette insolence inédite dans sa longue carrière internationale. Il n'osa protester, et de toute manière à quoi bon. Le maréchal était déjà, après l'épuisante manœuvre d'abordage, en grande conversation avec Daladier. Il était resté perplexe devant l'incident mais avait vite décidé que la sympathie du numéro deux du Reich valait bien cette petite égratignure à l'amour-propre de son collaborateur.

« Eh bien, monsieur le *Président*, comment s'est passée cette première séance... ? lança le maréchal Göring, l'air amer. J'espère que le baron Joachim von Ribbentrop, mon grand ami (il s'esclaffa à ce nom), ne vous a pas fait trop de misères. »

« Monsieur Ribbentrop n'a pas ouvert la bouche », protesta Daladier avec ironie. Göring n'avait pas peur des mots ! Il ne cachait donc rien de son dépit d'avoir été exclu de la conférence au profit du rival. François-Poncet disait donc vrai. Depuis que Ribbentrop avait succédé à von Neurath, Göring avait été mis à l'écart de la politique étrangère, sauf sur les Balkans qui possédaient de nombreuses ressources en rapport avec le plan quadriennal dont il avait la charge.

« Et c'est tant mieux si monsieur Ribbentrop n'a pas parlé... ! Il faut se méfier, monsieur le *Président*. Ribbentrop exerce une très mauvaise influence sur le Führer. Tenez, hier encore, et jusqu'au dernier moment, nous avons dû être très – comment dire – imaginatifs pour qu'il ne sabote pas la conférence. Quand le fait de la tenir aujourd'hui à Munich fut acquis auprès du Führer, et que l'annonce de sa proposition de rendez-vous a été rendue publique, monsieur Ribbentrop a explosé de rage. Vous l'auriez vu... ! »

En paysan madré qu'il croyait être, Daladier feignit l'indifférence devant ce qu'il considérait comme une révélation de première main. Il décida de laisser parler l'exubérant maréchal, de le pousser un peu, à peine, de le laisser déverser son aigreur. Il allait en savoir plus sur le jeu allemand. Alors, il opina douloureusement. Il se contentait de courtes formules afin de ne pas interrompre le débit de l'Allemand :

« Oui, ce matin à l'aéroport, il avait sa tête des mauvais jours.

— Oh, mais vous savez, monsieur le *Président*, Joachim von Ribbentrop porte tous les jours sa tête des mauvais jours. »

Ils ne purent s'empêcher de rire ensemble. Göring continuait, plus grave :

« Vous savez, monsieur le *Président*, cet homme est un fanatique. On aurait pu croire que la fréquentation des Anglais l'aurait civilisé. Pas du tout... Vous savez ce que monsieur Ribbentrop a eu l'audace de faire, il y a quelques mois ? Alors qu'il était présenté à la cour, à Sa Majesté le roi d'Angleterre lui-même... Savez-vous donc ? Il a eu l'affront de faire le salut nazi... Oui, monsieur le *Président*, vous avez bien entendu, le salut nazi. Et au roi ! Toute la cour en fut retournée. C'est mon grand ami, l'ambassadeur Henderson, qui me l'a raconté... Non, ce sont des choses qui ne se font pas ! »

Le maréchal paraissait si sincère, si indigné ; il disait tout cela avec un tel naturel que le *Président* oublia que Göring lui-même avait, par le passé, fait scandale en se présentant au Vatican devant le pape avec le salut nazi.

« Vous voyez, cet homme ne sait pas se tenir. Ni lui, ni la nouvelle diplomatie allemande. Ce faux aristocrate, ce faussaire. Vous ne pouvez pas savoir ce que les fonctionnaires dignes de ce nom me disent de lui. Ça un ministre ! De plus, il veut la guerre. Il ne rêve que de cela...

— C'est bien ce qu'il me semblait », se contenta de dire Daladier qui constatait que son stratagème était efficace.

« La guerre... La guerre... Il n'a que ce mot-là à la bouche... Et vous savez pourquoi... ? »

Daladier fut bien obligé de répondre qu'il ne savait pas, au fond.

« Eh bien, monsieur le *Président*, parce que Joachim von Ribbentrop n'a jamais vraiment été soldat. Il ne sait pas ce que c'est lui... Ce faux Allemand – il a été élevé au Canada et en Angleterre – est aussi un faux soldat. Pensez, il a fini sa guerre dans la cavalerie sur le front turc... La cavalerie sur le front... ! »

Hochements de tête de Daladier, plus vigoureux, sincères cette fois.

« Ce n'est pas comme nous », laissa tomber Göring, soudain plus grave.

Il avait dit « nous »...

Göring, le héros, la terreur du ciel, Göring, le propre successeur du « Baron rouge », avait dit « nous », et l'avait ainsi enveloppé dans le manteau de sa propre légende, lui, l'obscur « rampant ». Il avait dit « nous », comme s'ils étaient des égaux, des frères d'armes, comme s'ils avaient partagé, à parts égales, la gloire et le sang durant les quatre années de l'enfer. Il avait dit « nous ». Göring s'était tu. La limousine traversait Munich toujours en liesse ; plus rien ne comptait, ni la conférence, ni les arrière-pensées, et pas même ce pauvre Léger qu'on avait jeté sur le strapontin. À nouveau, il dévisagea ce drôle de nazi qui, comme lui, semblait ému à l'évocation de « leur » guerre.

Après un long silence, Göring soupira :
« Vous avez dû souffrir en 1917, avec cette bataille du mont Cornillet...

— Oh autant que ceux d'en face, enfermé dans ces tunnels où ils sont morts atrocement ! Monsieur le maréchal, vos compatriotes ont été là-bas de vaillants soldats. Ils ont souffert autant que nous... Il n'y a pas que le mont Cornillet. Ailleurs aussi on avait fini par se connaître. Dans les moments de répit, on se parlait de tranchée à tranchée. Certaines fois, nous nous envoyions, par-delà les lignes, des boîtes de conserve. D'autres fois, nous plaisantions. Une fois, nous avons même fêté un soldat de la tranchée d'en face, à l'occasion d'une naissance. Cela aussi ne s'oublie pas. J'ai même entendu parler d'un Noël où les Français et les Allemands, en dépit des ordres de leur hiérarchie, avaient fraternisé.

— Comme vous avez raison, monsieur le *Président*...! Ce genre de chose ne s'oublie pas, ça ne peut pas s'oublier... Et c'est parce que, vous et moi, avons vécu cela que nous devons dire et faire en sorte qu'il n'y ait plus jamais ça...

— Plus jamais ça en effet, monsieur le maréchal...

— Ah, heureusement qu'il n'y a pas que des Ribbentrop en Allemagne, ni... en France, monsieur le *Président*... Heureusement qu'il existe, en Europe, des gens comme vous et moi. »

Le *Président* ne sut que répondre. Il était ému. Il resta rêveur, pas mécontent de s'être fait un allié, peut-être.

Les deux hommes répondirent, ensemble, aux acclamations de la foule, il fallait bien.

Göring était bien enfoncé sur la banquette. Il se contentait d'un mouvement du menton, de temps à autre d'un sourire aux carrefours. Il avait le visage toujours tourné vers les gens. Le *Président* nota que l'Allemand ne répondait jamais de la main ou du chapeau aux acclamations, comme il avait commencé à le faire lui-même. C'était périlleux. Il en avait fait l'expérience. Cela obligeait à garder le bras levé tout le temps, à rester légèrement penché en avant, à être toujours en équilibre instable sur la banquette qui, au moindre coup de frein, vous attirait en arrière, ridiculement. Le *Président*, soudain léger, s'amusa en pensant qu'être acclamé, c'était vraiment un métier.

Göring revint vers lui :
« Tenez, monsieur le *Président*, vous savez que je caresse un rêve que je n'ai jamais pu réaliser...
— Mais, lequel, maréchal... ?
— Oh ! » fit Göring, presque timidement, mais l'œil allumé, la moue gourmande. Il se tut quelques secondes, posant sa main sur le bras de Daladier comme s'il le mettait solennellement dans la confidence... « Tenez, à cause de la guerre hier, et des événements des Sudètes à présent, je ne suis jamais allé à Paris. Et j'aimerais tant m'y rendre...
— ... Ah bon... Paris ?
— Oui, me promener dans les rues de Paris, aller un jour à Versailles, visiter le Louvre... Oui le Louvre, le plus beau musée du monde. Vous savez que je suis collectionneur, monsieur le *Président* ?
— Bien sûr, maréchal, s'exclama Daladier qui l'ignorait. Mais, vous êtes sérieux, Maréchal ? Ou du moins, pardon, votre désir est-il vraiment sérieux ? Vraiment, Paris ?
— Tout ce qu'il y a de plus sérieux, monsieur le *Président*. Je pourrais même y venir en bateau... Sur la Seine avec mon *Karyn II*...
— Ma foi... C'est quelque chose qui pourrait se faire, hein ? Léger, qu'en pensez-vous ? »
Léger n'entendait pas ; il était trop loin, sur son strapontin.
« J'en reparlerai à Léger », cria Daladier un peu agacé. Avant de demander à Göring, l'œil allumé :

« Maréchal, vous savez ce qui aurait une sacrée allure ?...
c'est que vous y veniez avec le chancelier Hitler...

— Quelle belle idée pour la paix... ! Lui non plus, d'ailleurs, n'a jamais pu se rendre à Paris. Ah ! si seulement je
pouvais le décider... Belle idée... Belle idée... Ah ! s'il n'y
avait pas Ribbentrop... C'est vraiment une magnifique idée.
Une idée pour des hommes de la génération de la guerre...
Oui, je vais essayer. D'autant que je crois que le Führer
vous a à la bonne... Pourvu que cet après-midi, il accepte
le plan du Duce ! Mais ce ne sera pas facile... »

Ils étaient arrivés à l'hôtel des Quatre Saisons. Le *Président* refusa une nouvelle fois l'invitation à déjeuner du
maréchal. Il s'en alla directement dans sa chambre. Et
Göring courut honorer son banquet.

QUATRIÈME PARTIE

1

Déjeuner chez Hitler

En pénétrant dans l'appartement privé d'Hitler, où le déjeuner se tiendrait sans les démocrates, le Duce regarda l'Allemand comme si c'était la première fois. Il se souvint de ce jour de 1934 où il avait reçu à Venise le jeune chef allemand. Il lui était apparu comme un petit-bourgeois dans un imperméable mastic, son feutre à la main, flottant dans un costume civil, ni beau, ni laid, avec un nez grossier, une bouche trop mince et une moustache qu'il portait épaisse à cette époque-là. Il avait alors considéré cet Allemand qui l'admirait tant comme un cousin pauvre.

Comment le Führer de toutes les Allemagnes pouvait-il vivre dans un endroit pareil ! Un appartement ordinaire, habité par d'autres locataires, aux plafonds bas et aux fenêtres mesquines, sans vrais couloirs, sans grandeur, ni classe. Quel manque de goût ! Le Reich avait tout de même les moyens de lui offrir un palais, et il n'en manquait pas en Bavière. On aurait pu lui trouver, comme à Rome pour lui, une villa Torlonia appartenant à un prince qui se serait empressé de la lui louer, et pour une lire !

Les murs étaient tapissés d'un triste tissu vert pâle ; dans la salle à manger la table était déjà dressée comme chez un notaire ; en passant dans la chambre du Führer, Mussolini surprit un extenseur musculaire derrière une porte, le même qu'il utilisait pour muscler son bras afin de le tenir raide plus d'une heure lors des défilés Le seul luxe de la maison était des toiles de maîtres ; des scènes rurales surtout, les mêmes qu'on aurait trouvées, copiées, pompeusement encadrées, chez un bourgeois *völkisch*, à la différence qu'il s'agissait là des originaux.

Hitler s'attardait sur chacune des toiles : Titien, Bordone, Lembach, Dürer dont des gravures ornaient son bureau à la chancellerie ; Bruegel, sa passion ; Vermeer dont il ne possédait hélas pas le chef-d'œuvre, selon lui, cet *Artiste dans son studio* qu'il ferait tout pour acquérir, et faire ainsi enrager ce cher Göring qui se flattait d'être le plus grand collectionneur de Vermeer. Il voulut rire, mais il ne parvint qu'à ricaner. Le rire d'Hitler n'était jamais net ; on y trouvait toujours, en arrière-fond, l'aigreur.

La visite n'en finissait pas. Profitant des tirades d'Hitler, Mussolini tentait de se distraire sans que l'autre s'en aperçoive. Il se tournait vers Ciano son gendre, son ministre, son souffre-douleur et complice, pour se moquer de l'Allemand. Il lui enjoignit, d'un vigoureux coup de coude, de relever le tic d'Hitler à l'épaule, qui, murmura-t-il, « s'est aggravé depuis l'année dernière ». À la cinquième toile, n'en pouvant plus de se voir asséner une leçon d'histoire de l'art, le Duce lâcha, en italien, presque à haute voix : « Bientôt, il va nous dire que ce sont les Teutons qui, du fond de leurs cavernes, ont créé la civilisation et la culture... *Ma stronzo.* »

Mussolini avait l'habitude avec l'Allemand. En quelques voyages officiels et un séjour au Berghof dans le nid d'aigle, il avait appris à le connaître, et avait mis au point une technique infaillible.

194

Elle se résumait à une consigne : « Le laisser se soulager. »

C'était la méthode quand, en privé avec Hitler, le Duce voulait obtenir quelque chose, ou en éviter une autre, ou plus simplement pour avoir la paix. La gestion d'Hitler était simple. Il fallait le laisser parler, parler, parler. Ne jamais l'interrompre, sauf dans les conférences à risque, comme un peu plus tôt. Observer attentivement les cycles de son discours, ne pas croire qu'un répit, ou une trop longue respiration, était une fin. Ne surtout jamais l'interrompre quand il était lancé. C'était dangereux. Sinon l'autre recommençait depuis le début. Et alors, il faisait subir à son auditeur une nouvelle épreuve. Lentement, il posait à nouveau son idée fixe au centre de sa conversation. Le torrent nerveux s'accélérait. Puis venaient d'épuisantes digressions, parfois même des pièges comme cette question posée à l'interlocuteur et à laquelle il ne fallait – là encore – sous aucune prétexte répondre. Le laisser se soulager... L'image avait le mérite de la clarté et une certaine efficacité. C'est ainsi que Ciano et Mussolini se préparaient avant de le voir. Car le maître de l'Italie, malgré l'Axe, sa présence à Munich et le réchauffement récent de la relation entre les deux pays, restait dubitatif. Il n'était pas loin de considérer qu'Hitler était un peu dérangé.

Le Führer s'attardait sur un contemporain, Wilhelm Löwith, dont la peinture admirable faisait penser à celle d'un petit maître du XVIIIᵉ. Il s'extasiait sur cette *Femme enceinte lisant un livre* que l'Italien considérait d'un air distrait. Hitler constata que Mussolini n'avait pas l'air convaincu, alors il entreprit de dévoiler le sens caché de la toile. Il était intarissable, expliquant longuement pourquoi la lumière venait d'en haut, s'enthousiasmant sur cette technique incomparable, avant de regretter que le peintre fût juif.

« C'est le seul peintre juif que je tolère..., lança-t-il fièrement, tous les autres sont interdits, ou vont l'être, car nous ne tolérons plus dans le Reich cet "art dégénéré".

Mais... Löwith, ce n'est pas pareil...

Remarquez, Duce, fit-il un ton plus bas, et en prenant le bras de son ami italien... Remarquez Duce... Chacun a son juif... »

Hitler marqua une pause avant de compléter, énigmatique, presque grivois : « Ou sa juive... N'est-ce pas Duce ? »

Mussolini ne releva pas. Mais l'insinuation le heurta.

Hitler faisait allusion à Margherita Sarfatti, la maîtresse du Duce depuis près de trente ans qui venait d'être remplacée par la jeune Clara Petacci. Celle que les services romains de Ribbentrop avaient surnommée « la juive ».

Mussolini se sentit tout à coup mal à l'aise devant cette incursion obscène. Toute complicité avec l'Allemand sur ce point, celui de l'amour, lui parut – il chercha l'expression et n'en trouva pas d'autre – « dégoûtante ». On pouvait rire de tout, mais pas avec Hitler curieusement. Quelque chose le répugnait chez lui, quelque chose de physique, d'indéfinissable. Il ne savait si c'était tout ce que l'on racontait sur ses amours – ou plutôt sur son absence totale d'amour. Ce côté maladif et malingre ; cette peau grise, si grise, presque couleur de cadavre. Ou cette odeur, l'odeur légèrement poissonneuse qui l'enveloppait toujours.

À la table du petit *Speisezimmer* de monsieur Hitler, on présenta des bécasses sur canapés. La venaison était de premier choix. Le Duce, sensible à cette attention à la table du Führer, voulut réjouir l'assemblée avec un trait d'humour : « Ces bécasses sont, pour ainsi dire... les administrées de monsieur Hermann Göring. » Göring étant absent du déjeuner, Mussolini avait flairé la disgrâce. Il voulait ainsi faire rire sur le dos de celui qui était aussi le grand veneur du Reich, et à ce titre régnait sur les forêts et tous ses êtres vivants. Mussolini s'esclaffait tout seul – les administrées de Göring... – d'autant qu'il était lui-même chasseur – c'était indispensable à tout être viril – et savait son compère allemand irritable sur ce point. Ciano sourit. Il était bien le seul à table. Himmler, Hess et Ribbentrop firent semblant de ne pas avoir entendu. Ils avaient blêmi. Parler « gibier » à la table du Führer était le sujet tabou, la discussion blasphématoire même si ce jour-là Hitler avait tenu à honorer le Duce de ces petits oiseaux. Les trois hiérarques grognèrent, murmurèrent leur indignation, firent bruyamment savoir qu'ils exigeaient, eux aussi, le menu du Führer, de préférence aux superbes venaisons qu'on venait leur présenter. Ils cherchèrent, ensemble et passionnément, la bienveillance du chef, et ne la trouvèrent pas.

Hitler était ailleurs, concentré et agité comme l'enfant qui attend son plat. Il guettait ; il surveillait le manège des domestiques ; il s'impatientait, de temps en temps, tapotant ses couverts. Quand la soupe – une soupe de champignons – arriva enfin, il n'attendit personne. Il se mit à l'aspirer sans manière. Il l'avalait, solitaire et concentré, comme le font ces vieillards qui touillent leur soupe, les yeux fixés sur leur assiette, scrutant le liquide comme une diseuse de bonne aventure le marc de café, s'arrêtent parfois sur une cuillerée, l'observent longuement avant de l'avaler en mastiquant bizarrement. Hitler restait ainsi, indifférent à la conversation, absent de longues minutes, dans cet état d'hébétude.

Lorsque Hitler finit par lever la tête, ce fut pour lancer :
« Vous avez vu ce nègre... »

Mussolini acquiesça du menton mais il ne savait pas de quel « nègre » il parlait. Il ne chercha pas vraiment ; il estima qu'il s'agissait peut-être d'une conversation ancienne que les deux hommes avaient eue jadis sur l'Éthiopie – désormais « fleuron de l'Empire » – qui reprenait ; qu'en fait le « nègre », c'était son « nègre » à lui, l'empereur déchu d'Éthiopie, le négus qui se promenait avec son martyre en bandoulière de capitale en capitale dans le monde démocratique. Mussolini comprit qu'il n'en était rien lorsque Ribbentrop, toujours le plus rapide, le plus zélé, le plus apte à comprendre la pensée profonde du Führer, intervint :

« Vous avez raison, mon Führer, c'est le signe d'une décadence profonde en France que d'avoir à la tête du ministère des Affaires étrangères un nègre (il insista sur le mot), un Martiniquais... »

Ciano, voulant mettre une touche savante ajouta avec – il se sentait bien – l'autorisation implicite de son beau-père et chef :

« Ça en dit long sur la diplomatie que la France a héritée de ce maudit monsieur Aristide Briand. »

Et ainsi alla le bavardage sur les audaces du « nègre », cet insolent qui osait parler à la place d'un Daladier un peu « dépassé mais pas antipathique », sur les qualités comparées de l'ambassadeur Attolico toujours anxieux, de l'ambassadeur anglais Henderson et de son œillet à la boutonnière et de François-Poncet qui, disait-on, serait nommé prochainement à Rome. On s'interrogea sur l'audace et le sens de la présence d'Alexis Léger dans une telle réunion, jusqu'à ce qu'Hitler conclue, péremptoire, en s'adressant à son ministre des Affaires étrangères, sévèrement :

« Un tel incident ne doit pas se reproduire, Ribbentrop... Il ne doit pas être permis que des gens de couleur s'occupent des affaires de l'Europe. Ni que des diplomates du Reich aient affaire à ces gens-là... Vous avez compris, Ribbentrop. »

Cette fois, l'impeccable ministre des Affaires étrangères avait raté son coup. Il avait voulu attirer la haine du Führer sur le sujet Léger ; il l'avait provoquée, il l'avait attisée, et venait de connaître un sérieux retour de flamme. Pour cacher son humiliation, car il n'avait jamais été pris en faute par le maître depuis sa nomination à la tête des Affaires étrangères, Ribbentrop acquiesça. Il fit mine de prendre en note l'ordre du Führer.

Ensuite seulement, on passa à l'Anglais, Chamberlain.

Hitler lança avec appétit :

« Vous avez vu sa tête de dégénéré, Duce... Eh bien, dire que j'ai dû le supporter durant au moins trois jours. Une fois au Berghof, où il est arrivé rosissant comme une jeune fille, si heureux d'avoir fait à cette occasion son baptême de l'air... Et puis encore deux jours et deux nuits à Bad Godesberg où il s'est transformé en mon secrétaire particulier à qui je dictais les conditions de la paix... Il était servile, obéissant, diligent, prêt à tout, à tout instant, à condition qu'on ne touche pas aux intérêts de l'Empire et de la City ! Mais jamais franc. Ça non. Malgré ses déclarations : fourbe comme tous les Anglais... »

Mussolini, qui s'ennuyait quand il ne parlait pas, trouva fort à propos de développer sa théorie sur les Anglais :

« Comme vous avez raison, Führer ! ... Regardez l'Anglais... Et vous comprendrez... ! Quand, dans un pays, on

adore les bêtes au point de construire pour elles des cime-
tières, des hôpitaux, des maisons ; quand, dans un pays, on
fait des fondations pour des perroquets, c'est un signe
évident de décadence. Du reste, outre ces innombrables
raisons, cela dépend aussi de la composition du peuple
anglais. Quatre millions de femmes en excédent ! Quatre
millions de femmes sexuellement insatisfaites qui créent de
façon artificielle une quantité de problèmes afin d'exciter
ou d'apaiser leurs sens... »

Le visage d'Hitler s'anima d'un de ses petits rires sardo-
niques. Il tonna en frappant sur la table :
« Hélas pour elle, l'Angleterre n'a pas voulu
comprendre. »
Ciano sursauta et Mussolini s'installa dans sa pose favo-
rite lorsqu'il écoutait Adolf Hitler. Masque césarien, yeux
plissés, menton dans la main, acquiesçant d'un doigt
bloqué sous le menton à chacune des sentences de son
jeune allié, prenant à témoin les autres sur tel ou tel point
particulièrement pertinent ou visionnaire, somnolant le
plus souvent.
« L'Angleterre n'est pas l'ennemie héréditaire de l'Allemagne comme seule l'était la France. Et donc..., ajouta Hitler, un ton plus haut, pas non plus l'ennemie héréditaire
des Italiens. Mais l'Angleterre qui n'a pas voulu accepter
nos offres d'alliance sera châtiée. »
Mussolini voulait revenir au sujet du jour, la Tchécoslovaquie, car, malgré le stratagème de la vraie fausse note, il
ne connaissait toujours pas les intentions précises de l'Allemand, et cela alimentait cette mauvaise humeur qu'il rete-
nait. Il avait l'esprit pratique, méthodique, sérieux et
opiniâtre, et au fond, assez respectueux des usages diplomatiques jusqu'à ce que l'affaire éthiopienne ne fasse de lui,

pourtant-plein-de-bonne-volonté, un paria international. Il était le contraire du Führer qu'il trouvait brouillon, trop flou et dangereusement exalté. Il le jugeait parfois sévèrement.

« Et alors pour la Tchécoslovaquie... Que faisons-nous cet après-midi... ? »

Alors Hitler toisa Mussolini comme si celui-ci était un véritable demeuré, un importun venant lui parler, brutalement, d'un sujet tout à fait hors de propos. On aurait cru qu'il n'avait jamais entendu parler de la Tchécoslovaquie. Il voulut se reprendre, s'adoucir pour ne pas froisser Mussolini. Il dit, onctueux :

« Oh... Mais cela va être réglé... Duce, je vous fais confiance. »

Un sourire de satisfaction passa sur le visage de Mussolini. Du soulagement aussi. Il préférait ce ton.

« Mais, vous savez, la Tchécoslovaquie n'est rien, Duce. »

Plus bas, la voix redevenue rauque, il lâcha à son mentor, comme s'il s'agissait d'un secret, de sa dernière ambition :

« Oui, Duce, un jour viendra où, unis, nous devrons nous battre contre la France et l'Angleterre... Les démocraties nous haïssent. Elles veulent notre mort. Elles veulent notre étouffement économique et vital, et elles en ont fait encore la démonstration avec les Sudètes qu'elles refusent de rendre au Reich allemand... Elles haïssent le peuple allemand parce qu'elles savent qu'il possède une organisation sociale que... »

Il marqua une pause, se leva à demi en pointant du doigt Mussolini :

« ... vous seul, Duce, pouvez égaler... C'est pour cela qu'elles s'apprêtent à nous étrangler... »

Il se leva vraiment, cette fois pour hurler d'inquiétude :

« Mais nous ne nous laisserons pas faire, n'est-ce pas Duce ?... »

Il était redevenu l'apprenti qui, humblement, implorait l'aide de l'inventeur du fascisme, la protection du suzerain.

Pris de court, Mussolini se tourna vers Ciano et lui adressa un regard fanfaron mais misérable qui venait chercher auprès de lui une formule, une pirouette, une échappatoire, quelque magie diplomatique qui viendrait le tirer de ce mauvais pas. Ciano s'abstint de tout signe. Il avait été l'artisan forcené de l'Axe l'un des interlocuteurs privilégiés d'Hitler, de Göring et de Ribbentrop, allant et venant de Berlin à Rome ; il les avait tous pratiqués plus que le Duce, il avait été l'instigateur du rapprochement italien mais à présent il commençait à douter.

Mussolini fut obligé de grommeler, sans réelle conviction :

« Non, non, Führer, nous ne nous laisserons pas étrangler comme ça... »

Il n'en fallut pas plus à Hitler :

« Comme vous parlez juste, Duce... La prochaine guerre sera terriblement sanglante et cruelle... Nous démoraliserons l'adversaire par la guerre des nerfs. Oui, nous devons être cruels. Nous devons l'être avec une conscience tranquille. »

À ces mots, à cette idée d'une cruauté tranquille, Mussolini approuva vigoureusement. Comme il reconnaissait ces thèmes, ses propres mots. La cruauté, le Sacrifice, l'Homme nouveau, la Méditerranée romaine... Oui, Hitler faisait bien du Mussolini. Ainsi, il n'en était rien de toutes les calomnies rapportées sur son compte, de sa traîtrise autrichienne, de sa volonté de surpasser l'Empire italien. Non, Hitler restait bien un fasciste et un allié. Son seul centre d'intérêt, hormis ces rodomontades, n'était-il pas l'Europe de l'Est ? Eh bien, on la lui laisserait son Europe de l'Est ; pourvu que la Méditerranée (et un peu d'Afrique aussi...) redevienne romaine !

« La guerre, oui la guerre, poursuivait Hitler. Elle est, vous le savez bien, Duce, la chose la plus naturelle au monde. Elle est de tous les temps et de tous les lieux ; elle est quotidienne. Elle n'a jamais de commencement, pas plus qu'il n'y a jamais de paix... La guerre, c'est l'état naturel de l'homme... »

Nouvelle approbation de Mussolini. Il était enthousiaste. Il aimait cette vigueur qui lui rappelait les origines et redonnait un sens au beau mot de fascisme. Car on s'embourgeoisait en Italie... ! Il se leva pour trinquer au génie de son ami le Führer qui, un peu dérouté, prit un verre vide qu'il fit tinter avec celui de Mussolini, sans perdre le fil de son discours :

« Qu'est-ce que la guerre, Duce, sinon ruse, tromperie, stratagème, attaques et surprises... ? Oui, nous sommes des barbares...

Et nous voulons être des barbares, c'est un titre d'honneur. Nous sommes, Duce, ceux qui rajeuniront le monde... Le monde actuel est près de sa fin. Notre tâche est de le saccager... »

Ravissement de Mussolini devant l'heureuse formule. Légère lassitude aussi, crainte malgré tout que, par-delà les belles formules, Hitler ne repartît dans un interminable laïus.

Mais non. Hitler, soudain plus sobre, tout à fait calme, avait l'air de conclure :

« Si nous devons un jour déclarer la guerre, est-ce que nous nous attarderons ou nous attendrirons sur le sort de dix millions de jeunes Allemands et jeunes Italiens que nous enverrons à la mort... ? »

L'évocation de ces dix millions de jeunes Italiens envoyés à la mort horrifia Mussolini. Malgré son effroi, il ne broncha pas. Simplement il se demanda combien de vies il était prêt à donner pour cette guerre. Il tenta de trouver le nombre. La limite raisonnable, acceptable, supportable... Quelques dizaines d'Italiens par mois, comme en Espagne en ce moment, où l'aviation italienne « faisait des merveilles » ? Ou bien des milliers ? Des dizaines de milliers ? Des centaines de milliers ? Il déraisonnait, tandis que l'autre continuait à parler.

Plus encore que tous ces milliers ? Une génération entière de jeunes Italiens ? L'approche du million l'épouvanta. Il chassa cette folle hypothèse de son esprit, et revint à Hitler. L'idée le scandalisait. Mussolini ne mettrait pas sur un bûcher germanique une génération d'Italiens.

Néanmoins, il ne reprit pas Hitler. Il ne pouvait passer pour un dictateur mesquin, lui qui avait été le premier, l'inspirateur. Hitler, on devait le calmer, le cadrer, le piloter. Il suffisait d'être à la hauteur de l'événement. Le Duce se tut donc. Que pouvait-il faire à une table de déjeuner, en pleine conférence des Quatre ? Il se contenta de conjurer le sort, et croisa ses doigts dans le dos, à l'abri des regards.

« Et puis... Duce..., nous provoquerons une révolution en France ; nous avons des agents là-bas ; le pays est fragile ; tous les moyens seront bons... Et puis... »

En un claquement de doigts en direction de Rudolf Hess, le décor changea. La table de la salle à manger se transforma en bureau d'état-major. On déroula une carte gigantesque.

Mussolini et Ciano notèrent avec inquiétude que ce n'était pas celle de la Tchécoslovaquie.

C'était la carte du front Ouest.

Hitler marqua un silence avant de lâcher, les mains sur les hanches, fier comme un enfant qui attend la récompense :

« Et puis nous envahirons l'Angleterre. »

Le Duce resta stupéfait.

Il n'avait pas prévu cela. Pourquoi donc vouloir s'en prendre aux Anglais, attaquer ceux qui nous laissaient les mains libres, en Europe et en Méditerranée ? Pourquoi eux, alors qu'ils étaient justement prêts à tout lâcher, ou presque ? Les Anglais, Mussolini ne les aimait pas follement, mais envahir l'Angleterre ! D'où venait cette incompréhensible stratégie, alors qu'ils venaient ensemble et fraternellement, avec un maréchal anglais, de participer aux grandes manœuvres allemandes sur la Baltique ? Mussolini lança un regard inquiet à Ciano, mais laissa Hitler poursuivre.

« Alors, Duce... »

À cet appel, Mussolini se redressa, lourdement, comme à regret. Il retrouva sa pose martiale, jambes écartées, plantées au sol, mains nouées devant lui ; sa pose la plus vaillante et la plus sage, celle de l'aîné qui se demande ce que le cadet a encore inventé ; une vraie pose de chef. Il feignit de s'intéresser aux détails de cette carte d'état-major qu'on lui mettait sous le nez, mais avec détachement, scepticisme, lassitude. Tandis qu'Hitler laissait tomber, en guise de conclusion :

« Mieux vaut que cette éventualité se réalise tant que vous et moi, encore jeunes et plein de vigueur (il le regarda admiratif), nous nous trouvons encore à la tête de nos deux États. » Alors Hitler voulut expliquer son plan d'invasion de l'Angleterre.

Mussolini reçut cette dernière phrase – « tant que nous sommes encore jeunes et pleins de vigueur » – comme une décharge électrique. Il était secoué, mais continuait, comme si de rien n'était, à caresser du doigt la ligne Maginot, les Alpes, la Savoie. Il cherchait quoi répondre à cette stupéfiante invite ; comment rester à la hauteur, lui qui était le pionnier, le maître ; comment ne pas être dépassé par l'élève, comment le contenir.

Il trouva l'esquive.

Il remonta son pantalon, se frappa le ventre plusieurs fois, et se jeta à terre. Il fit une série de pompes, puis se releva, suant et claironnant :

« Mais, cher Adolf... Moi je vais très bien... J'ai tout mon temps... Je suis encore jeune et plein de vigueur. Et j'espère pour longtemps... »

La prouesse n'avait pas amusé Hitler qui cachait mal son impatience. Il se mâchait la moustache, sa jambe gauche tapait contre le pied de la table. Il voulait aller jusqu'au bout de son idée :

« Je vais avoir cinquante ans, Duce... Vous avez cinquante-cinq ans... Et même si nous sommes en forme tous les deux (il s'interrompit, se redressa légèrement, il dépassait le Duce de quelques centimètres), nous ne sommes pas éternels... »

Mussolini fit un geste fataliste :

« Duce, il nous faudra encore bien des années avant de conquérir l'Europe, de construire et consolider ces deux empires que nous bâtissons... et aussi... »

Alors, Hitler prit un air canaille, celui des brasseries munichoises :

« Et aussi pour en profiter. »

Il supposait que cette chute plairait à au jouisseur italien.

Mais cette perspective ne fit pas sourire Mussolini.

Il s'était brusquement éteint. Il flottait. Il était absent. En vérité, il aurait voulu décamper, quitter cet appartement minable, ces toiles de maître lugubres, fuir Hitler et Hess avec son visage de singe, Himmler avec son air de satyre, fuir Munich et la perspective d'une guerre avec l'Angleterre, rentrer chez lui en Italie. Il aurait voulu oublier l'Axe, reprendre à Hitler ses serments, le pouvoir absolu sur la Méditerranée, les miettes d'Afrique, les Balkans, et aussi toutes ces promesses d'ivrogne qu'ils s'étaient faites. Il ne supportait plus d'être là.

Lui et l'Allemand n'avaient décidément pas la même conception de la barbarie. Mussolini, lui, rêvait d'une barbarie qui retrempe le sang des Italiens dans le glorieux Empire romain ; tandis qu'Hitler n'était qu'un de ces barbares de l'est, le descendant d'un de ces Wisigoths fossoyeurs de la Rome impériale. Il y avait barbare et barbare...

« *Tant que vous et moi, encore jeunes et plein de vigueur...* »

Une inquiétude plus grande encore assaillit le Duce.

Hitler ne pouvait pas avoir prononcé une telle phrase sans savoir. L'Allemand était-il au courant des mauvaises rumeurs ? Il savait. Il devait forcément savoir. Son ambassadeur à Rome était autrement plus débrouillard que cet âne d'Attolico... Mais que savait précisément Hitler... ? Oui, il devait avoir entendu parler de cet « ulcère à l'estomac », et après ! Toute l'Italie savait, malgré la censure, pleurait, plaignait le Duce, lui envoyait des recettes de sorcières, des bénédictions ou bien des ordonnances d'apothicaires.

Mais savait-il pour le reste ? Pour ces crises qui, désormais, le laissaient cloué au lit plusieurs jours durant, tordu de douleur jusqu'à ce qu'on le soulage avec de la morphine. « C'est l'estomac », diagnostiquaient la dizaine d'éminences de l'Académie italienne. Mais le mal dont souffrait le Duce restait inexplicable, imprévisible et incurable. Cela le tourmentait. Mais cela, ce mal à l'estomac, restait un véritable secret d'État. *En principe*, Hitler ne pouvait pas savoir.

Mussolini avait beau se dire que, selon ses services à lui, la santé du Führer n'était guère plus flamboyante. Il avait beau savoir pour les « douleurs gastriques », la myriade de médecins autour de lui, le docteur Brandt et aussi l'énigmatique docteur Morell avec ses drogues. Il savait aussi pour la constipation chronique révélée par les récentes analyses que lui avait procurées Ciano. De plus, il avait entendu parler d'un « cancer génétique » dont la mère d'Hitler serait morte jeune, à 47 ans. Il savait tout cela, les piqûres quotidiennes, les badigeonnages de cocaïne dans les narines, les régimes alimentaires. Il n'ignorait rien. Mais brusquement, à l'évocation de sa propre vieillesse, Benito Mussolini s'était senti mis à nu par le disciple. Dépassé.

Et il s'était mis à ruminer. Il est plus jeune que moi... Son peuple aussi est plus jeune... Il n'y a qu'à le voir dans les stades, à Nuremberg... Plus vigoureux que mes Italiens trop gras, assoupis... Dire que moi je suis à la tête de l'Italie depuis seize ans... Peut-être – c'est vrai– suis-je devenu vieux...

Mussolini sortit de ses pensées pour acquiescer devant ce qui – il était l'aîné, n'est-ce pas ? – relevait de l'évidence.

« Bien sûr, cette guerre aura lieu... Un jour. Un jour. »

Mais cela ne suffit pas à Hitler. L'œil noir, le poing sur la carte, il désignait Mussolini avec méchanceté tout à coup :

208

« Peut-être, dites vous, Duce... Peut-être... Peut-être ? Non, c'est certain, la guerre aura lieu. Ce sera eux ou nous. Vous le savez bien... »

Mussolini objecta prudemment, en posant son doigt sur l'est de la carte :

« Ce sera difficile de se battre sur deux fronts... Notre ennemi c'est le bolchevisme et aussi... si vous le voulez... et aussi la France, dont vous avez écrit – avec raison, dans *Mein Kampf* – qu'elle est notre ennemie héréditaire... » L'Italien feignait l'indifférence, mais il pensait bien sûr à la Savoie, à la Corse, à Nice, à la Tunisie, à la Méditerranée romaine.

Il reprit presque outragé : « Mais se mettre à dos l'Angleterre, Führer ! Et demain les Américains ! Est-ce vraiment raisonnable ? D'autant que l'Angleterre a l'intention de nous laisser tranquilles à condition qu'on lui laisse son Empire...

— Duce, cette histoire des deux fronts : le bolchevisme et les démocraties... Ne vous inquiétez pas. J'ai ma petite idée là-dessus... »

Le Duce fronça les sourcils ; ses yeux roulaient d'impatience. Qu'est-ce qu'il avait bien pu trouver ? La « petite idée » du Führer l'avait mis en appétit. Il retrouva de la joie et du tonus en se souvenant de ce qu'on disait d'Hitler : son infaillibilité. Depuis 1935, Hitler l'avait bien des fois surpris : il avait roulé les Anglais en se dotant d'une nouvelle marine ; il avait baladé les Français avec le rétablissement du service militaire en 1935, avec la Rhénanie en 1936, avec le départ de la SDN. Il se rappela aussi la belle amitié du Führer lorsque tout allait mal, au moment de l'affaire éthiopienne. Et puis, il devait en convenir, il avait été bluffé par l'Anschluss.

Mussolini reprenait confiance. Il était alléché. L'autre avait donc un plan qu'il ne voulait pas lui confier. Il tendit l'oreille ; lui lança le regard complice des grands jours ; lui tendit dix perches. Hitler ne dit rien de « sa petite idée ». Il semblait jouir en silence de la situation.

Ne rien montrer, jamais. Mussolini se tourna vers une fenêtre. Il se plaça de profil afin de ne rien dévoiler de son trouble, et sur le ton du voyageur sur le quai de la gare, demanda :

« Et vous la voyez pour quand... cette guerre.. ? »

Hitler ne répondit pas immédiatement. Il semblait réfléchir.

Mussolini voulut mettre ce silence au crédit du Führer. Il n'était pas si fou ; il avait donc un plan élaboré ; il semblait même compter dans sa tête. L'Italien imagina qu'Hitler calculait le nombre de blindés, de chasseurs, de bombardiers à long rayon d'action, d'armes secrètes ou miraculeuses, nécessaires pour entreprendre une guerre victorieuse. Il attendait une évaluation, et puis une date. Une échéance lointaine.

Hitler annonça enfin :

« Pas avant 1942. À ce moment-là, nous serons vraiment prêts. »

Le Duce hocha la tête plusieurs fois.

Il avait dit « 1942 »...

2

« Il fallait gagner du temps. »

1942...

Hitler n'était donc pas prêt. Il aurait voulu attendre 1942 pour déclencher sa guerre. Les démocrates avaient été abusés. Je découvrais l'information au lendemain d'une conversation avec Daladier où, curieusement, lui aussi m'avait fait part de la même intention du point de vue des Alliés : attendre 1942, afin d'être prêts à vaincre.

— Monsieur le *Président*, si vous aviez un argument décisif à faire valoir pour être resté à Munich, quel serait-il ?

— Eh bien, si je devais résumer ma position : à Munich mon recul devant la guerre fut tactique. Il me fallait gagner du temps... J'avais vu. J'avais compris que l'Allemagne avait des intentions belliqueuses en Europe. Accepter Munich pour moi n'avait été qu'une justification : gagner du temps. Attendre 1942. Pour deux raisons.

Pour attendre une possible intervention américaine qui ne pourrait se faire qu'à l'occasion d'un éventuel troisième mandat du président Roosevelt. Ce n'est que réélu, qu'il aurait eu les mains libres, face à une opinion américaine très isolationniste.

Et surtout pour réarmer. J'avais fait étudier la question. Il nous fallait quatre ans. Nous avions conclu que la France et son alliée l'Angleterre avaient besoin de cela pour se mettre au niveau de l'Allemagne. Essentiellement à cause de notre aviation insuffisante... À cette date, nous aurions vaincu sans mal...

Nous avions mis en place un plan pour l'aviation...

Nous avions également besoin des avions que l'Amérique devait nous livrer. Et je n'avais pas attendu Munich pour m'en préoccuper. J'avais passé commande d'avions Curtiss et de Glenn Martin. En mai 1938, puis à nouveau en octobre à mon retour de la conférence, j'avais obtenu de mon ami l'ambassadeur Bullitt qu'il intervienne auprès du président Roosevelt afin que soient surmontées les difficultés soulevées par nos commandes aux usines américaines. L'intervention de Roosevelt fut déterminante. Un ministre de Roosevelt, monsieur Stettinius, a d'ailleurs déclaré après la guerre que c'étaient grâce aux commandes françaises de 1938 que l'industrie américaine a pu être capable, à partir de 1942, d'équiper les Alliés.

— Vous parlez comme si vous n'étiez arrivé au pouvoir qu'en 1938. Pourtant, vous aviez été quatre fois ministre de la Guerre depuis qu'Hitler était au pouvoir... !

— Oui, mais je n'avais pas les mains libres, et puis il y eut des intermèdes durant lesquels je n'avais pas la responsabilité de la Guerre. C'est ainsi qu'en 1934, le maréchal Pétain, ministre de la Guerre, avait laissé réduire les crédits militaires inscrits au budget de 20 %. Pétain, lui-même ! Moi, j'ai fait mon devoir, pas les autres. En trois années, de 1937 à septembre 1939, j'ai consacré plus de 69 milliards à la Défense nationale, dont 39 milliards à l'aviation. Si seulement la moitié de ces crédits militaires avaient été consacrés à nos armements par les autres présidents du Conseil ou ministres de la Guerre entre 1934 et 1936, la situation aurait été bien différente.

— À vous écouter, on a l'impression que le réarmement de la France, c'est votre décision au lendemain de Munich. Or, le réarmement est une décision politique du Front populaire dont vous faisiez partie, n'est-ce pas ?

— Mademoiselle, croyez-vous qu'il suffisait en 1936 d'appuyer sur un bouton pour que les armements modernes sortent de nos usines... ! Quand le réarmement fut décidé en 1936, notre potentiel industriel était trois fois inférieur à celui de l'Allemagne – qui avait fait des efforts considérables, bien avant Hitler déjà. La plupart de nos machines dataient de la guerre de 14... Et de plus se posait un sérieux problème de main-d'œuvre. Le Front populaire voulait bien le réarmement mais ne s'en donnait pas les moyens. On ne voulait pas affronter les syndicats, ni revenir sur la loi des 40 heures... Tout venait freiner la production. C'est ainsi, par exemple, que les usines Renault qui produisaient deux chars par jour en 1935, c'est-à-dire avant le réarmement, n'en sortaient plus qu'un par jour en 1937... Et puis il y avait les aberrations dans les passations de commandes militaires. Des autorités concurrentes se court-circuitaient. Les commandes militaires se passaient dans le plus grand désordre.

— Pour vous, c'est toujours la faute des autres. À Pétain, au Front populaire, à vos prédécesseurs, aux polytechniciens... Mais enfin, et vous, vous faisiez quoi ? De la figuration !

— Au fond, si je devais analyser les choses avec un peu plus de recul, je dirais que la faute en revient d'abord à Pétain, à ses conceptions militaires, en particulier à cette loi de 1927 qui établissait la doctrine défensive : « L'organi-sation militaire a pour objet essentiel la sauvegarde du terri-toire national. » Tout était dit. Vous ne pouvez pas imaginer ce qu'était Pétain à l'époque... ! Plus personne, dans ces années-là, ne se souvenait que Foch et Clemenceau tenaient Pétain pour un « défaitiste ». Pour nous, il était une légende, le plus illustre de nos soldats. L'idéologue de la ligne Maginot, en quelque sorte. Nous étions tous, je dis bien tous, sous son influence légendaire. Même Blum, votre saint Blum, voyait en lui un « général républicain ». Cette philosophie militaire était la défensive. Ainsi Pétain était écouté de tous quand il disait : « Quand on a dépensé des milliards pour avoir de bonnes et solides fortifications, on ne commet pas la folie d'aller au-devant de ces fortifica-tions, à je ne sais quelle aventure. » Tout était dit. La France ne pouvait donc se payer deux stratégies, l'une défensive, et l'autre offensive. Dès 1921, Pétain avait défini cette orientation : « La défensive est une situation infini-ment supérieure à l'offensive, car le feu tue. »

— « Car le feu tue. »

3

Lettre à Ida

Chère Ida,

J'ai eu un lunch très bref. Mes collaborateurs viennent de me laisser. Je tenais à te raconter une conversation sérieuse que j'ai eue avec Monsieur Joachim von Ribbentrop à la fin de la première séance. Il est toujours aussi antipathique (comme nous l'avons connu à Londres) mais de plus en plus influent. Il m'a parlé d'une affaire étrange, délicate, on pourrait dire confidentielle. Le ministre des Affaires étrangères m'a confié que le Führer était très affecté par une affaire d'origine britannique. Une affaire qui le touchait directement, personnellement. On projetterait de faire un film sur lui. Une sorte de farce indigne serait en préparation. Et le Führer considérerait que la responsabilité de ce film insultant nous en revient, le réalisateur, et aussi l'acteur, de ce projet fou étant sujet de Sa Majesté. Ribbentrop m'a appris que celui-ci ne serait autre que le pitre Charlot, de son vrai nom Charles Spencer Chaplin.

Selon Ribbentrop, visiblement très préoccupé, le projet cinématographique serait assez avancé. Deux collaborateurs notoirement marxistes de Chaplin auraient été engagés cet été, Robert Meltzer et Dan James. Le film serait, me dit

215

Ribbentrop, financé par des capitalistes juifs de Wall Street, probablement soucieux de venir en aide à leur coreligionnaire Chaplin. Il est évident que la réalisation d'une telle entreprise est de nature à nuire gravement – je l'ai compris au ton du ministre – aux bonnes relations que nous souhaitons développer entre la Couronne et le IIIᵉ Reich.

Charlot jouant Hitler ! Chère Ida, l'insulte est grave. Les Allemands n'ont pas tort d'être indignés. Imagine qu'ils décident, à leur tour, de faire un film burlesque sur notre Roi, ou – si ma modestie n'avait pas à en souffrir – sur ton honorable frère. L'Angleterre ne laisserait pas faire.

Je lui ai promis de tout faire pour empêcher ce projet provocateur.

Ensemble, nous avons imaginé deux moyens. Faire pression sur les distributeurs de films en Angleterre et aux États-Unis afin qu'ils ne « sortent pas » – pardon du jargon – le film de Chaplin.

L'autre moyen c'est de m'adresser directement à un homme qui fait la pluie et le beau temps à Hollywood. Le nouvel ambassadeur des États-Unis, mon ami Joe Kennedy. N'est-il pas le mieux placé ? Il nous aidera assurément dans cette affaire. Il en comprendra l'importance ; il est de ces Américains qui, comme Monsieur Lindbergh, voient juste et cherchent à établir des relations enfin pacifiées avec l'Allemagne. Kennedy saura intervenir à la source du mal. Il conserve des amis et des intérêts puissants à Hollywood du temps où il était un nabab, où il avait laissé sa nombreuse famille sur la côte est et entretenait une relation coupable avec une actrice fameuse, Madame Swanson.

Ribbentrop a bien fait de me parler de cette affaire...

Comment est-il possible, au moment où la paix du monde n'a jamais été aussi fragile, que des irresponsables, comme ce Charlot, puissent la menacer impunément ?...

Je dois m'occuper de cette affaire dès mon retour à Londres.

Ton attentionné Neville.

4

Daladier se sacrifie

Ses collaborateurs s'attendaient à déjeuner avec lui, dans la suite 42-44 de l'hôtel des Quatre Saisons où l'on avait préparé un déjeuner. Le *Président* leur fit comprendre, plutôt rudement, comme un paysan qui n'a pas fini sa récolte, qu'il avait à faire. Il prit congé de Léger, de François-Poncet et de Clapier, en promettant de les retrouver plus tard. Les trois hommes sortirent ; il leur trouva l'air un peu abattu, se demanda s'il n'avait pas été brutal, s'il ne les avait pas froissés, mais au fond, peu lui importait. Il avait besoin d'être seul. Il se précipita dans la salle de bains, immense et moderne, pour prendre un bain glacé, le plus glacé possible. Il en rêvait depuis l'arrivée à Munich. Il en avait besoin vitalement : ça lui fouetterait les sangs. C'était son recours, son secret, son dopant quand la pression était trop forte. Une recette du grand-père Mouriès qui le jetait dans la Durance l'hiver pour l'endurcir ; une recette aussi infaillible que l'eau de clous qu'on lui donnait à boire, et dont il gardait encore le goût d'enfance.

Quand le *Président* sortit de son bain, il était réveillé mais pas vraiment fouetté. Il demanda au standard de l'hôtel qu'on lui passe la marquise de Crussol à Paris.

Tandis qu'il attendait l'appel, le *Président* se mit à traîner dans la suite. Il se toisa dans le miroir, se tourna, se retourna, se trouva solide, peut-être un peu trop ventripotent, mais plus svelte depuis le régime alimentaire prescrit par la Marquise. Il s'imagina avec encore moins de ventre, cela ne le convainquit pas.

Maintenant c'est à la Marquise qu'il voulait parler. Il avait besoin de l'entendre, de la savoir là, de la consulter. Elle lui était si précieuse et puis si fine en toutes situations. Certes, il aurait pu s'entretenir de ses doutes avec Léger, mais il était si ondoyant. Il y avait François-Poncet, mais il était trop spirituel. Il y avait bien Clapier, le fidèle Clapier, mais il était trop docile. Il avait besoin d'autre chose, du flair de la Marquise, de son opinion, de ses antennes.

Il avait besoin de sentir, à travers elle, l'odeur et la rumeur, en France, dans Paris ; besoin de savoir ce que manigançaient Paul Reynaud et Hélène de Portes, ce que rapportait dans les salons Odette Bonnet, porte-parole de son ministre de mari, qu'on nommait « Soutien-Georges » ; quel venin avaient craché Pertinax dans *L'Ordre* et Geneviève Tabouis dans *L'Œuvre* ; ce que titrerait Lazareff dans *Paris Soir* ; et quelle sentence tomberait demain, sous la plume de Blum, dans *Le Populaire*. Il avait besoin de savoir ce que mijotait le Parti, l'aile gauche, l'aile droite, et surtout Herriot, l'ancien maître devenu le rival.

Et puis il avait, par-dessus, besoin d'ouvrir son âme à la Marquise absente ; besoin de peser le pour et le contre, de douter avec elle, d'hésiter encore, sans être soumis au jugement des autres, au regard de Léger, de François-Poncet ou de Clapier. Il avait besoin d'elle pour mettre en balance le Cœur, c'est-à-dire l'allié tchèque, et la Raison, c'est-à-dire la paix.

Dans le désert intime où il se trouvait, le *Président* avait désespérément besoin d'elle.

La réceptionniste le rappela pour lui annoncer que la personne demandée au central parisien n'était pas joignable.

La Marquise injoignable à cette heure, dans ces circonstances. Le *Président* en fut contrarié.

Il lui en voulut bêtement, intensément, quelques instants. Puis se rassura en se disant qu'il était trop sentimental.

Très vite, son esprit inquiet, égaré, trouva à se fixer ailleurs.

L'image de Madeleine s'imposa à lui.

Cela faisait cinq ans, onze mois et quatorze jours... Il se demanda ce que Madeleine aurait dit de la situation ; ce qu'elle aurait pensé du déroulement de la conférence ; ce que cette scientifique, à l'esprit élevé, étrangère aux mesquineries de la politique, lui aurait conseillé de faire en cet instant crucial.

Partir, ne pas partir... Le dilemme l'assaillait à nouveau. Il hésitait entre la guerre et la paix, entre partir et rester, entre les Tchèques et la tranquillité des Français. Qu'aurait-elle dit ?

Il se souvint d'elle, la dernière fois, sur son lit de mort, cette effroyable nuit de 1932 à Garches, dans leur maison de campagne. Il était arrivé trop tard, quelques heures trop tard seulement, qui lui apparaissaient, depuis toutes ces années, comme une trahison. Il avait été retenu à Paris par le Parti, le ministère, les Colonies dont il avait la charge, et les raseurs, alors qu'elle se mourait. Le *Président* ne s'était jamais débarrassé de cette culpabilité. On lui avait raconté cette étrange agonie. À minuit précis, Madeleine avait demandé qu'on fasse venir les enfants, Jean qui avait dix ans, et Pierre qui n'en avait que sept. Elle leur avait parlé comme si de rien n'était, leur avait indiqué banalement ses dernières volontés, puis tout aussi calmement elle avait annoncé aux deux petits que quatre heures plus tard elle serait morte. Elle les avait embrassés, ils se retirèrent. À quatre heures du matin précisément, Madeleine Daladier n'était plus.

À nouveau, la douleur fut aiguë. Le même coup de couteau.

Pourquoi elle ? Pourquoi pas lui ? Pourquoi l'admirable Madeleine ? À choisir, c'eût été mieux qu'il parte lui, et pas elle, pour ses enfants élevés sans mère, sans amour vraiment, sans foyer, Jean au regard lourd, Pierre toujours un peu à côté de l'histoire. C'eût été mieux pour la science aussi. C'est sûr, Madeleine aurait eu le Nobel ; elle aurait été, et mieux que son aînée madame Curie, le Pasteur du XXe siècle. Tandis que lui, pauvre diable qui doutait, avec la France sur ses épaules, à quoi avait-il servi ?

Le visage de Madeleine était dans sa tête ; fixe, obnubilant, il ne le quittait pas.

Il délirait. Pourquoi une fois de plus avait-il été ce rescapé ? Oui, c'est ça, ce rescapé.

Alors un autre visage s'imposa à lui en même temps que revenait sa « migraine des tranchées ». Ce visage se confondait avec celui de Madeleine. C'était Cheminade. Jean, mort en 1917, le spectre de Jean, toujours la même apparition, la tête de Jean qui vient de mourir, saisie d'un étrange rictus.

Ce jour-là aussi, pourquoi Cheminade était-il mort à sa place ? Pourquoi la Providence – comme ils disent – et cet obus avaient-ils décidé d'emporter Cheminade, brave, admirable et catholique ? Et pourquoi avait-il été condamné à vivre lui, à porter cette peine et cette culpabilité ?

À cet instant, le *Président* comprit. Cette fois ce devait être son tour. Il ne pouvait plus se défiler. C'était à lui de se sacrifier.

Il crut sentir une sorte d'élan mystique, inconnu du mécréant qu'il était. Il y trouva la force de choisir.

En quittant la conférence, comme il en avait eu le désir, il serait devenu, c'est sûr, une vedette. Il serait tombé politiquement ; il aurait été battu à la Chambre, au Parti ; mais il aurait triomphé dans la légende, les journaux et l'Histoire. Il serait parti comme un rebelle. On n'oublierait pas ce geste. Mais à quoi cela aurait-il servi ? À les laisser faire leur sale besogne, à Trois...

Rester ne lui permettait certes pas d'échapper à la mort politique, mais, au moins, il se rendait utile.

Il se sacrifierait, il resterait pour éviter le démantèlement de la Tchécoslovaquie, sauver leurs fortifications, leurs réseaux, et aussi ce foutu couloir de Moravie. Pour empêcher l'adoption du plan hitlérien de Bad Godesberg. Pour que la guerre n'éclate pas demain, à huit heures du matin. Pour qu'on puisse réarmer, réarmer encore, et attendre les avions promis par Roosevelt. Pour gagner du temps. Pour que son âme ne porte pas la malédiction de la guerre. Pour que son Jean ne finisse pas comme Cheminade.

Il restait pour mourir un peu, se dit-il.

Il n'était plus permis d'hésiter.

Il fallait assumer.

Une phrase lui revint à l'esprit. Il l'avait entendu prononcer par Léger ou quelqu'un du Quai d'Orsay, lors d'une réunion de cabinet. Elle l'avait frappé :

« Bon... On ne peut pas demander à un pays ami de se suicider. Mais on peut peut-être... lui demander de se couper une jambe. »

Couper une jambe, c'était ça.

Sur le moment l'expression l'avait choqué. Mais il fallait en finir. Il fallait passer par là, par ce petit sacrifice des Tchèques autant – il en était persuadé maintenant – que par son propre sacrifice.

Il fit appeler Léger, François-Poncet et Clapier.

En revenant dans la suite, ses collaborateurs crurent qu'ils allaient – enfin – pouvoir faire le point avant la séance de l'après-midi ; se concerter, compulser les dossiers retrouvés par Léger, établir une fois pour toutes un plan de bataille. Ils voulaient le tenir au courant des toutes dernières informations ; Léger avait eu le Quai et Prague au téléphone. Mais le *Président* ne voulut pas les écouter. Il craignait de changer d'avis, redoutait leur influence, une discussion byzantine avec le redoutable Léger qui l'ébranlerait dans sa détermination, et la baisse de tonus qui immanquablement s'ensuivrait.

Les pouces au revers du veston, il préféra tourner dans le salon, devant ses trois collaborateurs en rang. Il était remonté. Il faisait penser au chirurgien avant l'opération. Daladier était déterminé. Il reprit la « note Gamelin » afin de faire un dernier point. Se tournant vers Léger, il lui expliqua que si la Tchécoslovaquie devait accepter de céder les Sudètes, il fallait néanmoins rester fermes sur le sujet des fortifications.

Avant de sortir de sa chambre, il tâta la « note Gamelin »...

Tout était prêt pour l'opération « amputation ».

CINQUIÈME PARTIE

1

Retour de banquet

16 heures 30.

Au retour du déjeuner, ce n'était plus la conférence du midi, solennelle, tendue à l'extrême, à tout moment au bord de la rupture. C'était la foire des diplomates. Un sommet comme les autres où les uns revenaient d'un banquet à l'hôtel des Quatre Saisons joyeusement emmenés par Göring qui avait changé d'uniforme d'apparat ; et où les autres, les Français et les Anglais – qui avaient déjeuné séparément –, semblaient plus relâchés dans leur tenue, accablés par la chaleur en cette fin d'été munichois.

Ils étaient nombreux, tellement plus nombreux, allez savoir pourquoi, s'était demandé le *Président*, fataliste devant cette cohue. En effet une bonne vingtaine d'éminences s'étaient jointes aux neuf participants du matin. La compagnie était, à présent, bien indifférente à l'étiquette. Dans le hall, toutes les nationalités se mêlaient dans le plus grand désordre : les Italiens blaguaient avec tout le monde ; les Français se découvraient de subites affinités avec les Allemands, au sujet d'un champ de bataille ou encore d'un bon vin ; même les Anglais, si sérieux et empruntés le matin, commençaient à se dérider en se disant que maintenant la conférence était lancée et que l'accord final était en vue.

Tous étaient cordiaux. On avait retrouvé l'humeur joyeuse d'avant 14. On se remettait à rêver d'un nouveau pacte à Quatre, on se mettait à conjecturer ; à imaginer, comme si la Paix avait triomphé, la foule d'alliances que l'on pourrait nouer dès le lendemain. Les Anglais, avec les Allemands, et les Français. Même les Italiens, s'ils étaient raisonnables, s'ils abandonnaient leurs visées sur la Corse, la Savoie et Nice. Quatre puissances ; douze traités, autant de possibilités pour les stratèges, une infinité de fils dont on tisserait l'étoffe de la paix...

À l'entrée de la salle de conférences, le maître de cérémonie, le rouquin qui avait été si efficace durant la matinée, n'officiait plus. Il était debout dans un coin. Il avait troqué son habit d'huissier trop juste pour un impeccable uniforme noir d'officier des SS et il observait. Curieusement, il n'avait pas été remplacé. Aucun autre maître d'hôtel, aucun filtre n'avait été mis en place, pour cette deuxième séance. Les experts avec leurs cartes, les militaires avec leur cravache, les diplomates avec leur protocole, tout le monde se pressait, se bousculait.

Göring passa et cette fois, il ne fut pas stoppé dans son élan par l'étrange maître d'hôtel.

François-Poncet, qui voulait réparer l'humiliation de la séance précédente, se colla à Daladier.

Tout le monde s'engouffra. Dans les salons attenants, il ne restait plus que les sténodactylos et des traducteurs qui s'ennuyaient.

La conférence s'était faite forum.

Elle était aussi devenue l'affaire des subordonnés. Les secrétaires et les experts vaquaient. Les diplomates palabraient. Les militaires s'affairaient. Les chefs d'État étaient revenus s'installer autour des canapés. Non loin, sur une table, avait été disposée la carte de la Tchécoslovaquie et de ses voisins. La carte, trop grande pour la table, pendait. Et l'on aurait pu croire qu'il s'agissait là de la peau d'une bête qu'on s'apprêtait à dépecer.

Les Anglais ne cessaient de retoucher une motion de leur cru sur les aspects financiers et bancaires ; les allées et venues étaient incessantes, à chaque fois, Chamberlain apportait des modifications. Les Italiens et les Français tentaient de trouver une solution sur un tracé que les Allemands venaient de contester. Le ton était civilisé : les échanges courtois et la comptabilité sérieuse ; parfois des plaisanteries venaient détendre l'atmosphère. On aurait cru que tous ces adultes s'amusaient à un jeu de société. Des villages entiers passaient, en quelques secondes, sous la souveraineté du Reich pour revenir, presque aussitôt, dans le giron tchèque, selon bien sûr les critères retenus. Ainsi, des dizaines de milliers de pauvres Tchèques, de Sudètes démocrates étaient trans-portés, d'un pays à un autre, d'un avenir à un enfer, sans s'en douter à cet instant.

Des conversations privées se formaient par petits groupes. Hitler regardait d'un air las cette agitation.

Chamberlain suppliait encore Mussolini, et le comte Ciano à ses côtés, de retarder leur départ afin de parler de cet accord plus large avec l'Italie. Mussolini refusa tant que les « ambiguïtés » britanniques n'étaient pas dissipées. Chamberlain se mit à bouder.

Mussolini s'ennuyait en fait, alors il ne tenait pas en place. Il tournait et retournait dans la pièce, roulait des yeux, corrigeait une motion, retouchait un bout de carte, s'agitait de toute part, comme s'il voulait décharger la ten-sion accumulée durant la conversation avec Chamberlain.

Il encourageait les bureaucrates qui pinaillaient. Son train, son train...

La conférence s'effilochait.

Vint la question des fortifications tchécoslovaques.

C'était au tour des Français maintenant. L'occasion ou jamais. Mais lorsque le *Président* dut intervenir, il flancha. Il se trouvait mal préparé, un peu approximatif. Il se tourna vers l'indispensable Léger, tellement plus à l'aise que lui dans la chose diplomatique :

« Allez, mon petit Léger, c'est à nous de parler... Allez-y. »

Léger fut surpris par l'invitation et le ton du *Président*. Il n'avait pas d'instructions précises sur cette clause. Il avait bien sa petite idée mais aussi tant de mauvais souvenirs. Il ne fallait pas qu'on lui reprochât, une fois de plus, de gouverner à la place du gouvernement. On lui avait trop fait ce mauvais procès.

À nouveau, Daladier lui souffla : « Allez-y, c'est notre tour », le poussant un peu du bras, comme un entraîneur le fait avec son boxeur.

Léger hésita, consulta ses fiches, et finit par se lancer ; décidé au moins à défendre la « note Gamelin » exposée une heure plus tôt par Daladier.

L'intervention de Léger fut claire et précise.

Le secrétaire général du Quai d'Orsay défendit méthodiquement les fortifications tchèques, leur origine, leur principe. L'attention de tous était sur lui, Mussolini sérieux comme un médiateur, Daladier fier comme un entraîneur, fier de tant de clarté, de précisions géographiques et d'élégance dans les propos. La délégation allemande prenait en note la traduction. Göring qui progressivement s'était rapproché du Führer était attentif, tranquille, vaguement assoupi.

Seul Hitler semblait agité. Il n'écoutait pas Léger. Il s'était carrément retourné vers Ribbentrop, pour bavarder avec lui. On entendait des éclats de voix, des rires à peine étouffés.

Ce n'est que lorsque Léger eut terminé son exposé, que Hitler se retourna enfin. Sa mèche noire lui cachait le visage. Il était blême comme jamais. Une pointe de salive blanche avait séché sur sa lèvre inférieure. D'une voix de rustre, inattendue en cet instant, il lâcha :

« Mais qui est ce nègre qui vient de parler ? »

Les Allemands, à l'exception de von Weizsäcker, pouffèrent.

Hitler répéta la phrase en direction du placide Paul Schmidt ; il lui demanda de la traduire.

Le traducteur blêmit et ne parvint pas à s'exécuter.

Alexis Léger, lui, avait compris. Car dans presque toutes les langues, ce mot vibre de la même manière, haineuse, obscène. Il se repère à ses vibrations gutturales, à deux syllabes sèches qui se contractent comme un crachat, et au rictus électrique qui traverse le visage de celui qui l'envoie. Alexis Léger, guadeloupéen et blanc, avait, comme les nègres et les demi-nègres, l'ouïe développée sur ce point, depuis l'enfance.

Le secrétaire général du Quai d'Orsay aurait voulu disparaître. Il décida d'affronter.

Il resta le regard fixé sur Hitler qui ne soutint pas son regard. Le *Président*, n'ayant pas entendu la remarque du Führer, questionna Léger qui, raide, le regard fixe, ne répondit pas.

Il se tourna alors vers François-Poncet. L'ambassadeur – qui, lui, n'avait rien perdu de la scène – chercha vite la manière la plus convenable de lui raconter l'incident. Tout cela était si inhabituel, si peu diplomatique, si violent qu'il était délicat de rétablir toute la vérité crue ; et puis, selon la manière dont il la rapporterait, elle risquait de renforcer, aux yeux de Daladier, le prestige déjà grand de Léger, son rival.

François-Poncet se décida, il bredouilla à l'oreille de Daladier :

« Oh pas grand-chose, monsieur le *Président*... Le chancelier Hitler a été... disons un peu grossier... avec monsieur le secrétaire général... »

Daladier, impatient, tout à coup conscient d'avoir manqué quelque chose, frustré, excédé comme le sont en permanence les gens qui ne comprennent pas la langue du cru, s'emporta :

« Mais quoi ? Qu'a-t-il dit, bon sang ?

— Je crois bien, monsieur le *Président*, que le chancelier Hitler a parlé de monsieur Léger en des termes discourtois.

— Discourtois... ? Dites-en plus Poncet ! Et cessez de finasser.

— ... C'est-à-dire... le chancelier Hitler a dit : "Mais qui est donc ce... Martiniquais...", ou "ce nègre" peut-être... je ne sais plus... qui vient de parler... ? »

Ce Martiniquais, ce nègre...

L'expression glaça le *Président*.

À force de fréquenter Alexis Léger, il avait fini par oublier que le secrétaire général était guadeloupéen, un Français d'outre-mer, un créole, un blanc de là-bas.

Le *Président* avait toujours vu en lui le patron du Quai d'Orsay, un haut fonctionnaire élégant et dévoué, une figure parisienne et française. Il n'avait d'ailleurs – autant qu'il s'en souvienne – jamais fait de différence entre les « nègres » et les autres. Ni au ministère des Colonies à ses débuts, où il avait fréquenté, aidé, protégé des colons capitalistes. Ni quand il était professeur, accueillant fraternellement dans sa classe à Lyon quelques Français qui, comme on dit, n'étaient pas de souche : un Kabyle fils d'un haut fonctionnaire algérien ; deux jumeaux réunionnais, de très bons élèves d'ailleurs, malgré leurs origines ; et même des Juifs, mais ceux-là, il n'avait jamais vraiment su dans quelle catégorie les ranger.

Jamais, au grand jamais, l'agrégé d'histoire et de géographie, le républicain qui aimait l'Empire et tous les peuples qui le composent, n'avait été raciste.

Donc Hitler avait dit « nègre », ou peut-être « Martiniquais »...

Le *Président* bouillait intérieurement.

Il n'était plus là. Il n'écoutait plus. Il se moquait bien de ce que pouvait dire maintenant Mussolini, à propos de cette clause.

Il se connaissait. Il était sanguin, un peu trop peut-être. Il redoutait une colère brusque, un de ces éclats de voix définitif, une bêtise, un geste inconsidéré contre l'insulteur monsieur Hitler.

Le *Président* se tourna vers la victime. Il voulait se donner de l'élan et trouver dans le regard de Léger, qui sait, de l'inspiration. Léger restait impavide, raide sur son fauteuil. Il se contenta de lui serrer le bras, longuement, avec dans l'œil douloureux un air de condoléances. Mais Léger ne répondait pas aux appels de son patron. Il conservait son garde-à-vous d'outragé. Daladier n'insista pas.

On ne traite pas ainsi un représentant de la France... La chose était grave... elle était blessante... elle était inacceptable. Le *Président* chercha une réponse immédiate, ferme et civilisée. Un mot, un geste, une formule, quelque chose qui lui permettrait de marquer le coup.

Oui c'est ça, marquer le coup.

Le *Président* envisagea d'abord de se lever pour élever une protestation solennelle. Il y renonça vite, cela ressemblerait trop à l'intervention du matin. Il ne pouvait pas recommencer.

Ensuite, il conçut de s'en aller, de partir sans tarder en entraînant vigoureusement avec lui ce pauvre Léger. On n'humilierait pas ainsi la France, pas impunément. Bien vite, il se convainquit que, tout compte fait, ce remède-là serait pire que le mal. Une fois de plus, il frémit en imaginant la conférence sans lui.

Alors, en désespoir de cause, il pensa que le plus simple serait d'exiger des excuses de la part d'Hitler. Mais une inquiétude lui vint. Et si Hitler refusait... ? L'humiliation serait alors plus grande encore pour ce pauvre Léger et aussi pour la France.

Désespéré de ne pas trouver la riposte idéale, réalisant que celle-ci avait déjà trop tardé, le *Président* conjectura encore. Il envisagea, imagina, manigança, supposa. Il échafauda tant de plans que, Mussolini ayant achevé son intervention, le *Président* se demanda si le jeu en valait encore la chandelle. Il opposa le jeu à la chandelle. Avant d'être assailli par un doute qui lui sembla définitif :

« Et si François-Poncet s'était trompé ? Après tout, il ne savait même pas si Hitler avait dit "nègre" ou "Martiniquais". »

Le *Président* se forgea alors une conviction plus forte que les autres :

« Si dans le doute, si pour un mot controversé... il fallait tout détruire ! Où irions-nous ? »

Il n'eut guère de mal à se convaincre qu'aucun mot ne valait qu'on provoquât, ici et maintenant, à quelques enca-blures à peine de la paix, la fureur d'Hitler.

Bien sûr, si Hitler avait proféré cette grossièreté, en d'autres occasions, Daladier lui aurait réglé son compte, et directement.

Le *Président* se tourna à nouveau vers Léger.

Il fut soulagé de constater que le secrétaire général était moins pâle, qu'il semblait même avoir retrouvé de l'intérêt pour la discussion en cours. Il se rassura aussi en pensant qu'Alexis Léger avait dû en voir d'autres dans sa carrière. Il devait avoir le cuir tanné. Il se remettrait de ce froissement à son amour-propre.

Le *Président* serra encore, et vigoureusement, l'avant-bras de son collaborateur. Il voulut lui dire quelque chose, commença à se pencher, mais à mi-chemin y renonça.

2

Le fair-play du chancelier Hitler

La conférence ronronnait.

Le *Président* décida d'intervenir, et fermement, sur la question qui le préoccupait.

Les fortifications tchécoslovaques.

Sous prétexte que Léger était *froissé,* on ne pouvait tout de même pas abandonner les fortifications...

Hélas, on serait peut-être contraint d'amputer la Tchécoslovaquie ; il n'avait jamais été question d'assassinat !

Et sans les fortifications, la Tchécoslovaquie était finie...

Depuis quelques jours, Zamberk-Fridaldov-Opawa, ces lieux aux noms impossibles étaient devenues l'obsession du *Président.* L'héroïsme français semblait se mesurer à cette aune : les fortifications du couloir morave. Le *Président* n'avait aucune idée des couleurs de cette terre, de la tête, de la religion ou des mœurs de ces Moraves. Il n'avait jamais entendu parler des vins de Moravie ou des beautés de Tsjechisch mais le couloir morave était devenu sa *ligne bleue des Vosges.*

La France ne pouvait pas céder sur les fortifications, Daladier ne pouvait pas.

Il avait son vade-mecum dans la poche ; il gardait en tête sa dernière conversation avec Gamelin.

« Au moins, faudrait-il maintenir les systèmes fortifiés de la Tchécoslovaquie, lui avait recommandé le général, afin qu'elle demeure un "État" viable. »

Il se souvenait avoir répondu à Gamelin : « J'espère d'ailleurs que nous n'en serons pas réduits là... »

Il intervint avec cette phrase en tête :

« Messieurs... Afin de rester fidèle à l'esprit de cette conférence, c'est-à-dire le respect de l'intégrité de la Tchécoslovaquie, je propose une dérogation à la règle de la majorité allemande : l'échange des fortifications tchèques dans ces territoires à prépondérance allemande, contre une bande de territoire tchèque correspondante, située dans le *Böhmerwald.* »

Hitler intervint aussitôt : « Je repousse cette proposition, eu égard au caractère purement allemand de la zone en question... »

Le *Président* répliqua : « Je fais observer au chancelier du Reich que l'existence de ces fortifications est vitale pour les Tchécoslovaques...

— Je vous l'ai dit, monsieur le *Président*... ! Je ne veux pas des Tchèques... Je veux mes Allemands... et ces régions sont à majorité allemande. »

Le *Président* répondit encore à Hitler qui campait sur sa position.

La conférence se trouvait dans l'impasse.

Le bras de fer se déplaça devant la carte de la région.

Les Italiens se gendarmèrent.

Un conseiller allemand proposa la construction de nouvelles forteresses tchèques, mais à l'intérieur du pays.

Les Anglais s'en mêlèrent.

Hitler comme le *Président* restaient intraitables.
La conférence s'abîma dans un long silence.

Au bout d'un moment, c'est Hitler qui sembla vouloir faire un geste. Il lâcha d'un air résigné, presque généreux : « Bon... Si vous y tenez monsieur le *Président*... Je veux bien que dans le texte de l'accord final, nous puissions demander à la Commission internationale d'étudier quelques exceptions... Si vous y tenez monsieur le *Président*... »

Le *Président* n'en revenait pas. La promesse d'Hitler était comme un triomphe. Il ne voulut pas rompre la belle harmonie de l'instant, en s'inquiétant mesquinement de cette Commission qui statuerait, des détails ou des modalités de ces « exceptions ». Il était reconnaissant, il était transporté. Il avait confiance dans la parole du Führer.

La Commission statuerait...Il avait *pour ainsi dire* sauvé la Tchécoslovaquie. Il avait fait s'éloigner le pire, le diktat de Bad Godesberg. Il venait de préserver leur *ligne bleue*. À Paris, il leur ramènerait ça. À Paris, il pourrait annoncer cette victoire, arrachée sur Hitler, après une rude négociation. À Paris, Gamelin serait content.

Le *Président* s'approcha d'Hitler. Il lui lança des remerciements éperdus : « L'acceptation de cette formule me facilitera sérieusement ma position en France... Je vous en remercie, monsieur le chancelier... Je considère que vous avez eu à mon égard un geste personnel, en cette affaire. »

Son opinion était faite. Chamberlain n'avait rien compris au Führer. Les autres non plus d'ailleurs.

Hitler était fair-play.

3

Chamberlain bloque.

La discussion avait repris un cours tranquille, on allait passer à l'examen du point numéro 3. C'est alors que Sir Neville Chamberlain intervint. On avait fini par l'oublier dans son coin, silencieux, absent, froissé par l'indifférence que lui manifestait Hitler. On l'avait négligé, depuis ses sorties sur la présence des Tchèques ou la nécessité de parler des indemnités financières, parce qu'au fond, on était assuré de sa volonté de signer l'accord, vite et à tout prix.

Le Premier ministre anglais surprit. Il se lança dans un savant et inattendu cours de droit international. Il voyait des difficultés. Il s'inquiétait des faiblesses juridiques du point numéro 2, et de la « garantie » que la Grande-Bretagne, la France et l'Italie devaient donner à l'Allemagne, concerant le 10 octobre, date à laquelle l'*évacuation sans aucune destruction* devait être achevée.

Ce retard inopiné dans un programme qui allait bon train chiffonna les trois autres. Mussolini rabroua le Premier ministre anglais d'une formule grossière. Hitler sourit affectueusement à la formule de l'Italien. Daladier regarda les dictateurs, et haussa les épaules. Il était gêné comme on l'est avec un cousin douteux qu'on est bien obligé de sortir.

Mais l'Anglais continuait, imperturbable, sûr de son fait, à peine dérangé par les quolibets, indifférent aux cancres. Il n'avait rien perdu de sa rigueur bien connue à Manchester. Il était didactique, il était précis, il était interminable. Sa démonstration se perdait de temps en temps dans les sables de la traduction multiple ; il la poursuivait, obstiné et tranquille.

Or, le Premier ministre anglais venait de soulever une objection majeure. Les trois autres s'en rendirent compte.

La Grande-Bretagne ne pouvait, en effet, donner de garantie sans un « accord préalable » des Tchécoslovaques, même absents. Faute de quoi cet accord serait inopposable.

En effet, l'argument de Chamberlain était implacable.

Mussolini s'empourpra. Daladier et Hitler, également stupéfaits par cet importun de dernière minute, échangèrent le même regard, las, excédé. Le *Président* n'y fut pas insensible.

Hitler se décida à répondre à Chamberlain. Il était méprisant comme jamais envers celui qu'il considérait, depuis un mois, comme son fidèle valet diplomatique. Il était calme. Sans le regarder, il annonça :

« La question de ces modalités ne soulève aucun problème... »

Puis il chercha, d'un mouvement circulaire, l'approbation de Daladier et de Mussolini. Il la trouva. Elle était évidente pour le Duce qui, de son canapé, lui adressa un geste désinvolte. Elle était résolue pour Daladier qui dit « oui » du menton, deux fois. Mais Chamberlain ne voulait rien entendre. Il ne cédait pas. Inopposable... Inopposable... Une hérésie en droit international...

Un long silence tomba. On redouta un fracas, une nouvelle explosion du Führer, ou carrément le départ de Mussolini. L'instant était fatidique. Daladier se décida, ou plutôt il se dévoua. Il avait été silencieux depuis les fortifications, il s'emporta tout à coup contre son allié.

« Pas le temps de pinailler, Neville...

Pas sérieux...

Pas responsable venant de vous...

Pas ça, pas ici, pas maintenant...

La garantie britannique, vous aviez promis la garantie britannique... »

Il lui faisait une véritable scène. Il employait le ton, la franchise brutale qu'autorisaient les trop longues séances de travail à Londres. L'Anglais était interloqué.

Léger murmura à l'oreille de Daladier. Il lui demanda de se calmer. Il n'en fallut pas plus pour que le *Président* explose, comme à l'hôtel de Brienne avec ses collaborateurs civils. Les incompréhensions entre alliés, les divergences mal comprises, les frustrations de la longue négociation de septembre avec Hitler dont il avait bien voulu être exclu, toutes les petites humiliations subies lors de ses deux voyages de crise à Londres, tout remontait. Le *Président* débordait de ces vieilles colères rentrées. Il n'en pouvait plus de ce Chamberlain.

Il poursuivit, de plus belle.

Daladier lui dirait la vérité.

Il s'agit de ne plus se voiler la face...

La Grande-Bretagne est maintenant bien tatillonne. Trop tortueuse, pour moi...

L'heure n'est plus aux manières...

Avant de conclure, essoufflé par sa diatribe : « Et puis, vous savez bien... On l'a décidé à Londres : cette approbation des Tchèques n'est pas nécessaire... »

Chamberlain, blême, démentit d'un geste.

Daladier insista : « Mais oui... À Londres, on s'était pourtant dit que l'approbation des Tchèques était acquise... Vous ne pouvez pas me dire le contraire... »

La traduction de Schmidt sortait en rafale. Les deux dictateurs s'intéressaient, comme on écoute derrière la porte de voisins qui s'engueulent.

La panique était visible chez Anglais et les Français. Daladier les avait déroutés. Léger et Wilson, François-Poncet et Henderson se passaient fébrilement des notes, se faisaient des signes. L'événement était grave, inédit. Ces négociations de Londres, dont parlait Daladier, devaient rester confidentielles. Rien ne permettait d'en faire état. Ils regardaient tous Daladier comme un amateur qui dévoile son jeu à la table du professionnel de poker.

Daladier ne s'était rendu compte de rien. Il s'enferrait : « Mais vous savez bien... Le principe de la cession de territoires par la Tchécoslovaquie est acquis pour nous... ! »

Chamberlain s'empourpra, voulut bafouiller une protestation, avant de s'effondrer sur son siège.

Daladier – qui n'avait aucunement conscience d'avoir fait une gaffe monumentale – en rajouta. Il conclut sa charge d'un péremptoire : « Et puis, ce qui a été promis doit être tenu... »

Un lourd silence tomba sur la pièce.

Les Anglais étaient consternés. Léger et François-Poncet, penauds. Mussolini prit une mine gourmande.

Hitler observait la scène avec une passion toute neuve. Jusque-là il était certain de les avoir cernés. Il pensait les connaître, lui et l'Anglais. Il était convaincu d'avoir attiré

Chamberlain dans ses filets. Il avait percé à jour sa vanité de puritain anglais, sa volonté d'être considéré comme un saint et son obsession des intérêts de la Couronne britannique. Il avait sous-estimé le déroutant monsieur Daladier.

Le *Président* finit par constater l'émoi produit par son laïus, mais ne le comprit pas. Il se demandait pourquoi tout le monde le regardait bizarrement. Pourquoi ce silence gêné de Léger et Poncet quand il se retourna vers eux, alors qu'il croyait recueillir leur assentiment, voire leur admiration. Il conclut que ce devait être son ton de fermeté, sa franchise à l'endroit de la diplomatie hypocrite de Chamberlain, qui avaient marqué les esprits...

Il avait *recadré la conférence*, c'est ça. Il avait repris le contrôle sur l'Anglais. Trop longtemps il lui avait laissé la bride sur le cou. Dans cette affaire de Munich, il y avait eu — bien obligé, puisque la France ne pouvait apparaître — trop de contacts entre les Allemands et les Anglais, trop d'arrière-pensées, trop d'allées et de venues entre Londres et l'Allemagne. Il avait remis l'Anglais à sa place, avec ses grands airs et ses petits secrets. Et c'était mieux ainsi. Avec la méthode et le rythme de Chamberlain, on risquait le pire. Le déraillement de la conférence. L'accident inattendu. La guerre en voulant faire la paix... Ce serait un comble ! La guerre, oui la guerre, si l'on faisait le moindre faux mouvement. Cela, ce satané Chamberlain, subitement si soucieux des Tchèques, s'en moquait pas mal. Il n'était pas de la « génération du feu », lui. Il ne savait pas ce qu'était la guerre. Il n'était obnubilé que par le remboursement des frais financiers à ses banques.

Hitler avait observé l'accrochage entre les alliés. Il sentit qu'il pouvait pousser son avantage. Il s'adressa à Daladier et lui demanda, avec une candeur courtoise : « Et si jamais les Tchèques n'acceptaient pas cette hypothèse de cession des Sudètes, telle que nous la définissons ici... ? »

Chamberlain s'apprêtait à répondre. Il tenait à sa démonstration juridique. Daladier se rua. Il lâcha en se tapant la poitrine : « Alors, nous les y contraindrons. »

« La faute à Beneš ! »

Alors nous les y contraindrons...

Je fus bouleversée par cette découverte, et cette fois, je ne me retins pas de lui en parler.

— Comment avez-vous pu dire cela : « Nous les y contraindrons » ? Comment avez-vous pu traiter ainsi le pays frère ? Comment cette dureté à l'égard des Tchèques et de leur président, a-t-elle pu être possible ?

Le vieux Daladier prit un air étonné pour me répondre :

— Oh, mais ce n'était qu'une formule, mademoiselle ! Pas de quoi se formaliser. Nous étions déjà très avancés dans l'après-midi. Le temps passait. L'accord était en vue, et la subite pusillanimité de monsieur Chamberlain risquait de tout faire capoter. J'avais voulu simplement signifier par là que la France se portait garante de l'exécution de l'accord par la République tchécoslovaque, étant donné nos liens avec elle...

Et il s'interrompit. Il se leva et partit plus lourd que d'habitude, appuyé sur sa canne, en marmonnant. Mais arrivé à la porte du petit hangar, il revint vers moi, brusquement ragaillardi.

— Et puis flûte, je vais vous dire, mademoiselle, le fond de ma pensée... Je vais vous le dire vraiment, sans les hypocrites précautions d'usage... Nous n'en serions pas arrivés là s'il n'y avait eu l'entêtement du président Beneš... Ne croyez pas que Beneš ait toujours été le vertueux anti-hitlé-rien qu'on croit. Je vais vous raconter une histoire qui va vous éclairer. Durant l'été 1933, j'avais rencontré monsieur Beneš, alors ministre des Affaires étrangères, sur le bateau qui nous amenait à la Conférence économique mondiale de Londres. Nous parlâmes notamment de l'Autriche, où le chancelier Dollfuss était gravement menacé par les nazis autrichiens. À ce sujet, monsieur Beneš m'avait dit : « Plutôt l'Anschluss que les Habsbourg ! » J'avais été très surpris de ce propos. Le fantôme des Habsbourg était loin. Mais si jamais l'Autriche était annexée par le Reich, la Tchécoslovaquie, sur trois de ses frontières, serait entourée par l'Allemagne nazie...

Plus tard, en 1938, au moment de l'Anschluss justement, Beneš n'a pas été vraiment exemplaire, non plus. Il n'a pas voulu être solidaire des Autrichiens agressés par Hitler. Alors, mademoiselle, pardonnez-moi l'expression, je n'allais pas être, à Munich, plus anti-allemand que lui-même !

— Vous oubliez le contexte. La Tchécoslovaquie ayant été sous la domination des Habsbourg si longtemps, cela explique peut-être cette boutade de 1933.

— Mais ce n'était pas une boutade... ! Je vais vous dire, votre Beneš, c'était un entêté. Il avait été, avec le président Masaryk son maître à penser, l'enfant gâté du traité de Versailles. Toutes les bonnes fées irresponsables s'étaient penchées sur le berceau de la Tchécoslovaquie : Clemenceau, Briand, Tardieu, Berthelot le prédécesseur de Léger...

Nous n'en aurions pas été là si en 1919, il avait écouté ceux qui voulaient faire de la Tchécoslovaquie un État fédéral. Mais jusqu'en 1938, jusqu'au dernier moment, il a refusé d'offrir une autonomie aux Allemands des Sudètes. Je vous le dis, vous ne pouvez pas imaginer l'entêtement du président Beneš. Il nous menait directement à la guerre mondiale...

— Donc, à vous entendre, tout est de la faute de Beneš. Il serait le seul coupable. Hitler n'existerait pas dans votre analyse. Vous y allez un peu fort !

— Oui, il y a Hitler bien sûr... Mais il n'est qu'une conséquence. Si Beneš avait vu plus clair bien avant ; s'il avait respecté convenablement toutes ses minorités ; s'il avait consenti à une forme de décentralisation. Mais il était entêté, et plus jacobin qu'un Français !

— Vous ne me répondez pas... Pour vous, la victime serait pire que le bourreau !

— Au fond, Munich, c'est un peu une idée de votre saint Beneš... C'est lui qui a donné son consentement à des cessions territoriales. Le 19 septembre, et par la suite. Il me fit alors parvenir des messages secrets, à travers l'entourage de Blum, où figuraient des cessions acceptées par Beneš. Mais secrètement. Sans que nous puissions en faire état. Il était déjà dans la mécanique de Munich. Il n'est pas blanc comme neige.

— Vous pensez sérieusement qu'il a fait ces premières concessions de gaieté de cœur ! Sans être pressuré par vous, par les Anglais. Sans que vous ayez menacé de vous désinté-resser de la Tchécoslovaquie si elle tenait à se défendre... Vous avez tout fait pour qu'elle ne se défende pas, ce qui vous aurait obligé à entrer en guerre. Tout...

Le *Président* ne répondit pas. Il s'était replié sur lui-même. Il m'en voulait. Il semblait presque humilié par l'ombre portée par Beneš sur cette histoire. Il recommença son réquisitoire :

— Votre Beneš, l'Histoire en a fait un saint, un martyr de la démocratie, le plus magnifique des sages européens... Rien de plus faux ! Beneš était un politicien. Comme moi. Il n'était pas le saint qu'on en a fait ; il avait lui aussi ses combinaisons, ses raisons électorales, ses erreurs de jugement, et même sa propagande. Tenez je viens de recevoir un texte d'un des chefs de la Tchécoslovaquie contemporaine, monsieur Gustáv Husák. Ce n'est pas n'importe qui Husák, un grand chef communiste. Le témoignage n'a pas été écrit à chaud. Voici ce que monsieur Husák dit de Beneš : « ... Un remarquable tacticien et stratège. Le Machiavel de notre époque... C'est une machine à penser et à travailler, sans fibre humaine. » Voilà ce que dit monsieur Husák. Vous entendez : « Beneš le Machiavel de notre époque ! »

Il avait la mauvaise foi tatillonne du coupable. Il plaidait, il accumulait les arguties ; tant il y croyait toujours. À ce moment-là, je compris que, bien malgré lui, il avait fini par détester la victime Beneš plus encore que le bourreau Hitler.

5

Orages d'acier

Hitler et Daladier discutaient à l'écart, près de l'immense cheminée. C'était la première fois vraiment. Jusque-là, les deux hommes s'étaient jaugés, reniflés, affrontés. À présent, on aurait cru qu'ils s'apprivoisaient. Hitler parlait un mauvais français appris à la guerre. Personne n'osait s'approcher

L'Allemand était courtois, étonnamment. Comme il savait l'être loin des photographies de propagande. Il était sorti de l'état de prostration où il était resté plongé durant les débats, à l'exception de ses deux sorties rugissantes. Il retrouvait ses « manières de Viennois », cette façon savoureuse de raconter les histoires. Avec Daladier il était à son mieux. Comme il savait l'être avec ces « femmes-mères » qui avaient décidé de le soutenir à ses débuts politiques, à Munich au début des années vingt. Madame Bechstein, entre autres, qui avait cru en lui. Elle lui avait tout appris, l'avaient dégrossi, lui avait fait perdre – croyait-elle – ses habitudes de brasserie, lui avait fait porter le frac pour se rendre à l'Opéra, avaient organisé des tombolas mondaines pour aider à se développer son petit parti. Hitler savait vite retrouver cette aisance mondaine :

« On m'a dit que vous aviez fait une belle guerre, monsieur le *Président*. Vous avez commencé sergent pour finir capitaine... Oui, c'est ce qui s'appelle une belle guerre ! »

Hitler ne le laissa pas répondre. Il eut un petit rire amer et drôle à la fois : « Moi, je ne peux pas en dire autant. Je l'ai commencée caporal... et je l'ai finie caporal... ! »

Face au Führer, Daladier s'était vite bricolé une règle de prudence. Il parlerait peu. « Face à un responsable étranger inconnu – ou un ennemi français, c'est la même chose ! –, tu te tais... ! Plus tu parles, plus tu prends des risques. » Il se souvenait de la leçon de son maître Herriot. Cela lui avait toujours réussi. Il répondit sobrement, d'une formule qu'il crut diplomatique :

« Oui, mais vous avec la Croix de fer de première classe, monsieur le chancelier ! »

À l'évocation de cette prestigieuse décoration, si exceptionnellement attribuée aux hommes de troupe, Hitler parut un instant désarmé par une vanité enfantine. Ah la Croix de fer de première classe !... Cette petite faiblesse n'échappa pas au *Président*.

Naturellement, les deux hommes continuèrent à parler comme des anciens combattants.

Beneš, ses Tchécoslovaques, les fortifications de Bohême, le couloir morave, la garantie anglaise, et même le souvenir du traité de Versailles étaient passés au second plan. Ils étaient redevenus des poilus ; le reste n'avait guère d'importance.

Ils se découvraient les mêmes souvenirs et les mêmes itinéraires. L'un avait été officier du renseignement, l'autre émissaire d'état-major. Dans ces moments-là, les grands fauves veulent se ressembler. Ils ont beau s'être combattus, haïs, insultés à la tribune des nations ; ils aiment à se retrouver, loin des autres, et les dérouter par le spectacle d'une concorde inattendue. Ces deux-là s'accordaient contre toute attente. Il suffisait de les voir, nostalgiques, l'œil humide, libérés de la pression de la conférence. Daladier en oubliait sa prudence et redevenait loquace.

L'un disait Verdun ; l'autre répondait la Somme, comme s'ils se renvoyaient des compliments. Ils parlaient presque une autre langue : shrapnel, canon de 75, « aéro » pour avion, barda, mercanti, kaputt ; d'un monde connu d'eux seuls ; inimaginable pour les autres, ces planqués, qu'ils méprisaient toujours, ils se l'avouèrent. D'eux, de la « génération du feu », comme ils disaient. Du monde de la tranchée, de la boue et de la mort, de leur vie de rat dans les abris durant quatre années, de la course dans les boyaux qui, sur des kilomètres, serpentaient jusqu'aux première et deuxième lignes, et aussi de la forme si particulière dont étaient conçues les tranchées depuis Vauban, en diagonale afin d'éviter les tirs en rafale.

Ils se souvinrent, ensemble et de la même façon, des jours et des nuits de tranchées. Le chicotement du rat venant faire sa vie près d'eux ; la quinte de toux dans la tranchée adverse durant les nuits de garde ; le bruit simple, doux, sournois de la balle trouant l'obscurité ; celui si particulier, plus sec, de l'impact sur le crâne d'un camarade ; et aussi le bruit haineux de la mine, le bruit tranchant des grenades à fusils, les plus redoutables avec les lamelles d'acier qui vous prenaient par surprise, à la nuque surtout...

Le *Président* était ému. Il était transporté. Malgré ce bourdonnement qui revenait à l'évocation des bombardements – sa « migraine des tranchées » à coup sûr.

Cet homme n'était pas donc un monstre...

Bien sûr Daladier n'était pas un naïf. Il savait *pertinemment* qu'Hitler était l'adversaire ; coriace, brutal, roué, peut-être dangereux, surtout si on ne savait pas s'y prendre avec lui ; que son Allemagne était redoutable, surtout dans les airs. Mais il se disait aussi que cet homme était pur. Il avait beau être le maître de l'Allemagne, il parlait comme personne de la Guerre, et de ses « orages d'acier » – l'expression d'Hitler avait saisi le *Président*. De plus, il était resté simple, comme un poilu. Vingt ans après, il savait toujours ce que représentait la Croix de fer de première classe, cette décoration où n'intervenaient ni les coteries, ni l'ancienneté, ni le grade. Cela ne trompait pas, un type comme lui, de la « génération du feu », ne pouvait être foncièrement mauvais. Il suffisait d'écouter sa voix chaude, tellement déformée par la radio ; d'être attentif à ses manières bourgeoises, si éloigné de ce qu'on lui avait dit ; de faire le tri entre tous ces *a priori* négatifs importés de Paris et ce qui relevait du caractère – car l'homme avait du caractère... un peu comme moi..., se dit le *Président* – pour comprendre qu'Hitler valait mieux que sa réputation d'aboyeur de meeting. Il suffisait de le regarder, de l'écouter pour comprendre. Il y avait un homme derrière cet épouvantail.

Le *Président* sourit intérieurement à cette idée de l'épouvantail, surgie du fond de sa mémoire. Hitler parlait, et le *Président* se souvenait qu'à sept ans, dans sa solitude d'hiver à Carpentras, il avait fait la connaissance d'un épouvantail.

C'était dans la ferme de sa nourrice, à la sortie de Carpentras. Ses cousines caquetaient en désignant, posté au fond du jardin, un pauvre animal croyait-il, un épouvantail, dont elles s'écartaient peureusement en criant « Té,

malheur ». Le plus souvent, les cousines imitaient la nourrice qui ne se rendait jamais dans ce coin du potager.
Édouard non plus ne voulait pas s'y aventurer. L'épouvantail, avec le mont Ventoux dans le dos, semblait menaçant.
Un jour pourtant, le petit Édouard prit son courage à deux
mains. Il voulut voir le monstre de près, le défier, en savoir
plus. Il était seul ce jour-là, et se mit à l'observer une heure
au moins, de loin. Il espionnait, et ne voyait rien, ne
comprenait rien. Jusqu'à ce que le monstre des campagnes
agite violemment ses bras, en même temps que sa casquette
tombait. Il avait compris, il avait fait une découverte.
C'était le vent, le rude mistral de sa Provence du Nord, qui
était le complice de l'épouvantail. L'épouvantail n'était pas
un monstre, mais une sorte de nature morte. Il aimait cette
histoire, son courage de petit bonhomme. Il avait mis à
jour la mécanique du diable.

Avec cet Hitler, il ferait de même.

Tandis que le chancelier lui vantait encore le courage et
l'abnégation des soldats de Verdun, allemands et français,
le *Président* se souvenait.

Il avait toujours voulu considérer Hitler autrement. Pas
comme un épouvantail. Dès 1933, il avait bien tenté avec
Brinon et Ribbentrop. Hélas, la Grande Réconciliation
n'avait pas eu lieu. C'était leur secret ; ils n'en avaient
jamais parlé.

Le *Président* se dit que c'était l'occasion. Il ne pouvait
pas ne pas mentionner l'affaire. Ne pas y revenir, ce serait
une vexation pour Hitler, une faute de goût, en tout cas
une forme de désinvolture. Il se demanda comment – en
très peu de mots ! – il pourrait placer le sujet dans la
conversation.

Il finit par lâcher, énigmatique,

« Ah... Monsieur le chancelier, nous n'en serions pas là, si nous nous étions vus sur le pont de Kehl, il y a cinq ans... »

Hitler hocha la tête, plusieurs fois, lourdement.

Il ne savait pas de quoi le Français parlait.

Il chercha le sens de cette formule, où pouvait bien se situer ce pont, et de quoi il retournait. Il y a cinq ans... ? Il pensa à une manigance parisienne dont Abetz ne lui aurait pas parlé ; ou d'une formule d'excuse après que celui-ci fut expulsé de France par Daladier en 1936. Il se demanda s'il ne s'agissait pas encore d'une idée farfelue de Göring qui n'avait de cesse, l'idiot, de vouloir se faire aimer des Français et des Anglais... Cinq ans... ? Le pont de Kehl... ? C'était donc avant l'Autriche, avant la remilitarisation de la Rhénanie... Cinq ans... ? 1933... ? Avant le départ de la Société des Nations... ?

Hitler finit par se rappeler. Une obscure opération de Ribbentrop. Une rencontre avec un Français, un petit gros bavard et obséquieux. Brinon peut-être. Une visite au Berghof. Une tentative d'entente secrète avec la France... La France, l'ennemi héréditaire... Les chimères de von Ribbentrop !

Daladier avait l'air de l'amoureux négligé qui dit enfin ce qu'il a sur le cœur.

« Vous savez, monsieur le chancelier, je me dis parfois que la véritable frontière n'est pas là où on le croit... Pas entre les démocraties et – ce que nous appelons nous – les dictatures... Le véritable clivage se situe entre ceux de la génération du feu, et les autres.

— Comme c'est étrange, monsieur le *Président*... C'est ce que nous nous disions aussi l'autre soir, le maréchal

Göring et moi-même... Nous en étions arrivés à cette conclusion à propos de monsieur Chamberlain...

— Ah bon...

— C'est bien simple, monsieur le *Président*... Chamberlain et moi, nous ne pouvons pas nous comprendre.

— Mais pourquoi donc, monsieur le chancelier ?

— Eh bien, monsieur Chamberlain n'est pas comme nous... Il n'a pas fait la guerre. Vous comprenez pourquoi, maintenant ?

— En effet, il n'est pas de la génération du feu, comme nous.

— Sans parler, monsieur le *Président*, de l'infini égoïsme des Anglais ! Au fond, ils se désintéressent totalement de ce qui se passe sur le continent... Du moment que leurs navires voguent, et que la Compagnie des Indes rapporte, ils se moquent pas mal de l'Europe. »

Daladier feignit de protester :

« Ah, monsieur le chancelier, ne m'obligez pas à défendre mes amis anglais... Il m'en coûterait... ! »

Et ils rirent ensemble.

Lorsqu'ils eurent retrouvé leur sérieux, Hitler lança, sur le ton de la confidence :

« Ah, monsieur le *Président*... Que de malentendus entre nos deux nations ! Tenez, moi qui aime les arts, je suis malheureux... Je ne connais Paris, qui est une si belle ville, que par les photographies. J'ai tout de même envie de voir votre capitale, de l'étudier, de la comprendre... »

Le *Président* ne savait pas s'il devait être flatté, au nom de la France ; ou étonné par tous ces Allemands qui brusquement rêvaient de découvrir Paris. Göring il y a quelques heures, Hitler à présent. Il se contenta de bafouiller, le temps d'imaginer.

Il avait compris. Il y avait un message dans cette histoire de visite à Paris, une perche tendue, un désir d'entente avec la France – *bien compréhensible puisqu'après tout le seul véritable ennemi d'Hitler, c'est la Russie des Soviets...* Le *Président* entrevit le profit politique qu'il pourrait tirer d'un projet si audacieux. Un rapprochement avec le Reich. Qu'avait-il à perdre ? Rien. Qu'avait-il à gagner ? Tout. Devenir enfin vraiment le chef de cette République en quenouille.

C'est sur le même ton de confidence, et aussi en s'assurant qu'on ne les entendait pas, qu'il répondit à Hitler :

« Oh, s'il ne s'agit que de cela... rien de plus facile, monsieur le chancelier. Nous pourrions organiser quelque chose à Paris, et assez vite.

— Vous croyez cela possible, monsieur le *Président* ?

— Votre ministre des Affaires étrangères, monsieur von Ribbentrop, pourrait d'abord se rendre à Paris. Histoire de préparer le terrain... Et aussi... mon opinion.

— Pourquoi pas... Quelle bonne idée, monsieur le *Président* ! Je rêve de visiter votre fameux Opéra, construit par Garnier ; votre magnifique Arc de triomphe ; et de me rendre compte de ce que donne cette tour Eiffel qui, permettez-moi de vous le dire, n'est pas du meilleur goût... Oui, Paris... Paris... Et aussi Versailles. »

Un instant, le *Président* eut l'idée, un peu folle, de proposer à Hitler de l'amener à Paris, dans son avion le jour même.

Il n'osa pas.

6

Les Tchèques derrière le verrou

L'ambassadeur Mastný était affalé sur une chaise, les bras ballants, le regard perdu. Voilà plus d'une heure qu'il ne répondait pas à Masařík. Ce dernier ne tenait pas en place, l'apostrophait de temps en temps, attendait un commentaire qui ne venait pas. Il poursuivait un monologue fiévreux, sur la paix et sur la guerre, sur la force de l'armée tchèque et ses vingt et une divisions – qui résisteraient, c'est sûr –, sur les qualités exceptionnelles des fortifications nationales, comparées à la ligne Siegfried, un vrai gruyère, et sur Daladier qui ne céderait pas, évidemment.

Mastný continuait de se taire. Il avait tombé sa redingote, dénoué sa cravate, enlevé son faux col. Il ne restait plus grand-chose de l'élégant diplomate qui, depuis vingt ans, était reçu partout, consulté, fêté et qui, il y a quelques semaines encore, semblait inspirer le respect à Berlin. Mastny attendait. Il ne pouvait rien faire d'autre. Il croyait à un mauvais rêve dont on finirait par venir le tirer. Il ne pouvait d'ailleurs s'agir que d'un malentendu, d'un problème de protocole en voie de règlement, du zèle de la Gestapo d'Himmler... Göring devait tout ignorer de la situation... Ou alors un retard de l'allié français, il y avait tant de choses à faire avant la conférence... Comment pourrait-il en être autrement ? On ne commençait pas une conférence comme celle-là sans le principal intéressé !

L'ambassadeur se souvenait de ses rencontres avec le numéro deux du Reich, il pouvait dire son « ami » Göring. Leur complicité était devenue forte ces dernières années. Dans l'affaire de l'Anschluss, n'avait-il pas été informé le premier des véritables intentions allemandes ? N'avait-il pas même été consulté sur l'attitude de la Tchécoslovaquie en cas d'annexion ? Son pays et lui-même, n'avaient-ils pas été traités, non pas comme des alliés certes, mais comme un véritable partenaire, non mécontent, c'est vrai, de voir l'ancien suzerain autrichien – ou ce qu'il restait des Habsbourg – devenir vassal à son tour ? Ensuite, après que l'Anschluss s'était déroulé en douceur, et sans la moindre hostilité de Prague envers Berlin, les choses n'avaient-elles pas repris leur cours ? Il y avait bien eu ces menaces d'Hitler et cette poussée électorale, et même militaire, du parti des Sudètes ; mais, à chaque fois, le délicieux Göring l'avait rassuré. Il n'était pas obligé. « Les Allemands ne veulent aucunement le démembrement de la Tchécoslovaquie », avait-il répété à la réception qu'il avait donnée le 11 mars 1938, à la Maison des aviateurs de Berlin.

Masařík tournait autour de la petite table où Mastný était installé. Il répétait : « Ce n'est pas possible... Ce n'est pas possible... Ils n'oseront pas... Ils n'oseront pas. » Il ne faisait pas plus attention à lui qu'à un meuble qu'il devait à chaque fois éviter. Il n'était pas comme Mastný, lui, résigné, vaincu, cynique ; pas un professionnel de la diplomatie.

Quand une idée, ou une espérance nouvelle lui venait, Masařík se figeait dans sa course pour articuler, à voix haute mais plus calmement, l'hypothèse : « Les Anglais nous lâcheront peut-être. Ils n'ont pas de traité avec nous. Chamberlain ne nous aime pas. Sa politique de l'*appeasement* est plus favorable à Hitler qu'à nous... Mais les Français, eux, ne peuvent pas nous abandonner. Il y a la parole de la France. Il y a ce pacte de 1924. Il y a l'armée qu'ils nous ont aidés à constituer... Il y a Skoda qui leur appartient, pour ainsi dire... Non, ce serait une folie... »

Il répéta : « Ce serait une folie », plusieurs fois à l'attention de Mastný, espérant ainsi le sortir de son état végétatif.

« N'est-ce pas ? Ce serait une folie sur le plan moral... Et aussi une folie sur le plan stratégique... Non, ils ne peuvent pas laisser notre armée, nos fortifications, Skoda et nos usines d'armement dans les mains du Reich... Non, ce n'est pas possible... Ce serait une folie et les Français ne sont pas fous... »

On frappa à la porte.

Les deux Tchèques se ressaisirent. Mastný se reboutonna et se redressa sur sa chaise. Masařík resta figé dans sa pose. Un instant, un très court instant, leurs visages s'illuminèrent.

Monsieur Ashton-Gwatkin entra sans attendre de réponse. L'Anglais était essoufflé. Il était pressé, et s'en plaignit tout de suite, ne daignant pas tourner sa face rose et pompeuse vers l'aîné, le docteur Mastný. Il se tint dans un garde-à-vous étrange, distant ; il voulait en finir. Il débita d'un ton mécanique, rapide, détaché : « On me charge de vous informer qu'un accord général est en passe d'intervenir. Quelques points restent encore en suspens. Je ne peux pas vous en donner le détail. »

Il marqua un silence, avant de poursuivre, d'une traite, sur un ton qui ne laissait aucune place à la discussion :

« Mais il faut vous préparer à des conditions bien plus dures que ne l'étaient celles du plan franco-britannique. »

Il jeta enfin un regard sur les deux Tchèques. Un regard de reproche. Il s'y crut autorisé par la situation, par Chamberlain, Wilson, Lord Halifax, par la majorité du Parti conservateur à Londres, par ce bon Daladier, par l'atmosphère de Munich en fête et aussi par le lieu minable où étaient reclus les deux Tchèques. Une ironie pincée traversa son visage. Prenant appui sur la table, il se pencha vers Mastný et lui lâcha sèchement : « Vous l'aurez voulu... Il fallait l'accepter quand il était temps, ce plan franco-britannique. »

Mastný n'eut pas la force de protester. Il s'affaissa, tout en retenant le bras du fougueux Masařík : « Non, ne faites pas ça... »

Il avait compris qu'il n'était plus rien à l'attitude du sous-fifre qu'on leur avait délégué. Lui, la Tchécoslovaquie venaient d'être pulvérisés, réduits à néant dans cette prison, expulsés des nations, du monde des vivants qui, là-bas, à quelques dizaines de mètres, avaient tout combiné, décidé.

Ils étaient vaincus.

Ashton-Gwatkin s'apprêtait à tourner les talons. Mastný se leva enfin. Il s'approcha pour lui prendre le bras, le lui serra comme s'il voulait lui faire sortir ses dernières gouttes d'humanité. Il demanda avec le ton du malade incurable qui veut espérer : « Ne pouvons-nous, au moins, être entendus avant d'être jugés... ? »

Masařík s'approcha à son tour. Il n'avait rien à ajouter. Il voulait simplement voir de près les yeux du traître au chapeau melon. L'Anglais prit peur. Il s'écarta vivement, sa tête cogna l'abat-jour de pacotille suspendu au plafond. La pièce sembla vaciller sous ce jeu de lumière. Tout à coup, il y avait dans ce regard, dans ce sursaut, ce recul, l'effroi du touriste touché par le lépreux. Ashton-Gwatkin s'écarta, reprit son souffle, avant de lâcher, presque de dos, la main sur le bouton de la porte : « On croirait vraiment que vous oubliez... combien notre position est difficile... ! Si vous saviez combien toutes ces discussions avec Hitler sont... »

Il hésita : « Sont, sont... pénibles. » Et la porte claqua.

Masařík, hébété, marmonnait debout devant la porte des phrases incohérentes.

Mastný s'affala à nouveau sur son siège, ferma les yeux, arracha le reste de son faux col.

SIXIÈME PARTIE

1

Le dîner de gala

Il était 19 heures 30.

Dans la salle de gala du Führerbau, le maître d'hôtel du matin faisait la leçon à d'autres maîtres d'hôtel au garde-à-vous et à une flopée de laquais plus indolents, dans leur tenue grand siècle noire et argent, mocassins et bas, exigée par le protocole de la Wilhelmstrasse. Tous étaient en train de noter, méticuleusement, et pour la troisième fois, les instructions de l'envoyé de Berlin, qui avait abandonné son uniforme noir d'officier des SS pour se mêler de les diriger :

« Le Reich se doit de célébrer dignement la signature d'un accord historique...

Voici le plan de la table de la section 1, le plan de la table de la section 2...

Pour ce qui concerne la table d'honneur... Le service devra ainsi être organisé... Le protocole du Reich prévoit...

Une pause de quinze minutes doit être respectée entre les plats...

Pour cela la synchronisation de la cuisine et du service doit être impeccable... Nous devons sortir les plats avec autant d'efficacité que nous sortons des avions des usines...

Où est la brigade végétarienne... ?

Des questions... ? »

À Rome aussi, il était 19 h 30.

Le pape Pie XI prit la parole. Il adressait un message au monde par radio. Sa voix était brisée, à peine perceptible. Il évoqua les « millions d'hommes qui vivent dans l'anxiété devant l'imminent danger de guerre et devant la menace de massacres et de ruines sans précédent ». Il appela les fidèles à la prière « afin que Dieu, dans les mains de qui est le sort du monde, soutienne chez les gouvernants la confiance dans les voies pacifiques de loyaux pourparlers et d'accords durables ». Et il conclut son intervention par cette proposition surprenante : il voulait échanger sa vie contre la paix – en fait, le pape venait d'être informé que l'accord était maintenant proche.

« Nous offrons pour le salut, pour la paix du monde, le don inestimable d'une vie déjà longue, soit que le maître de la vie et de la mort veuille nous l'enlever, soit qu'il veuille, au contraire, prolonger plus encore les journées de labeur de l'ouvrier affligé et fatigué. »

Il était 19 h 30 à Paris, une foule inquiète commençait à se masser devant le Quai d'Orsay, sous les fenêtres du ministère des Affaires étrangères, où monsieur Bonnet, faute d'avoir été invité à Munich, avait mobilisé son administration. On informait la presse parisienne, on recevait les éminences, on rassurait les états-majors et le président Lebrun. On était suspendu aux informations délivrées, d'heure en heure, par le secrétaire général Alexis Léger. On échangeait avec toutes les capitales d'Europe, on évitait Prague bien sûr. Les badauds qui s'attroupaient étaient calmes. Les derniers arrivés demandaient à mi-voix des nouvelles aux plus anciens. Ils semblaient tristes. Les riches comme les pauvres. Les dîneurs de Chez Maxim's ou de

Lucas Carton s'arrêtaient en chemin, et l'on voyait des Bugatti frayer avec les bicyclettes des ouvriers de chez Renault et celles des hirondelles de la Préfecture de police. Les hommes et les femmes en Bugatti repartaient. Les « salopards » en casquette préféraient attendre.

Il était 19 h 30 et à Munich c'était le premier jour de l'Oktoberfest. La cathédrale, l'hôtel de ville, les monuments, la façade des administrations, les magasins étaient illuminés. Mais le Führerbau restait dans l'ombre malgré la foule qui s'attardait. Les curieux marchaient d'un pas silencieux. Leurs silhouettes faisaient penser, dans l'obscurité naissante, à des ombres courbées par le vent. Ils ne voulaient pas rentrer chez eux ; ils profitaient d'un répit, d'une sorte de parenthèse inquiète pour goûter un peu de ce désordre, de gaieté peut-être, avant de retrouver leur nuit. Place Königsberg, ils étaient de plus en plus nombreux. Les enfants tirés des écoles et les anciens combattants venus par autobus de leurs sections rurales avaient laissé la place à des employés sortis tard du bureau, des célibataires désœuvrés, des groupes de jeunes gens. Ils étaient anxieux, inanimés, à l'image des drapeaux des quatre nations, déjà fanés, oubliés, pendant bêtement à tous les mâts de la ville. Sur la monumentale façade de la maison du Führer, ceux-ci étaient accrochés par paires : les démocrates d'un côté et les dictateurs de l'autre. Partout ailleurs dans la ville, cette règle avait été soigneusement respectée ; on se demandait si cette séparation distincte était l'idée ingénieuse d'un bureaucrate bavarois, ou bien s'il s'agissait de la nouvelle règle d'une de ces nombreuses administrations qui pullulaient et rivalisaient dans le IIIe Reich.

Sur la place, toutes les têtes étaient levées sur ces trois fenêtres, au deuxième étage, les seules encore éclairées sur la façade balayée par les projecteurs.

Le temps passait.

La foule des Bavarois se clairsemait. La nuit tombante, certains devaient craindre d'être repérés par la police, la Gestapo ou les SS, pour leur assiduité à ce qui aurait pu être considéré comme une réunion pacifiste. Ceux qui restaient étaient des fervents. Ils étaient recueillis ; les luthériens se mêlaient à la masse catholique ; ils priaient ensemble. C'était leur manière d'implorer la Paix, d'en appeler à ces fenêtres et aux maîtres du monde toujours enfermés là-haut. Un bourdonnement fervent parcourait la foule. Un homme à la voix forte répétait un « amen » qui serpentait comme un long murmure.

Subitement, on observa un mouvement à la fenêtre du deuxième étage. Des ombres s'agitaient. On devinait la silhouette martiale et agitée du Führer ; à côté de lui, celle de Daladier, courte et massive, légèrement courbée. « Voilà aussi le Duce, et même l'Anglais avec son parapluie », lança un étudiant audacieux. La foule ne put s'empêcher de ronronner gentiment.

Non loin de là, dans le hall du Führerbau, Herr Amman, petit homme bedonnant aux lunettes cerclées d'argent, lui, savait tout. Herr Amman était un personnage considérable dans le Reich. Ancien compagnon de guerre d'Hitler, il avait été mis à la tête du puissant groupe de presse du parti. Il était une sorte de rival de Goebbels. Une vingtaine de journalistes l'entouraient, lui faisaient la cour. Il se prêtait de bonne grâce aux photographes de *Match* et de *Signal* ; il faisait patienter, en lui prenant affectueusement le bras, le reporter américain de la NBC, Max Jordan, à qui il avait promis de prêter les studios de la radio du Reich ; il esquivait les questions trop précises de l'envoyé spécial du *Petit Parisien* ; il rassurait une jeune reporter anglaise, au bord de la crise de larmes et qui voulait savoir si la paix était sauvée.

Un officier des SS vint lui porter un pli.

Herr Amman s'excusa avec infiniment de politesse, se tournant plus particulièrement vers Jordan, puis décacheta l'enveloppe. Il lut la note sans se cacher, ostentatoirement, avant de relever la tête. Il souriait aux anges. Cela aiguisa la curiosité des journalistes. Ils s'étaient tellement ennuyés. Il n'y avait rien à faire à Munich – le Führerbau était trop loin des bonnes tavernes et des quartiers chauds où l'on aime se perdre lorsqu'on est en reportage. Il n'y avait rien à raconter sur la conférence, à peine quelques détails, une interruption pour déjeuner, une altercation à la première séance, le numéro de la suite de Daladier, le menu du déjeuner de Herr Göring, et la description du château du prince Charles, un ravissant hôtel de style florentin du temps de Louis II, où séjournait Mussolini... Cela ne faisait pas un titre. À peine une ou deux colonnes, en pages intérieures, avec pour les chanceux la photo *émouvante* des couvre-chefs des Quatre posés côte à côte au vestiaire. Les envoyés spéciaux étaient un peu courts, et ils devaient maintenant livrer très vite... Les rotatives n'attendraient pas, elles, comme la locomotive de Mussolini. Elles se préparaient ; elles allaient s'élancer ; elles réclamaient leur pitance pour l'édition du matin.

C'est pourquoi le sourire d'Amman était si bien venu. Une aubaine. À la mine alléchée des journalistes, l'Allemand le comprit.

Il préféra ne rien dire d'autre que « Félicitations ».

Il agita le petit papier contenant de grands secrets. Les vingt reporters ne cherchèrent pas en savoir plus lorsqu'Amman leur déclara : « L'accord est pour ainsi dire signé... Il ne reste plus que quelques détails. Oui pour ainsi dire – signé... » Ils l'auraient embrassé, sauf quelques grandes gueules restées à l'écart. Ils remercièrent chaleureusement leur *confrère*. Ils le félicitèrent à leur tour, et puis ils se ruèrent, les uns sur le téléphone, les autres vers un studio de diffusion pour dicter leurs unes, leurs titres, leurs sensationnels papiers.

Ils auraient leur manchette à l'heure.

*

En vérité, Herr Amman bluffait.

À 19h 30 rien n'était conclu. Pire, la conférence était mal en point.

Mussolini quittait la salle de conférences avec fracas. Il était furieux, il fulminait, il gesticulait à l'attention de Ciano penaud qui tentait de le suivre. Il ne paradait plus, il ne jouait plus les conciliateurs. Il écarta les importuns sur son chemin, avant de s'engouffrer dans sa limousine.

Puis, ce fut le tour de Ribbentrop. Il quittait lui aussi la séance. Les quelques reporters encore là, plus avisés que les autres, l'encerclèrent aussitôt. Le chef de la diplomatie du Reich cachait mal une rage hautaine, en dépit de son supposé flegme. Il pestait en remettant ses gants. Un journaliste français lui demanda *si enfin la paix était sauvée*. Il le toisa, poursuivit son chemin en ricanant, puis revint brusquement sur ses pas pour lui cracher dans un français impeccablement méprisant : « Si la Paix, comme vous dites, devait être sauvée, ce ne serait certainement pas par vous, messieurs les Français... Par vos petitesses, vous la mettez en danger... »

« Rien ne va plus », persifla un gaillard, l'Américain William Shirer, correspondant de la radio CBS. Des confrères s'offusquèrent de cette insolence. Ils prirent Amman à témoin. Amman s'apprêtait à menacer Shirer, puis se ravisa. Il trouverait bien une autre manière de se venger.

Göring lui aussi s'en allait. Il attendait, derrière un pilier en haut du grand escalier, que son rival Ribbentrop soit parti pour faire son apparition. Göring qui aimait à soigner son image internationale, se prêta au jeu des questions et des réponses. Tout le monde comprit, derrière les explications fleuries et trop détaillées du maréchal, que l'accord butait sur des difficultés mineures, de dernière minute.

Et en effet, rien n'allait plus.

Alors que le monde entier attendait l'accord, que le maître d'hôtel rouquin était au garde-à-vous dans la salle de gala, que le souper de fête attendait, que les journaux, les radios et les agences préparaient leurs manchettes, les Quatre avaient subitement décidé de se séparer.

Plutôt que d'aller vers une dispute, tant l'exaspération d'Hitler était grande, il avait été convenu de confier à une commission de juristes et de diplomates la rédaction de l'accord final et la proposition de formules convenables pour les points litigieux. On se retrouverait donc dans deux heures, une fois le projet d'accord traduit dans les quatre langues.

La soirée de gala était annulée ; les deux dictateurs dîneraient seuls.

2

Dernières hésitations

La suite 42-44 de l'hôtel des Quatre Saisons était assiégée. Le couloir grouillait de journalistes agités, de photographes avec leurs gros flashs et de quelques clients curieux. La suite du *Président* était gardée, mais l'envoyé spécial du *Petit Parisien* avait réussi à voir Daladier dans l'antichambre. Celui-ci fut surpris par cette agitation et par l'affolement du journaliste.

La radio anglaise venait d'annoncer la signature de l'accord. Confirmait-on côté français... ?

Le *Président* crut à une ruse de journaliste. Mais l'autre insistait. Daladier fit vérifier. La fausse nouvelle avait en effet été annoncée sur la radio anglaise ; d'autres radios comme Radio-Cité ou Radio 37 de Jean Prouvost, des agences de presse venaient de la reprendre, des dizaines de journaux à travers le monde demandaient aussi confirmation de l'information. L'agitation était grande. En Europe occidentale, les quotidiens commençaient leur bouclage ; les manchettes de une devaient être envoyées à vingt-deux heures ; les rotatives allaient tourner.

Le *Président* démentit. L'accord n'avait pas été conclu. Mais devant le regard effaré du journaliste, il voulut se montrer rassurant : « Non, tout va bien... Je suis content... Je suis content... » Avant de s'en retourner dîner dans sa chambre.

L'annonce prématurée de la signature de l'accord accabla un peu plus encore le *Président* et ses collaborateurs réunis autour de deux guéridons.

Le culot de la presse ! Annoncer l'accord signé alors que tant de choses étaient encore en balance : le sort définitif des fortifications, les indemnités réclamées par les Anglais. Et aussi cette garantie des nouvelles frontières de la Tchécoslovaquie qu'Hitler s'obstinait à refuser...

Prostrés devant leur viande froide, les quatre Français se taisaient. Il y avait là Clapier, un aide de camp et le capitaine Stehlin, en poste à l'ambassade de Berlin et en charge de l'aviation. Léger, Rochat et François-Poncet étaient restés au Führerbau pour finaliser le projet d'accord.

Daladier paraissait soulagé d'avoir quitté la pression du Führerbau. Il avait l'air triste, épuisé. Il grommelait de temps en temps, se parlait à lui-même, lâchait des remarques sèches, amères, *sur ce qu'il venait de vivre*. On l'écoutait à peine, on ne voulait pas le déranger.

Soudain, il sortit de sa méditation pour interroger le capitaine Stelhin :

« Capitaine... Vous êtes aviateur... J'ai vu votre chef, le général Vuillemin. Il est terriblement inquiet... Quel était votre avis ? »

Stelhin prit la parole, sans déplaisir. Il connaissait si bien l'aviation allemande. Il était d'ailleurs en poste pour cela à Berlin. Pour espionner la Luftwaffe :

« Monsieur le *Président*, mes informateurs m'indiquent que la Luftwaffe devrait attaquer le jour même de l'invasion, d'une manière foudroyante. Deux mille avions sont rassemblés autour de la frontière tchécoslovaque...

Chaque unité de bombardement, classique ou en piqué, connaît d'une façon précise ses objectifs... Depuis plusieurs semaines, des équipages répètent l'exécution de leur mission sur des cartes à grande échelle, sur des photographies et avec l'aide d'images en relief...

L'attaque foudroyante du premier jour devrait se dérouler en vol rasant, avec des Heinkel 111 et des Dornier 17... Des bombes de cinq cents kilos sont fixées depuis quelques jours sous le fuselage des Junker 87 chargés de détruire les objectifs. »

Et ainsi, durant quinze longues minutes, devant le regard affolé de Daladier, et des deux autres, le capitaine Stehlin développa sa science.

Par moments, le *Président* répétait : « Junker 87... Vol rasant des Heinkel 111... »

Le reste du temps, il écoutait Stelhin, il palpitait, il s'effrayait.

C'en était assez.

« Capitaine, croyez-vous, comme Vuillemin, qu'en quelques jours de combat nous n'aurions plus d'avions ? »

Le capitaine Stehlin parut embarrassé. Il ne pouvait, là encore, contredire son supérieur.

Il hésita, mais le téléphone sonnait. C'était François-Poncet qui leur indiquait qu'ils pouvaient retourner à la réunion. Le document de l'accord était prêt.

Daladier se leva lourdement. Il se retourna vers Stehlin, et lui lança d'un ton fataliste : « Maintenant, la partie est jouée... Il n'y avait peut-être rien d'autre à faire... C'est à l'avenir qu'il faut penser. Nous devons rattraper le temps perdu pour nous réarmer... L'aviation ! L'aviation ! »

3

« Vous avez paniqué ? »

— Vous avez paniqué à ce moment-là... ? Le rapport du capitaine Stehlin venait confirmer vos doutes sur le point faible des Français : l'aviation. C'est ça ?

— Je n'ai pas « paniqué » comme vous dites... ! Tout au long de l'affaire de Munich, je savais bien que notre point faible, c'était l'aviation. J'avais été ministre de la Guerre quatre fois ; j'avais suivi le plan Cot durant le Front populaire ; nous étions en train de penser au plan La Chambre... Mais c'est vrai, l'état de l'aviation française ne permettait pas alors de nous lancer dans une guerre pour défendre la Tchécoslovaquie. Pensez, si j'avais eu 8 000 avions, je n'aurais pas été à Munich !

— Indéniablement, ce que vous dit alors Stehlin et, bien avant lui, le rapport Vuillemin ont été déterminants dans votre décision ?

— Oui. Vous avez raison... D'une certaine manière.

— Saviez-vous que Stehlin était un ami proche de Göring et de sa sœur ? Il était reçu chez eux. Il était traité comme un prince. Il avait une autorisation de survol du territoire – en quelque sorte il pouvait faire de l'espionnage officiel. Stehlin n'était pas totalement neutre...

277

— Stehlin..., Göring, sa sœur ! Vous plaisantez ?

— Par ailleurs, Stehlin tenait les informations alarmantes qu'il vous livre à ce moment-là directement du général Bodenschatz. Le bras droit de Göring venait de les lui communiquer. Stehlin était encore sous le choc. Bodenschatz paraissait tellement heureux que l'accord soit en vue qu'il lui avait raconté, avec force détails, le cataclysme auquel la Tchécoslovaquie avait échappé. C'était, monsieur le *Président,* – il est peut-être facile de le dire aujourd'hui –, une grossière manipulation.

Je continue. Plus déterminant que Stehlin, il y a eu ce fameux rapport Vuillemin, consécutif à sa mission en Allemagne. Tout est fondé là dessus, n'est-ce pas ?

— Vous n'avez pas tort.

— Eh bien, on se rend compte, avec le recul et les documents, que le voyage du général Vuillemin en Allemagne en août 1938 fut le point d'orgue d'une grande opération de désinformation... Il ne s'agissait pas d'une simple visite protocolaire comme on l'a dit, ni simplement de rendre la pareille à l'Allemagne, puisque le général Milch, secrétaire d'État à l'Air du Reich, avait été reçu l'année précédente en France.

Dans cette manipulation, tout commença en France. Avec une manigance de votre « *appeaser* en chef », Georges Bonnet, qui insista pour que le général Vuillemin donne suite à l'invitation de Göring.

Le général Vuillemin se rend donc en Allemagne, le 17 août 1938, pour un séjour d'une semaine. À quinze jours de la crise ! Et là, il est sérieusement pris en main par les nazis. On reçoit le général comme un chef d'État ; une imposante revue militaire est organisée à son arrivée à Berlin. On se rend ensuite sur le tombeau du Soldat inconnu. Un cortège triomphal se déroule dans les rues. Les jours suivants, il est reçu par un Hitler délicieux et pacifique ; il est fêté dans des banquets solennels un peu partout dans le pays ; il est traîné d'usines en exhibitions aériennes ; et Stehlin laisse même entendre qu'il fut très sensible au charme des jeunes Bavaroises... Comment voulez-vous, après tout cela, que le général Vuillemin ait pu vous rendre un rapport... disons honnête ?

À son retour à Paris, le rapport Vuillemin devient une arme politique. Elle est utilisée par l'autre *appeaser* de votre gouvernement, le ministre de l'Aviation, Guy La Chambre. Il s'en sert en Conseil des ministres pour impressionner ses collègues, faire prévaloir son point de vue et celui de Bonnet. En fait, entre Göring-Hitler et Bonnet-La Chambre, il y avait un axe : le rapport du général Vuillemin. Vous vous en doutiez à ce moment-là. Vous-même à Londres, au moment de vos conversations avec Chamberlain de retour de Berchtesgaden, vous dites à l'ambassadeur Corbin et son conseiller Girard de Charbonnières que vous en voulez à Vuillemin de son défaitisme. Vous promettez même de le "limoger" à votre retour à Paris.

— Limoger Vuillemin... ? Je ne m'en souviens pas... Mais dites-moi, ils ont vraiment utilisé des jeunes Bavaroises, vous dites ? Vous m'en apprenez des choses ! Je n'avais pas tout à fait regardé la mission de Vuillemin sous ces aspects... Il n'empêche, Vuillemin a peut-être été manipulé, il n'en reste pas moins que la France n'était pas prête. Notre aviation était trop faible. Et nous pensions alors que les Allemands étaient trop forts.

— Le rapport de forces n'était bien sûr pas à l'avantage de la France, mais vous avez largement surestimé la puissance allemande en 1938. Savez-vous ce que disait le maréchal Keitel au procès de Nuremberg ?

— Oui, vaguement.

— À cette question du colonel Eger, le représentant de la Tchécoslovaquie : « Le Reich aurait-il attaqué la Tchécoslovaquie en 1938, si les puissances occidentales avaient soutenu Prague ? » Le plus important chef militaire allemand répondit : « Certainement non. Militairement, nous n'étions pas assez forts.

4

Lettre à Ida

Neville Chamberlain avait congédié avec courtoisie ses collaborateurs, après une dernière consultation téléphonique avec le cabinet de Londres. Il était épuisé et avait décidé de dîner seul, dans sa chambre de l'hôtel Regina. Ce dernier contretemps l'avait contrarié, et comme le disait souvent le Premier ministre de Sa Majesté, il n'avait pas besoin de ça. Il avait revêtu sa robe de chambre en soie, celle que son majordome lui tendait dès qu'il rentrait chez lui à Londres. Cette fois, il n'était pas chez lui, mais il avait besoin – ne serait-ce qu'une heure avant la reprise de ces pénibles négociations – de ce cocon, d'une impression d'intimité retrouvée. Pour la première fois de sa vie, Sir Neville, qui avait gardé, à près de soixante-dix ans, une silhouette de jeune homme, sentait le poids des ans. Celui qui était comme un modèle d'élégance sportive pour son club et qui avait fait campagne au sein du Parti conservateur sur sa ligne svelte contre celle du gros, du foutraque Churchill son rival, semblait avoir perdu ses moyens. Cette nuit était loin d'être terminée ; et la seule manifestation de l'âge qu'il se connaissait vraiment, c'était l'attaque du sommeil.

Conscient de cela, Chamberlain se fit donc un petit programme, avec précision et délice, pour l'heure de liberté volée qu'il avait devant lui.

D'abord, dormir. Un peu. Du sommeil de Napoléon. Quinze minutes pas plus, au-delà, ce serait dangereux. Dormir juste pour faire cesser ces tremblements – les nerfs ! –, cette bougeotte intérieure, ces mâchoires récalcitrantes, bloquées en cas de tension. Cette tête embouteillée par toutes les notes lues, tous les discours et les plaidoiries entendus, toutes les hypothèses dressées avec ce brave Henderson. Une retraite pour retrouver du calme à l'heure du grand choix.

Ensuite, annuler le dîner, et se restaurer légèrement, un thé, des biscottes et un peu de ce fromage allemand du midi. Dîner léger donc pour rester *performant*.

Et enfin écrire à Ida ; ça lui éclaircirait les idées.

À l'instant, Sir Neville Chamberlain avait besoin de se blottir.

Chère Ida,

Aujourd'hui, il a fallu supporter tant de choses. Les colères monstrueuses de ce Hitler qui décidément a deux visages, celui charmant et romantique rencontré la première fois au sommet des Alpes, dans son étonnante demeure de l'Obersalzberg, avec lequel j'avais rêvé, à haute voix et en pleine communion, à un « nouvel ordre européen », fondé sur deux grandes puissances, l'Allemagne et l'Angleterre. Et l'autre, versatile, coléreux et exalté qui, aujourd'hui m'a à peine adressé la parole, et qui tapait du pied comme un fou lorsqu'il prononçait le nom du Président tchèque. Il m'a fallu aussi supporter l'humiliation d'un Mussolini, hier tout miel, et qui à présent a eu le culot de me refuser un rendez-vous pour que nous dissipions nos malentendus. Sans parler de l'épaisse vulgarité de ce Ciano qui épiait, et ne cessait de tout noter sur un carnet. Dire que j'ai dû me taire tout ce temps, accepter des palabres inutiles ; et aussi me retenir pour ne pas me révolter contre le manque de sérieux de ces chefs d'État qui prétendent tenir des empires, et qui seraient infoutus de diriger le conseil d'administration d'une entreprise cotée à la City. Il n'y avait dans cette conférence, ni ordre du jour, ni président de séance, mais le désordre le plus total. Sans parler de leur mépris, leur dangereux mépris, dans cet Accord dont nous discutions, pour la propriété privée et aussi, il faut le dire, pour les intérêts des banques britanniques en République tchécoslovaque — ils sont loin d'être négligeables comme tu le sais... Mais enfin, j'ai tout fait pour ne pas « surexciter » Hitler. Je m'en suis tenu à cette ligne de conduite qui, jusque-là, ne m'a pas trop mal réussi, comme tu le sais.

Je dois te l'avouer. Le plus pénible durant cette journée, ce ne fut pas Hitler, mais Daladier.

J'ai tout fait pour l'éviter, lui et ses états d'âme. Heureusement — et c'est là un des effets de la délicatesse germanique — nous ne nous sommes pas retrouvés dans le même hôtel ! Malgré cela, j'ai dû éviter Monsieur Daladier toute la journée, aussi bien en arrivant à Munich où les Français me traquaient pour m'arracher un « dernier point entre alliés », que durant les pauses — et elles furent fréquentes. Tout au long de la conférence, Daladier a fait la tête — quand il ne m'agressait pas ouvertement, moi son allié... !

Vois-tu Ida, Daladier incarne parfaitement ce que nous pensons, toi et moi, de la France et des Français. Il s'agit d'une race faible, pusillanime et excessive, dont les défauts ont été exacerbés par leur Révolution, leur République, et aussi Napoléon. De fait, ce pays est sans gouvernement stable depuis des décennies ; à cause de cette instabilité, il peut donc se révéler dangereux dans sa passion, par ses excès. C'est ainsi, tantôt excessif, tantôt amorphe, que Monsieur Daladier s'est illustré toute la journée. D'abord, il s'est accroché avec le Führer si violemment que j'ai craint un moment que cette conférence, dans laquelle j'avais mis toute mon âme et tous nos espoirs, ne capote avant de commencer... Ensuite, il s'est mis à blaguer avec Göring au moment précis où nous étions sur l'épineuse question, soulevée par l'Angleterre et donc les Alliés, des indemnités financières dues aux personnes physiques et morales transférées.

...

Néanmoins, à l'heure où je t'écris, je me sens mieux. Comme au terme d'une longue ascension – moi qui ne fais pas d'alpinisme mais que les paysages alpins enchantent, tu le sais. J'entrevois le sommet. Encore un effort. Quelques détails à régler cette nuit, avec en priorité le problème des indemnités financières, et je crois que je pourrais être digne de me présenter devant Dieu, en ayant accompli ce miracle. La Paix...! La Paix, Ida ! La paix pour notre génération. La paix voulue et acceptée sans aucun de ces tourments qui semblent saisir ce pauvre Daladier. Pourquoi douter quand nous faisons le Bien, et quand, qui plus est, il n'y a pas d'autre choix ? Allions-nous déclencher une guerre européenne, voire mondiale, à cause – comme je l'ai dit à la Chambre grâce à ta si bonne formule – d'une simple querelle surgie dans un pays lointain pour des peuplades dont nous ne savons rien ? Allions-nous couler l'Empire britannique pour répondre aux caprices de Beneš, couvrir leur tyrannique gouvernement, leur brutalité contre les Allemands des Sudètes ? Et d'ailleurs, allons jusqu'au bout,

*avons-nous le choix ? La France ? Pas fiable, et mauvaise avia-
tion. L'alliance avec les Russes ? S'allier avec le Diable Staline
pour contrer un homme avec qui, après tout, on peut s'entendre... ! Les Américains ? Roosevelt n'engagera jamais les États-
Unis... !*

*Alléluia, Ida, c'est presque fait – à moins d'une perfidie
française de dernière minute, bien sûr ; ou de la mauvaise
volonté d'Hitler sur la question des compensations financières.
Alléluia... Chassé le spectre de la guerre, avec nos millions de
boys, nos femmes, nos enfants morts atrocement ; avec notre
flotte coulée et notre Couronne menacée ; avec aussi notre
Empire dévasté – car je ne me fais aucune illusion, il eût suffi
que la guerre éclate pour que ce Monsieur Gandhi ranime,
dans l'Empire des Indes, les méchantes passions contre nous.*

*C'est étrange, Ida, je me sens mieux. Aujourd'hui, malgré
le caractère si pénible de cette rencontre, je ressentais physiquement cette harmonie profonde avec le Seigneur et sa Providence. Je voyais la Paix universelle, je la sentais, j'en entendais
le chant. Et je me suis dit qu'à moins d'un malheur imprévu,
j'en étais le modeste artisan, et que j'avais eu raison de choisir,
avec Hitler dans cette affaire mondiale, la voie de « la tendre
modération » que nous enseigne le Seigneur.*

Je t'embrasse, avant de retourner travailler.

Ton affectionné Neville.

*PS : Pour le rendez-vous que je compte demander à Hitler,
demain, en tête à tête, prie pour moi.*

5

La signature

Sur une table en acajou, un monumental encrier.

Il était minuit passé, voilà deux heures qu'ils étaient enfermés là ; et cet accord qu'on donnait acquis, qui était claironné sur le fil des agences de presse du monde entier, n'était toujours pas signé. Ça avait patiné à cause de la fatigue et de la nuit. Ça avait bloqué sur les indemnités financières réclamées par Chamberlain, le brouillon britannique sur la question avait été égaré. La discussion avait été confuse, plus encore que dans l'après-midi, rendue âpre par les lenteurs de la traduction de Paul Schmidt, par les fautes d'orthographe de la version finale qui avaient agacé Daladier, par l'ensommeillement de Chamberlain, par Mussolini qui s'impatientait, et surtout par l'intransigeance d'Hitler, furieux à cause des dernières réticences des Alliés. Les Français et les Anglais ne signeraient pas tant que la garantie allemande aux nouvelles frontières de la Tchécoslovaquie ne serait pas donnée. Sans elle, selon Chamberlain, l'accord n'aurait aucune valeur. Sans elle, renchérit Daladier, la Tchécoslovaquie ne serait jamais en sécurité dans ses nouvelles frontières.

Tout à coup, Hitler se dressa sur son siège.

Il éructa, prenant Göring et Ribbentrop à témoin : « Je ne reconsidérerai pas ce point qui a été réglé cette après-midi me semble-t-il. Nous ne donnerons cette garantie que quand les autres pays voisins concernés, les Hongrois, les Polonais et les Roumains, l'auront validée... Messieurs, je n'ai rien à ajouter... »

Chamberlain et Daladier osèrent insister.

Hitler explosa cette fois : « Je n'ai pas fait quatre ans de tranchées, vingt ans de politique, pour qu'on dise qu'Hitler est un lâche... ! Hitler a le peuple allemand derrière lui et ce peuple-là n'est pas celui de la défaite de 1918... »

Et il s'était renfermé.

Le *Président* le vit tel qu'au matin, la menace aux lèvres, tendu, blême, effrayant.

Chamberlain, écrasé de fatigue, s'était redressé.

Comment rompre, là, à cette heure, si près du but... ?

Une fois de plus, Mussolini trouva la solution.

Ces difficultés seraient dirigées vers la Commission internationale chargée de la fixation des frontières. Tout : la garantie des Allemands et des Italiens, après que les Hongrois, les Polonais et les Roumains se seraient prononcés ; la promesse – qui combla Chamberlain – que la Commission examinerait les demandes d'indemnités financières ; et bien sûr, l'engagement que la Commission s'intéresserait au cas exceptionnel des fortifications comme le souhaitaient les Français.

Daladier consulta Léger.

Chamberlain sortit pour appeler Londres.

La méthode proposée était miraculeuse. Elle avait tout débloqué. Elle consistait en fait à mettre la poussière et tout ce qui gênait sous le tapis.

*

Les ultimes modifications étaient en train d'être introduites par les sténodactylos.

Pendant ce temps, Mussolini, tel un commerçant qui risque de perdre gros – et la Dalmatie, et les Balkans, et la Méditerranée, et son prestige mondial... –, passait de l'un à l'autre, d'un pas délicat. Il craignait tout faux mouvement, tout déraillement, tout incident de dernière minute. Il multipliait les attentions et les précautions.

À Hitler, il parlait avec douceur, celle qui sied aux grands malades.

À Chamberlain, qu'il avait blessé par son refus d'un rendez-vous d'explication, il promit de grandes retrouvailles officielles « pour bientôt, oui pour bientôt ».

À Daladier, qui errait autour de la cheminée, le regard perdu, les doigts accrochés à son gilet comme un bistrotier, il tapota le dos en disant : « Allons, monsieur le *Président*, faites un effort... À votre retour, vous serez porté en triomphe... » Entendant cela, le Français s'anima. Il sortit de sa bouderie, se redressa et lança une moue soupçonneuse à l'Italien. Il était perplexe, il aurait bien voulu le croire. Cette remarque avait allumé dans son regard une tendresse brouillée, l'inquiétude éperdue de celui qui cherche à tout prix le réconfort.

Daladier demanda à Mussolini, vaguement inquiet : « Vous croyez ? » Le Duce le rassura dans un éclat de voix définitif : « J'en suis convaincu, monsieur le *Président*. » Daladier voulut rapporter la sympathique remarque du Duce à Alexis Léger – cela lui redonnerait peut-être le sourire. Mais Léger ne fit même pas semblant de l'écouter.

Cette fois le calme était revenu, c'était une question de minutes. Les sténodactylos s'affairaient avec la dernière ardeur.

Hitler s'installa le premier pour parapher le document. Il trempa solennellement sa plume dans l'encrier. Un rictus passa sur son visage. Il la trempa une deuxième fois : l'encrier était vide. Ribbentrop blême ordonna à Schmidt de réparer l'incident. Daladier grimaça devant ce mauvais présage.

Ensuite, Chamberlain, Daladier et Mussolini signèrent.

C'était fini.

Les deux dictateurs se félicitèrent chaleureusement. Les deux « démocrates » se regardèrent gênés. Les délégations allemandes et italiennes s'approchèrent, se mêlèrent, se congratulèrent bruyamment.

Les flashs des photographes crépitèrent. Une photo immortalisa la scène.

Hitler était au centre de l'image. Il triomphait. Mussolini, à la gauche du Führer, cherchait la pose. Chamberlain, paraissait fier de son œuvre, *l'édification de la Paix Universelle*. Des Quatre, Daladier était le seul à ne pas regarder l'objectif.

6

La photo

Quelle heure était-il précisément... ? Qui avait pris cette photo ? Une agence photographique anglo-saxonne ou bien la propagande allemande ? Quel est donc ce petit bout de papier froissé que Chamberlain tient à la main ? Le brouillon de la clause enfin retrouvé ? Ou une dernière supplique au chancelier Hitler ? Pourquoi, sur une des rares autres photos de l'événement, probablement prises par la même équipe, cette absence d'Alexis Léger alors que les délégations sont réunies ? Alexis Léger... Saint-John Perse... Comment avoir été cet illustre poète et aussi l'otage de Munich... ? Absent de la photo, il s'était arrangé pour être absent de l'Histoire. Il s'était mieux débrouillé que Daladier.

Je revenais, pour la centième fois, sur cet instant. Mes yeux se brouillaient à force de scruter le moindre détail. Mon esprit divaguait. Je perdais tout sens du temps. Chaque fraction de seconde de ce moment-là, celui de la signature, était comme un abîme. J'y cherchais une réponse. Non pas qu'un centième de seconde puisse tout expliquer, la géopolitique européenne, les problèmes de la France, la politique d'*appeasement* de l'Angleterre ou les funestes conceptions françaises pendant l'entre-deux-guerres. Mais en m'intercalant dans ce court instant où Daladier passe devant l'objectif, je croyais lire l'anéantissement. Ce qui, par-dessus tout, me fascinait, c'était ce regard à cet instant précis sur le visage de Daladier. Un regard défait. *Une étrange défaite.*

Soudain je compris.

Sur ce visage pathétique, sombre, abandonné, s'incarnait, et par anticipation, la fameuse thèse de l'historien Marc Bloch. Durant la débâcle, le fondateur de l'école des Annales avait raconté, de son point de vue d'officier engagé dans la guerre, les ressorts de la débâcle française. Il était mort en héros de la Résistance, fusillé le 16 juin 1944, à l'âge de cinquante-huit ans. *L'Étrange défaite* avait été publié après guerre. Martha me l'avait fait lire. Le livre de Bloch m'était devenu précieux. Ainsi donc, *L'Étrange défaite* avait préexisté à la déroute en mai-juin 1940, que Bloch décrit minutieusement. Les avions qui ne décollent pas ou ne sortent pas des usines. Les gouvernements qui valsent. Les chefs syndicaux qui s'aveuglent. La deuxième puissance mondiale qui se détraque. Les alliances internationales byzantines. Les chefs militaires qui se disputent et les ordres qui ne parviennent pas. La ligne Maginot qui se laisse contourner. Une grande ambition rouillée. Le triomphe des conformismes. L'idéologie de la défensive. La fatigue de la Liberté. Et la suite...

Je scrutais ce regard fuyant, fautif, et me disais que Vichy avait existé avant Vichy. Ce fut Munich. La Collaboration avait existé avant Montoire, c'est l'idée forte que Daladier ramène de Munich ; il l'emprunte à un diplomate français qui, dès 1924, préconise le renversement d'alliances. Collaboration, il emploie même le terme dans son discours de retour. À Munich, l'exclusion des Juifs de la communauté nationale aussi était en germe. Deux mois après l'Accord, le 8 décembre 1938, à la grande réception du Quai d'Orsay, où Ribbentrop était venu renforcer les liens franco-allemands, les ministres juifs Georges Mandel, Jean Zay n'étaient pas présents. Tout avait commencé là. Daladier avait à sa manière républicaine devancé Pétain, Laval, Flandin, ses autres collègues... Il avait voulu, avec les Tchèques, *faire le travail lui-même*. En s'écriant : « Eh bien, nous les y contraindrons », il avait agi de la même manière que Laval qui exigera au Vel d'Hiv et ailleurs que les rafles de Juifs et de résistants soient faites par la police française, pas par la Gestapo. Question de souveraineté.

Sur la petite île, le mistral sifflait depuis deux jours. Il faisait vibrer la petite cabane. Je sursautai lorsqu'il revint. Je tenais toujours à la main la photographie de l'Accord et me sentis brusquement coupable de mes pensées.

À propos de la signature à Munich, il avait oublié de me dire quelque chose, me dit-il.

Le vieux Daladier commença une phrase, mais sa voix s'enraya.

Les mots ne sortaient plus. Ses yeux s'embuaient. Je ne l'avais jamais vu ainsi.

Il finit par articuler :

— Et le pire moment, l'Histoire ne l'a pas retenu...

Il marqua un silence avant de poursuivre.

— Car il y a pire que tout ce que je vous ai raconté.

*

— Il était deux heures du matin, nous étions déjà le 30 septembre.

L'accord venait d'être signé.

La salle s'était tout à coup vidée des photographes, des diplomates de second rang, des experts et des militaires, du bruit et de la fumée. Le maréchal Keitel avait filé à Berlin, avec sous le bras le rouleau de cartes de la nouvelle Tchéco-slovaquie, le butin des Allemands. Hitler et Mussolini venaient de sortir triomphants. J'entendais encore leurs voix claquer dans ce désert de marbre. Je voyais de loin Mussolini glisser sur le sol. Il écoutait Hitler qui devait lui raconter une histoire drôle. Hitler s'était arrêté pour rire. Il s'était tapé la main sur la cuisse droite, deux fois, étrange-ment, et il me fit alors penser à un échassier. Un roulement de tambour venu de la place Königsberg annonça leur départ. Puis le silence s'installa dans le grand bâtiment vide. On entendait des pas résonner. De temps en temps, on devinait, dans la pénombre, la silhouette d'un gardien SS.

Nous étions là, seuls, épuisés, assommés par cette rude journée dans le grand bureau où s'était tenue la conférence. Nous, je veux dire, Chamberlain, Léger, Nevile Henderson, Rochat, toujours avec son ridicule œillet rouge à la bouton-nière, et un autre anglais, Ashton-Gwatkin.

Nous n'avions pas fini le travail...

Deux SS en noir firent leur apparition. Ils nous saluèrent du regard et d'un claquement de talons sonore. Ils firent avancer, en les poussant, deux hommes.

Il s'agissait de deux diplomates tchèques, dont l'un m'était connu : messieurs Mastný et Masařík.

On les avait tirés de leur soupente de l'hôtel Regina, sans ménagement, sans les égards auxquels ils étaient habitués et sans un mot d'explication, pour les conduire là. Les pauvres étaient enfermés depuis une dizaine d'heures dans l'hôtel Regina – ça, je ne l'ai appris que par la suite.

En les voyant, je me suis dit qu'ils avaient pris l'allure, en quelques heures, de véritables coupables. Ils avaient déjà sur le visage la stupeur de ceux qu'on convoque à l'improviste. Ils avaient dans leur maintien quelque chose de craintif ; on les aurait dits écrasés, rétrécis, rabougris. Le docteur Mastný, que j'avais bien connu, était le plus marqué. Il avait tous les stigmates du condamné, y compris ce léger laisser-aller physique des détenus. Il avait tombé sa veste. Il était en sueur, accablé, négligé. Je repensais au temps de sa splendeur, lui qui nous avait tous connus, parfois aimés, fréquentés, lui qui avait été notre pair, à nous les Français et les Anglais. Cet homme était détruit.

Masařík avait des cernes noirs sous les yeux mais lui arborait un air de défi. L'insolence devait être sa dernière liberté. C'était normal, il était plus jeune. Il restait droit, il était sec. Il avait renoué sa cravate, défroissé ses habits. Il tenait visiblement à se présenter impeccable devant nous, tel le dandy qu'il avait été à Prague – du moins c'est ce que m'en avait dit Léger. Nous étions là, derrière une table en désordre. Les deux hommes nous faisaient face. Imaginez une cour martiale exclusivement composée de leurs supposés avocats.

Masařík murmura en français : « Les accusés attendent le verdict. » Personne ne voulut relever, étant donné les circonstances. C'est Chamberlain qui commença. Il avait l'air pressé. Il commença par balbutier, se regardait les mains, avant de déclarer : « La France et la Grande-Bretagne viennent de signer un accord concernant les revendications allemandes au sujet des Sudètes. Cet accord, grâce à la bonne volonté de tous, peut être considéré comme réalisant un progrès certain sur le mémorandum de Godesberg. »

Puis il toussa. Il bâilla et il remit à monsieur Mastný le texte de l'Accord et la carte de la Tchécoslovaquie dont les territoires allemands étaient indiqués en bleu.

Masařík fit la lecture du texte à haute voix.

Le moment fut interminable, lugubre, insoutenable. Masařík lisait lentement, revenait plusieurs fois sur certains mots, se penchait de temps en temps vers Mastný pour avoir son avis : « Les quatre puissances : Allemagne, Royaume Uni, France, Italie, tenant compte de l'arrangement déjà réalisé en principe pour la cession à l'Allemagne des territoires allemands des Sudètes sont convenus...

Premièrement : l'évacuation commencera le 1er octobre.

Deuxièmement : le Royaume-Uni, la France et l'Italie conviennent que l'évacuation du territoire en question devrait être achevée le 10 octobre sans qu'aucune des installations existantes ait été détruite...

Troisièmement : les conditions de cette évacuation seront déterminées dans le détail par une Commission internationale...

Quatrièmement : l'occupation progressive par les troupes du Reich... »

La lecture n'en finissait pas ; des éclaircissements s'imposaient sur certains points.

Masařík interrogea Chamberlain : « Je voudrais poser une question. Que faut-il entendre précisement par "territoires allemands des Sudètes" ? »

Chamberlain, distrait, n'avait pas entendu la question. Il fit répéter Masařík. C'est Léger, agacé par la situation, qui se chargea de répondre.

« Ce n'est qu'une question de calcul de majorité. Vous en avez accepté le principe ! »

Masařík me demanda ensuite directement si telle mesure pouvait protéger les intérêts vitaux de la Tchécoslovaquie.

Je ne sus que répondre. Il insista en disant que « cette clause avait été promise ».

Léger vint à mon secours, il renvoya la question à la Commission internationale, en diplomate trop chevronné. Je le laissai faire.

Masařík me regarda méchamment alors il me lança : « Même pas une garantie ? »

Je lui répondis qu'il était trop tard, que nous avions fait le tour de la question, que la France avait été seule, trop seule...

Les deux Tchèques demandèrent à la cantonnade, avec un mépris que je n'oublierai jamais : « Attendez-vous une réponse de notre gouvernement. »

Je fus pris de court. Léger s'en chargea à nouveau, trop vertement selon moi. Il s'écria, agacé : « Cet accord est sans appel et sans modifications », et compléta, sur le même ton : « Il n'y a rien à faire... Nous n'attendons de vous aucune réponse. Le gouvernement tchèque devra envoyer, à cinq heures de l'après-midi au plus tard, son représentant à Berlin, à la séance de la Commission internationale... »

Je ne voulais pas traîner dans le palais lugubre, Chamberlain non plus. Il ne cessait de bâiller. Vers trois heures du matin, nous laissâmes, dans la maison du Führer, ces deux pauvres Tchèques qui rentraient à pied à leur hôtel pour prévenir le président Beneš.

La République tchécoslovaque de 1918 avait cessé d'exister et ce n'était pas beau à voir, Mademoiselle.

7

Flonflons dans la nuit

Daladier avançait vers l'entrée de l'hôtel des Quatre Saisons, d'un pas lent, lourd, mécanique, suivi d'Alexis Léger et de Rochat. Il avait un mégot éteint à la bouche et le visage recouvert de plaques rouges. Elles venaient de surgir.

Des oiseaux passaient dans la nuit. Ils lançaient des gazouillis de mort. Des travailleurs allemands matinaux le reconnurent. Ils s'approchèrent, et l'acclamèrent, en français. Quelques noctambules applaudirent. Un jeune homme s'approcha pour un autographe. Mais Daladier ne s'arrêta pas. Il continuait, sans regarder.

Un peu plus loin, à l'entrée de l'hôtel, deux journalistes français se précipitèrent : « Monsieur le *Président*, alors cette journée ? Que pensez-vous d'Hitler ? »

Daladier voulut répondre. Il se contenta de grogner. Sa vieille « migraine des tranchées » venait de le rattraper. Il défit sa cravate, tenta d'articuler une réponse, bredouilla, mais sa mâchoire ne répondait pas, comme s'il avait reçu un uppercut. Il tenta de retrouver une contenance, de ricaner.

Il finit par répondre : « C'est un sérieux numéro », mais les voyant noter cette phrase, il se ravisa. On ne savait jamais avec les journalistes. Il trouva la force de rectifier : « Dites plutôt que... C'est un homme qui sait où il va. »

Puis il s'engagea dans le tourniquet de l'hôtel.

Daladier traversa le hall du même pas mécanique. On entendait résonner les flonflons d'une fête : des gloussements de femmes ivres, des verres qui se cognaient. Des hommes entonnaient le *Horst Wessel Lied*. On distinguait, derrière la porte vitrée de la salle où se tenait cette bruyante fête, le maréchal Göring. Il avait encore changé de tenue d'apparat, et enlaçait sa jeune épouse, la fameuse Emmy Sonnenfeld dont il venait d'avoir une fille. Il semblait lui faire faire le tour des invités. Le sévère Joachim von Ribbentrop était là lui aussi. Il trinquait bruyamment avec un Anglais, Lord Londonderry, venu tout spécialement soutenir ses amis allemands. Le maître d'hôtel rouquin, dans son uniforme des SS, était posté non loin de Himmler, petit homme sérieux, sévère, imperturbable dans cette foire. Le plan de table avaient été bousculé ; on portait des toasts ; le dîner se terminait, on allait pousser les tables et danser grâce au phonogramme installé pour l'occasion.

Quand Göring aperçut Daladier passer dans le hall, il se leva majestueusement.

Il voulut adresser un toast en son honneur. Il approcha, mais avant d'avoir franchi la porte vitrée, il se sembla se raviser. Il le salua de loin. Les têtes se tournèrent vers le Français. La musique s'arrêta. Les rires, les flonflons, les gloussements s'étouffèrent.

Daladier ne répondit pas au salut de Göring. Il reprit son chemin.

Quand il se trouva dans l'ascenseur, la musique et les rires reprirent de plus belle.

8

Munich-Le Bourget

L'aile du *Poitou* scintillait dans le bleu. Le ciel était doux, splendide, apaisant. L'avion entamait sa descente. Il aurait voulu que le voyage dure encore. Mais là, sous les nuages, c'était la France, bientôt Paris. Le retour s'était passé sans problème, sans ces turbulences qui lui soulevaient le cœur, sans qu'on soit venu lui annoncer que le chancelier Hitler avait violé l'Accord en pénétrant dans les Sudètes plus tôt que prévu, ou que lui-même avait été renversé par la Chambre des députés. Le steward l'avait laissé tranquille cette fois mais l'homme, un Provençal comme lui, n'avait plus l'entrain qui l'avait frappé – et séduit – la veille, durant le voyage aller. Il n'était plus la même ; il semblait fuyant maintenant. Le commandant Durmon lui avait paru bizarre, lui aussi. Il s'était bien présenté à lui avant le décollage comme à l'accoutumée, pour indiquer la durée du vol, la vitesse, l'altitude de croisière, la probable température extérieure et même la météorologie parisienne, mais sans effusion. Cette fois pourtant, il ne s'était pas attardé sur le dramatique état de l'armée de l'air française comparé à la Luftwaffe, ou sur les performances du Potez dont on aurait dû gonfler la cylindrée pour rivaliser avec le

Messerschmitt. Léger et Rochat étaient également bien étranges. Ils n'avaient pas ouvert la bouche depuis le départ de Munich. Leur silence lui avait au moins permis de dormir un peu, mais le *Président* s'était réveillé patraque, le visage en feu, boursouflé par ses plaques rouges, et la mâchoire endolorie.

Le commandant de bord apparut, cela le fit sursauter. Il annonça, discrètement à l'oreille, avec ce même air bizarre mais plus agité, que la tour de contrôle du Bourget venait de lui parler d'*événements au sol*.

Le *Président* blêmit, l'autre ne s'en aperçut pas. Puis il aboya à voix sourde qu'il ne comprenait rien à ce qu'il lui disait. Des événements ! Quels événements ? Une mauvaise météorologie au sol ? Le débarquement des sélénites sur la Terre ?

« Mais de quoi me parlez-vous, commandant ? Soyez précis ! »

Un peu froissé, l'aviateur s'efforça d'exactement répéter le message de la tour de contrôle. Des attroupements considérables en train de se former autour du Bourget... Des voitures et des camions... Et jusque dans l'aérodrome, où les services d'ordre auraient été débordés... Et il s'en retourna. Cela le dépassait.

Le *Président* resta perplexe un instant.

Des attroupements... ?

Des émeutiers sur la piste de l'aérodrome, et les forces de l'ordre dépassées... Mais qu'est-ce que c'est que cette histoire ?

Des embouteillages, et des camions...

Il brûlait d'en savoir plus et détesta violemment l'aviateur pour l'approximation de ses informations. Il avait pris l'habitude comme les hommes de pouvoir, ces enfants gâtés, qu'on lui dise tout, immédiatement, en phrases brèves, sans fioritures et sans manière, sans angles morts surtout. Il aimait les rapports nets, clairs, précis, ceux que lui faisait le fidèle Clapier qui, c'est dommage, dormait encore à l'arrière de l'appareil. À cet instant le *Président* se sentait si désemparé devant cette étrange information qu'il en voulait au bon commandant Durmon de n'être pas son Clapier, de ne pas avoir pu l'éclairer ; de ne pas lui avoir dit s'il s'agissait d'une vraie émeute, ou bien d'une simple réunion de l'Armée du Salut ; de ne pas lui avoir indiqué si les journaux du matin avaient appelé à cette manifestation, et lesquels ? Si des parlementaires s'y trouvaient. Si ces « attroupements » étaient spontanés, ou bien organisés, et par qui ? Si c'était une foule de gauche ? Cela pouvait être, après tout, les ouvriers de la banlieue nord, chauffés à blanc par la CGT qui, révoltés par l'Accord et aux côtés des Tchèques, allaient refaire le coup de la Solidarité espagnole. Ou s'agissait-il de fascistes, cannes de combat et anciens combattants en avant ? d'une nouvelle provocation des ligues qui tentaient là un autre 6 février 34 ? Ce serait sa veine, se dit-il.

Le *Président* voulut se rendre dans la cabine de pilotage. Il songea à s'emparer d'autorité du micro, à questionner lui-même cette fameuse « tour de contrôle », ou même, par un miracle des télécommunications françaises, de joindre directement son ministre de l'Intérieur qui lui dirait tout sur ces « attroupements ». Il y renonça. Non... Humiliant, trop humiliant... Jusqu'à nouvel ordre, le pilote, le vrai pilote de la France, c'était lui, pas l'aviateur...

Le *Président* se massa le visage. Il remit en place son veston, sa cravate, ses cheveux, sa mâchoire, et jugea plus conforme aux usages de demander au steward d'appeler le commandant.

Il eut une idée.

Il fallait gagner du temps.

Il ordonna donc au commandant de prolonger le vol. L'on tournerait dans le ciel une demi-heure encore, jusqu'à la limite de la réserve d'essence. La nouvelle le soulagea lâchement. Elle lui donnait du répit, quelques dizaines de minutes, pour réfléchir au comportement à adopter – car avouez qu'on n'avait jamais vu un chef assiégé dans les airs ! – qui lui permettrait d'attendre des informations plus précises de l'Intérieur, de fourbir ses armes surtout.

Les armes... ! Il revit le champ de bataille, cet obus qui avait éclaté comme une gerbe sanglante, les avait tous laissés morts. Sauf lui, à peine recouvert d'une fine pellicule de terre...

Il était perdu, de nouveau projeté dans un monde de fracas.. La machine s'emballait. Il voyait défiler toutes les hypothèses sur ce qui l'attendait *au sol*.

Au sol... Ce n'était pas compliqué.

Soit c'était la mort, soit la gloire, ce qui était peu probable.

Alors il imagina le pire. Il sombra une demi-heure. Puis se ressaisit.

Ses armes... Non, il n'avait besoin ni de la police, ni de l'armée, s'exalta-t-il.

Ses armes à lui, c'étaient les mots, et il vit défiler dans sa tête le panthéon de ses admirations d'enfance, les corps cabrés et nobles de tous ces révolutionnaires défendant la Patrie en danger. Il retint Camille Desmoulins, cette image de lui en jeune romantique élancé qui lit un exemplaire de *L'Ami du peuple* au pied de la tribune de la Convention. C'était dans l'enfance sa vignette préférée dans le vieux manuel d'histoire. Le souvenir l'émut, mais il n'avait pas le temps de divaguer. Et puis il fallait convenir que son genre à lui c'était plutôt Danton. Pas mal Danton d'ailleurs ! En tout cas mieux que ce fou de Robespierre qu'il s'était toujours gardé d'admirer...

Les mots étaient bien le seul moyen de faire reculer la foule *au sol*. Le mystérieux défi lancé par les émeutiers au sol l'avait fouetté. Il était sorti de sa torpeur. Il passait à l'action. Ah, ils verraient ce qu'ils verraient... ! Daladier n'était pas homme à se cacher derrière son petit doigt. Un beau discours à la Nation. Un texte fort, pas trop long mais résolu, dont Jean et la Marquise seraient fiers, un texte qui convaincrait ces Français pleins de bon sens mais à la tête si dure... Il le fallait, même s'il détestait ça, les grands discours. C'était le moment.

Et il avait pour cela l'homme idéal, et sous la main. Il se tourna vers Léger qui grattait sur ce petit carnet qui l'avait toujours intrigué. Quelle bonne idée. Il écrivait des vers après tout – le temps qu'il passait à ne pas lire les dépêches diplomatiques – et il connaissait le dossier. Léger lui jetterait donc quelques notes sur le papier, une ou deux formules. Bien sûr, il reverrait le tout, comme d'habitude. Il trouva l'idée judicieuse et appela le secrétaire général, sans se retourner, ce qui ne lui était pas habituel. De crainte d'avoir pu le froisser par sa désinvolture, il enroba son invitation à venir s'asseoir d'une formule mielleuse, maladroite.

Léger vint près de lui. Le *Président* lui raconta. Les attroupements, les voitures, les camions, peut-être les armes, et aussi la foule qui s'était, pour ainsi dire, emparée de l'aérodrome...

305

En parlant, Daladier continuait à regarder par le hublot. Il scrutait on ne sait quoi, se tournait parfois pour suivre un nuage du regard, parlait sans se retourner, comme le chef méprisant qu'il n'était pas. Il croyait qu'il pourrait, par ce pauvre artifice, retrouver son fameux ton de commandement perdu, pensait-il, dans la tempête.

En vérité, il avait peur de Léger, de son regard qu'il n'avait plus croisé depuis la veille. En rentrant au petit matin à l'hôtel, la veille, le secrétaire général, généralement si affable, n'avait rien dit, pas desserré les dents, évité tout commentaire et tiré aucune leçon politique de l'événement. Rien, pas le moindre compliment pour avoir limité la casse. Pas même un reproche. Léger l'indisposait. Ses silences mettaient mal à l'aise.

Daladier considéra dans son esprit obscurci par trop de visages croisés, d'émotions accumulées et de décisions adoptées trop vite que Léger était trop calme. Trop bien mis, pas défait pour un sou par l'événement de la veille, et, à l'instant, si poliment à l'écoute, qu'on en aurait cru une provocation.

Mais Daladier se rassura. Ce n'était pas le genre du bonhomme. Dans les affaires importantes, Léger – d'accord ou pas – disait ce qu'il avait sur le cœur ; ensuite il obéissait. Il avait été partisan de l'intervention aux côtés des républicains espagnols, et contre Blum, disait-on dans Paris, mais par la suite, il avait toujours suivi les consignes de la non-intervention. Pareil pour la Rhénanie où il voulait, en l'absence de gouvernement, déclarer, tout seul, la guerre à Hitler. Là aussi, il avait exécuté les consignes du gouvernement, et parfois même les avait précédées – il n'en aurait pas été de même avec Massigli, son adjoint. Non, ce n'était pas ça, pas une bouderie politique.

Toujours sans le regarder, la nuque raide et avec ce ton du commandement qu'il croyait avoir retrouvé, Daladier demanda à Léger de « jeter sur le papier, quelques notes et deux formules, à destination du comité d'accueil, au sol... Vous connaissez mieux que quiconque le dossier ».

Le secrétaire général opina. Mais plutôt que de rejoindre son siège pour aller remplir sa mission, il restait là sans dire un mot. Il attendait d'en savoir plus. Il y eut un silence, puis Léger finit par demander d'un ton qui se voulait le plus neutre possible :

« Monsieur le *Président*, quels arguments convient-il de mettre en avant dans cette déclaration... ?

— Eh bien... Je ne sais pas moi, Léger... Quels arguments ? quels arguments... ? Vous avez suivi les négociations jusqu'à leur terme... Vous n'avez qu'à faire votre travail... »

La question de Léger agaça fortement Daladier.

Il ne l'avait pourtant pas brimé, alors pourquoi cette attitude à présent, cette question stupide, et auparavant ce silence hostile ? Comment, il ne l'avait pas brimé ! Il avait fait mieux que ça. Il l'avait amené au sommet de Munich où il devenait ainsi aux yeux de tout le monde son véritable ministre des Affaires étrangères. Tout Daladier qu'il était, il avait dû comploter, mentir comme un enfant, et même prévenir certaines puissances à Munich de son mensonge. Il avait tout fait, manigancé, tout inventé pour que Bonnet renonce à se rendre à Munich. Tout ça pour monsieur Léger qui, disons-le franchement, durant cette journée, l'avait bien déçu. Il le connaissait pourtant depuis longtemps ; il pensait avoir vu juste. Il en avait fait son collaborateur le plus direct, son conseiller le plus intime dans ces

arcanes diplomatiques qui le révulsaient par leur byzan-
tinisme, il lui avait confié sa détermination, le moindre de
ses états d'âme, et Léger, l'élégant monsieur Léger, lui avait
cruellement manqué à Munich. Il y avait été bégayant, mal
à l'aise, sans consistance face à Hitler, vexé pour une
babiole, pas assez souple avec Mussolini qui ne cessait de
leur faire des avances – ah celui-là, comme il devait regretter l'Axe et son alliance avec Hitler ! En un mot Léger
avait été décevant, alors qu'il plaçait les plus grands espoirs
en lui.

D'autant que les choses diplomatiques, c'était son
rayon ; lui Daladier, c'était bien connu, c'était plutôt le
militaire.

Le *Président* réalisa qu'il avait été trop rude avec Léger.
Il avait trop besoin de lui à l'instant. Il tenta de se rattraper,
la voix sucrée, par une allusion qu'il estimait subtile et
bienvenue :

« Et bien mon cher ami, c'est le moment d'utiliser – je
ne sais pas moi – votre talent naturel ! Dites-leur... Dites-
leur que l'on a sauvé la Paix... Oui, après tout, c'est vrai.
Si nous ne nous étions pas rendus à Munich, Hitler serait
déjà rentré en Tchécoslovaquie...

— Cela signifierait donc, monsieur, selon vous, que
dans le cas contraire, nous serions entrés en guerre afin de
porter secours à notre allié tchécoslovaque ?

— Ça ne tient pas, vous avez raison, Léger... Bien sûr,
Beneš se ferait un plaisir de nous démentir ; et les Anglais
se réjouiraient de pouvoir nous coincer, ces fourbes. Ça ne
tient pas... Et puis "sauver la paix", cela fait vraiment ron-
flant. C'est digne d'une réclame pour grands magasins.
Chamberlain pourrait dire cela... Foutaises pour Anglais
sentimentaux ! »

Daladier reprit haletant :

« ... Vous avez raison Léger... Vous avez raison... Les Français ne sont pas idiots. Ils ne nous croiront pas si nous leur affirmons que nous avons sauvé la paix avec ce ton de curé... Alors pas de grandes envolées mais du solide, Léger... Du solide, du réaliste, du concret... »

Daladier eut une moue songeuse puis avec l'air de celui à qui on ne l'a fait pas, ajouta :

« D'ailleurs, vous y croyez vraiment vous... Léger... qu'on a sauvé la paix ? »

Léger ne répondit pas. Il était saisi par le spectacle qu'offrait cet homme. Il paraissait avoir vieilli de vingt ans en une nuit.

Son regard, derrière un froncement des sourcils bien artificiel, lui sembla-t-il, était celui d'un enfant inquiet, implorant. Ces mains, ces gestes, cette voix étaient si mal assurés qu'il donnait l'impression de tituber même assis. Toute intervention, toute réponse à la question de Daladier lui aurait semblé inutile, temps perdu. Le *Président* aurait ressassé, divagué, refait le monde, l'Europe, le Pacte à Quatre, le gouvernement à qui il devait maintenant rendre des comptes si toutefois les émeutiers au sol le permettaient, et même – pourquoi pas – réécrit à son avantage cet accord dont l'encre était à peine sèche. Toute réponse, tout changement d'aiguillage dans la conversation l'auraient sorti de cette contemplation qui soudain l'occupait plus que de savoir si Hitler tiendrait ou non ses engagements.

Ce qui l'occupait exclusivement, c'était lui, le *Président* derrière le rideau, avant qu'il n'entre en scène.

« Voici donc la France », songea Léger qui pourtant n'avait rien eu à redire sur l'Accord : pour lui, c'était, comme il disait, « un mal nécessaire ». Voici donc celui qui, à les en croire tous, était supposé incarner la nation. Ce pauvre homme accablé, balbutiant, rongé par le doute, attaqué par ses boutons, c'était ça la France éternelle.

Ce n'était même pas la France en pantoufles ; celle-là, il la connaissait, en un quart de siècle auprès du pouvoir.

C'était la France en lambeaux qui lui était aujourd'hui révélée, sans masque, sans artifice, sans le fard de la grandiose puissance. Avec la simplicité de la parabole, celle qu'il aimait en poète. En détaillant sur le visage de Daladier le corps de la France et ses stigmates, il découvrait subitement l'ampleur des dégâts. Et il se souvenait des leçons de son maître Briand, de ses chuchotements métaphysiques, au soir de sa vie, dans la presqu'île bretonne où le « prophète » s'était retiré.

La France devait être rendue à son propre rang, celui dont au fond elle n'aurait dû sortir depuis Louis XIV et ses extravagances...

Le secrétaire général voulait absolument que Daladier poursuive son monologue inquiet. Pour mieux le scruter. Il se découvrait subitement une curiosité d'entomologiste. Il se souvenait des chasseurs de criquets de la Guadeloupe, qu'il avait connus enfant. Non que Daladier ait été, pour lui, un méprisable insecte ; ou qu'il voulût se venger des humiliations passées (à vrai dire, il n'avait jamais eu à se plaindre de lui, qui était son meilleur rempart contre son ennemi Paul Reynaud). Mais il était intrigué, curieux, fasciné comme il l'avait été enfant, durant ces étranges cérémonies au sortir de l'école où, avec la complicité du domestique, on faisait griller des criquets, avant de les manger. Il guettait chaque sursaut de l'insecte pris dans la flamme, il connaissait les différentes étapes de son supplice, tous les craquements, celui lourd et sourd de la carcasse surchauffée quand elle cède, celui plus court et plus sec des pattes qui se brisent avant de se transformer en braises, et celui toujours surprenant de la tête quand elle s'ouvre et explose. C'est le *Président* qui se décomposait ainsi sous ses yeux.

L'avion continuait de tourner dans le ciel. Le commandant vint informer Daladier qu'il serait bientôt obligé d'atterrir – le carburant allait manquer. Il proposa à nouveau, si le *Président* le souhaitait, de dérouter le *Poitou* vers l'aérodrome de Villacoublay.

« Ce sera Le Bourget », trancha Daladier.

Le temps pressait maintenant.

Daladier cherchait toujours les arguments à mettre en avant pour Léger. Il marmonnait, il semblait – vieille manie – compter sur ses doigts pour mieux appeler les bonnes idées ; il les ouvrait et les refermait à chaque réfutation intérieure. Un instant, il s'exclama avec un air de victoire.

« Eh bien Léger..., disons-leur que... Ah oui, c'est évident. Que nous avons fait reculer la guerre. La preuve : nous avons obtenu du Reich qu'il n'y ait pas de prise de possession immédiate et sans conditions des Sudètes.

— Leur dire que nous n'avons gagné que dix jours, monsieur le *Président*... ?

— ...Ah oui, c'est en effet un peu court. La Tabouis risquerait de titrer là-dessus...

— Remarquez, ils ne sont pas tous aussi excessifs, monsieur le *Président*...

— Alors, expliquons-leur que nous avons sauvé... la Tchécoslovaquie...

— Vous êtes prêt à le clamer au visage des Français, monsieur le *Président* ?

— Vous n'avez pas tort, Léger... Mais en revanche, les fortifications. Parlons-leur des fortifications !

— Non, monsieur le *Président*... Cette question est renvoyée devant la Commission internationale, souvenez-vous. Il vaut mieux ne pas parler des fortifications...

— Mais vous m'aviez dit, Léger, que ce n'était qu'une formalité...

— Attendons tout de même, monsieur le *Président* qu'Hitler mette à exécution la promesse qu'il vous a faite.

— Ah bon, vous êtes sûr, Léger ? Vous aviez pourtant l'air de dire...

— ... Nous verrons si Hitler tient parole.

Daladier sursauta devant le scepticisme de Léger.

— Léger, vous croyez qu'il pourrait me faire ça ? »

Léger ne répondit pas.

Ils reparlèrent de cette invitation officielle lancée à Ribbentrop, pour un « accord de Paris » ; elle ne l'inspirait guère. Léger en profita pour demander ensuite le déplacement de Massigli à l'ambassade d'Ankara – « il deviendra trop encombrant à Paris, avec ses idées belliqueuses, vous comprenez monsieur le *Président* ». Il l'obtint. Puis se retira.

Quelques minutes plus tard, il tendait au *Président* une petite note, écrite en gros caractères, quelques lignes à peine. Daladier ne l'ouvrit pas tout de suite ; comme par superstition ; mais la présence du papier plié en quatre dans sa main le rassura.

L'avion perçait les nuages, là-bas, c'était Meaux.

Avant d'atterrir, le commandant entreprit un tour d'observation au-dessus du Bourget. Il s'engagea sur la piste en sens inverse. Le *Président* se colla au hublot pour voir ce qui se passait au sol. L'avion se cabra. Les attroupements au sol apparaissaient comme autant de ruisseaux qui affluaient sur l'aérodrome, du nord, du sud, de la grande route, de tous les chemins avoisinants, pour venir se jeter dans le bâtiment de l'aérodrome avant de ressurgir, plus forts, plus denses, avec plus de pression, sur la piste d'atterrissage. Du bâtiment, probablement envahi, des milliers de formes noires débordaient. L'avenue qui conduisait à l'aérodrome du Bourget était encombrée de véhicules jusqu'à perte de vue. Des camions, des taxis, des voitures et des limousines, deux ou trois véhicules de police semblaient bloqués par la foule, comme incapables de se sortir de là. Pas de véhicules blindés, pas l'armée évidemment, quelques banderoles molles, illisibles, mais pas de drapeaux rouges ; du monde, tant de monde.

Le *Président* respira un grand coup. Il sourit au ciel qui là ressemblait à celui de sa Provence. Il palpa la note que Léger avait rédigée, avec la même ferveur que lorsqu'il avait tenu le vademecum de Gamelin. Il se dit que *c'était son tour*, son dernier jour était venu. Cela ne le rendit pas vraiment triste. Six ans après le malheur de Madeleine, et vingt et un ans après Cheminade, le laissant injustement en vie. Finalement, la vie lui plaisait plus que le pouvoir mais il était trop tard. Cette vie aurait sans doute été différente s'il s'était davantage écouté au lieu de suivre Herriot qui l'avait repéré dans sa jeunesse. À cette heure, lui, le laïcard, serait en train de gratter sur de vieux manuscrits retrouvés au fond d'une abbaye silencieuse. Il tomberait, c'est sûr, dans un instant devant le peuple enragé, ou dans quelques heures devant ses pairs.

Oui, c'était son heure, et ce n'était que justice finalement.

À présent, il allait vers son exécution d'un air décidé. Que pouvait-il faire d'autre ? Se sauver comme un lâche, en choisissant d'atterrir à la sauvette à Villacoublay ? De toute manière, ils le retrouveraient. Pour affronter vraiment la situation, il se remit à balayer toutes les hypothèses de sa fin.

Il pensa à une mort de roman policier. Un commando bien entraîné qui l'enlèverait. Dans la cohue, vingt hommes décidés, bien armés, vingt camelots du roi de la 17e section par exemple. Ils étaient capables de faire ça. L'enlever ; l'extirper de la foule ; le jeter dans une camionnette rangée près de la piste. Le *Président* se vit dans la cave d'un pavillon de campagne, les yeux bandés, les mains liées dans le dos, devant un tribunal de militaires censé le juger. Puis son cadavre, jeté au bord d'une route.

Le *Président* pensa à une mort brutale. Une mort à la Barthou, tué à Marseille, dans le carrosse du roi de Yougoslavie. Ça, ce n'était pas compliqué. Un fou, un exalté caché dans la foule, avec un complice qui l'attendrait sur une moto. Il ne devait certainement pas manquer au sol de Tchèques enragés, de Juifs fanatiques, de communistes préparés par le Kominterm. Quelques coups de pistolets dans la cohue. L'affaire était réglée. Ce serait la meilleure solution, la plus rapide, la plus nette.

Il imagina ensuite une mort apparemment plus douce, sa mort politique. Celle-là, pour lui, ne faisait pas un pli. Il était condamné ; il le savait en signant l'Accord. Elle serait longue, douloureuse, bien peu glorieuse, en tout cas moins libératrice, qu'une mort à la Barthou. Il la voyait comme une longue descente aux enfers. Il n'y aurait pas que le vote à l'Assemblée, la fronde de son gouvernement, la déception de son fils Jean, le lynchage par les journaux, la haine des anciens du Front populaire conjuguée à celle de la droite, la revanche de Flandin, de Laval, des plus immondes. Il les aurait tous sur le dos. Les salons de Paris lui seraient interdits, madame de Crussol risquait de le quitter, Herriot prendrait sa revanche au Parti radical, Bonnet comme les jeunes-turcs se régaleraient de son cadavre, et même les Vauclusiens le lâcheraient...

Mais d'abord au sol, il y aurait le comité d'accueil, les Français. Avant même l'Assemblée ou le Parti, ce serait le lynchage, le vrai. Les crachats de la foule qui pousse ; les cannes qui se fracassent sur lui ; le manteau qui se déchire ; le chapeau qu'on piétine ; le corps qui bascule, la tête qui frappe à terre, le regard brouillé de sang. Une nouvelle fois, il revit le champ de bataille du mont Cornillet. Il était allongé au bord du cratère formé par l'obus, parmi les jeunes gisants. Il n'était pas mort ; il était à peine sonné ; tandis que Jean, lui, l'était. Il s'était redressé doucement, il était le dernier des vivants.

L'air fouettait la carlingue de l'avion ; la descente s'accélérait. Comme vingt ans auparavant, il se retrouvait projeté dans ce monde de fracas. C'est ainsi qu'il vit cette deuxième fin. La colère populaire qui déborde, et les flics et les convenances. L'ordre qui craque. La République qui vacille. L'anarchie et sa mort. Mais cette fois la mort viendrait, pas comme ce jour de 1918 où elle l'avait épargné, injustement.

Les vibrations de la carlingue le firent sortir de son cauchemar éveillé.

L'avion s'était posé. La carlingue se déverrouilla. Il repensa à Jean son fils, à Pierre aussi, à Madeleine longtemps, à Marie, à la Marquise, moins présente dans son esprit qu'il ne se l'imaginait, et à l'autre, Jean Cheminade. À présent, c'était le moment d'affronter. Il était prêt pour l'exécution. Il ne se raidit pas ; il ne voulait pas avoir l'air grotesque du condamné à mort qui va romantiquement au poteau, ça, c'était des histoires. Il y allait assurément.

Il s'était offert. Il s'était immolé à Munich. Il s'était sacrifié.

La passerelle secoua le *Poitou* en s'enclenchant.

Il s'avança, son chapeau à la main.

Et à partir de là, il n'y comprit plus rien. Il y eut comme un vertige. Il entendit la clameur de la foule. C'était la liesse, pas l'hallali. Il attendait les crachats, c'était des vivats. Le souffle de la foule le fit légèrement vaciller. Au bas de la passe-relle, au premier rang, il les vit, les bras chargés de fleurs, Bonnet avec son air de cigogne, les présidents des Assemblées gorges ouvertes, les ministres les plus hostiles, les journalistes les plus acerbes, tous rayonnants de bonheur. La foule en délire entourait l'avion. Les anciens combattants l'accla-maient ; les éclopés se hâtaient. Les ouvriers jetaient encore leurs casquettes en l'air. Ils criaient : « Vive Daladier, vive la Paix ! »

Certains prétendent que le *Président* marmonna alors « Les cons... ».

9

Épilogue

— Vous l'avez vraiment prononcée cette phrase « Les cons... », en voyant la foule du Bourget ?

— Je crois que c'est une idée d'écrivain, de monsieur Jean-Paul Sartre dans un roman – c'est resté comme un bon mot... J'ai vu cette foule. J'ai entendu ce tonnerre de joie. J'ai reconnu au premier rang tous les ministres qui voulaient me renverser. Mais je crois bien que j'étais incapable, à ce moment-là, de prononcer quoi que ce soit...

J'étais sidéré, véritablement. Ils m'acclamaient, moi. Ils n'avaient donc pas compris. Ils ne voulaient pas de mon sacrifice – et cela vous l'avez saisi dans votre récit. J'avais espéré, au moins, que le lâchage de la Tchécoslovaquie serait un choc. J'attendais qu'ils me conspuent, me jugent, m'abattent. C'eût été la réaction normale de tout peuple, me disais-je.

Mais non... Ils m'ont fêté. Ils m'ont traité comme César revenant victorieux. Ils m'ont honoré, et Chamberlain aussi... Ils ont même voulu baptiser des rues à nos noms. Ils ont lancé une souscription pour offrir une maison de campagne en France à mon collègue britannique. Nous étions des saints. J'ai voulu leur dire ;

j'ai bien tenté de leur expliquer. À Munich, j'avais obtenu un sursis, mais l'exécution aurait lieu. Ils ne voulaient pas entendre... ! À l'Assemblée, au gouvernement, et même dans la presse, souvenez-vous, ils ont tous voté Munich comme un seul homme – à part les communistes et ce fou de Kerillis.

Alors je me suis laissé faire. Pour ne pas les contrarier, et peut-être aussi pour ne pas humilier la France. J'ai dû jouer les Tartarins à quelques congrès. Ils y croyaient tous. J'ai donc continué à faire semblant et ainsi pendant des mois et des mois, où ils tenaient absolument à ce que je reste leur chef.

J'étais leur héros. Nous étions tous complices du même mensonge. Nous avions tissé, ensemble, le voile qui sert à masquer l'insupportable vérité. La France, la grande France, la France impériale était bien morte. Elle n'était plus la grande nation qui décidait de la guerre ou de la paix sur le continent européen. Et elle ne l'était plus, croyez-moi, depuis longtemps. Bien avant Munich ou Daladier ! Depuis la débâcle de 1871 ? Depuis la saignée de 1914 ? Depuis Napoléon et ses folies ? Depuis la grande Révolution ? Certains même font remonter cette décadence aux imprudences européennes de Louis XIV...

Après Munich, il y a eu ce qu'ils ont appelé la « dictature Daladier » – les idiots ! – où l'on a fait semblant de réarmer et de lutter contre la cinquième colonne et les communistes. En 1939, il a failli y avoir un autre Munich : l'affaire polonaise. Cette fois, l'Angleterre ne s'est pas laissé avoir par Hitler. Et nous, la France, une fois de plus, nous avons suivi. Nous avons déclaré la guerre à l'Allemagne, en traînant les pieds, quatre heures après Londres. Ce fut la *drôle de guerre*, la guerre sans faire la guerre, sans la vouloir

vraiment, que j'ai bien été obligé de mener. Vous connaissez la suite... En vérité, je n'étais plus là, depuis mon retour
de Munich. Je m'étais retiré du monde – je m'en suis rendu
compte bien des années après. J'avais été mis KO sur le
ring du siècle.

Remerciements

Ma gratitude va à monsieur Eugène Faucher, fils de l'admirable général Faucher, qui m'a accompagné de ses conseils, à mademoiselle Léa Beuve-Méry pour ses travaux sur la période pragoise d'Hubert Beuve-Méry ; ou François Samuelson qui a tout de suite compris ; à Vincent Loewy pour les films qu'il me fit découvrir, et notamment ses travaux universitaires sur Munich à l'écran ; à Marie-Caroline Boussard pour ses recherches ; au docteur Pierre Philipp pour ses conseils sur les traumatismes de guerre ; à Aldo Cardoso pour Nizan ; à Stéphane Benhamou pour toujours ; ainsi qu'à Alice d'Andigné, Danièle Houssaye et Violaine Aurias.

Sources

Le fantôme de Munich propose une vision personnelle de cette « journée particulière ». C'est un roman ; il s'est inscrit dans les nombreuses béances de l'événement ; il a cherché à sonder les âmes, traquer les doutes, discerner les pressions externes et internes chez les personnages, et bien sûr à décomposer la « mécanique de la lâcheté ». Du déroulement de la journée et de ce qui l'a finalement emporté d'autres interprétations sont possibles. C'est en pensant à Zola qui écrivait : « L'heure est donc venue de mettre la république et la littérature face à face, de voir ce que celle-ci doit attendre de celle-là, d'examiner si nous autres analystes, anatomistes, collectionneurs de documents humains, savants qui n'admettons que l'autorité du fait, nous trouverons dans les républicains [...] des amis ou des adversaires » (*Le Roman expérimental. La République et la Littérature*), que j'ai fondé mes recherches documentaires. Ce roman s'est appuyé sur les travaux d'historiens, sur les (rares) récits de la conférence de Munich par des témoins directs ou indirects, sur les archives du fonds Daladier conservées aux Archives nationales ; sur l'incontournable biographie d'Édouard Daladier par Élisabeth du Réau ; sur le livre important de Pierre Miquel, *Le Piège de Munich* ; sur l'ouvrage pionnier de Henri Noguères, *Munich ou la drôle de paix* ; ainsi que sur quelques mémorialistes, connus, le plus souvent inconnus, avisés curieux, plus lucides que les autres, dont on trouvera la liste plus bas.

Ma reconnaissance va d'abord à quelques grands anciens.

À Paul Nizan, à son indispensable *Chronique de septembre*, qu'Olivier Todd nous a permis de redécouvrir. La méthodologie implacable de Nizan semble être un cadeau offert à l'écrivain qui viendra.

À Hubert Beuve-Méry pour ses articles et ses positions, à William Shirer, à Martha Gellhorn, grands reporters américains admirables et lucides observateurs de la tragédie tchécoslovaque. À Yvon Lacaze, éminent archiviste paléographe, récemment disparu, auteur de deux œuvres majeures que m'a fait découvrir monsieur Eugène Faucher : *L'Opinion publique et la crise de Munich* (Berne, New York, P. Lang, 1991) et *La France et Munich. Étude d'un processus décisionnel en matière de relations internationales.* (Berne, New York, P. Lang, 1992).

À Marc Bloch pour *L'Étrange défaite.*

Concernant la correspondance entre Chamberlain et sa sœur, elle est aussi œuvre d'imagination. Toutefois, elle se fonde sur l'abondante relation épistolaire du Premier ministre britannique avec ses deux sœurs, Ida et Hilda (*The Neville Chamberlain Diary Letters. The Downing Street Years, 1934-1940*, Aldershot, Ashgate, 2005).

Archives

Archives secrètes de la Wilhelmstrasse, t. 2 : *L'Allemagne et la Tchécoslovaquie, 1937-1938*, Paris, Plon, 1951.
Fonds privé Édouard Daladier conservé aux Archives nationales, Paris.

Ministère des Affaires étrangères, *Livre jaune français : documents diplomatiques, 1938-1939*, Imprimerie nationale, 1939.

Procès des grands criminels de guerre devant le tribunal militaire international, mars 1946, Nuremberg, Tribunal militaire international, 1947-1949.

Rapports faits au nom de la Commission d'enquête chargée d'enquêter sur les événements survenus en France de 1933 à 1945, Paris, Imprimerie AN, 1951.

Mémoires, souvenirs, analyses

ANFUSO, Filippo, *Du palais de Venise au lac de Garde*, Paris, Calmann-Lévy, 1949.

BENEŠ, Edvard, *Munich*, Paris, Stock, 1969.

BONNET, Georges-Étienne, *Dans la tourmente 38-48*, Paris, Fayard, 1970, et *De Munich à la paix*, Paris, Plon, 1967.

CIANO, comte Galeazzo, *Journal 1937-1938*, Paris, Neuchâtel, La Baconnière, 1948.

CHURCHILL, Winston S., *Mémoires sur la Seconde Guerre mondiale*, t. 1 : *L'Orage approche 1919-mai 1940*, Paris, Plon, 1948.

CROUY-CHANEL, Étienne (de), *Alexis Léger – ou l'autre visage de Saint-John Perse*, Paris, Picollec, 1989.

Dans les coulisses des ministères et de l'état-major, 1932-1940, Paris, Les Documents contemporains, 1943.

DARIDAN, Jean, *Le Chemin de la défaite 38-40*, Paris, Plon, 1980.

FABRE-LUCE, Alfred, *Histoire secrète de la conciliation de Munich*, Paris, Grasset, 1938.

FRANÇOIS-PONCET, André, *Souvenirs d'une ambassade à Berlin, septembre 1931-octobre 1938*, Paris, Flammarion, 1946.

GAMELIN, Maurice Gustave, *Servir*, 3 vol., Paris, Plon, 1946.

GENEBRIER, Roger, *La France entre en guerre : septembre 1939 : quelques révélations sur ce qui s'est passé dans les derniers jours de la paix*, Paris, Éditions Philippine, 1982.

GIRARD de CHARBONNIÈRES, Guy de, *La Plus Évitable de toutes les guerres*, Paris, Albatros, 1985.

HITLER, Adolf, *Mon combat*, Paris, Nouvelles Éditions latines, 1982.

JESENSKÁ, Milena, *Vivre*, Paris, Lieu commun, 1986.

JOUVENEL, Bertrand de, *Un voyageur dans le siècle*, Paris, Robert Laffont, 1980.

LAZAREFF, Pierre, *De Munich à Vichy*, New York, Brentano's Inc., 1944.

LEBRUN, Albert, *Témoignage*, Paris, Plon, 1945.

MONTHERLANT, *L'Équinoxe de septembre*, Paris, Grasset, 1938.

PERTINAX (André Géraud), *Les Fossoyeurs*, 2 vol., New York, Éditions de la maison française, 1943.

NIZAN, Paul, *Chronique de septembre*, Paris, Gallimard, 1939.

RIBBENTROP, Joachim von, *Mémoires* : *De Londres à Moscou*, Paris, Grasset, 1954.

SCHMIDT, Paul, *Sur la scène internationale*, Paris, Plon, 1950.

STEHLIN, Paul, *Témoignage pour l'histoire*, Paris, Robert Laffont, 1964.

STÉPHANE, Roger, *Chaque homme est lié au monde, carnets (août 39-août 44)*, Paris, Éd. du Sagittaire, 1946.

STRASSER, Otto, *Hitler et moi*, Paris, Grasset, 1940.

TABOUIS, Geneviève, *Vingt ans de suspense diplomatique*, Paris, Albin Michel, 1958.

Sources

ULLMANN, Bernard, *Lisette de Brinon, ma mère. Une Juive dans la tourmente de la collaboration*, Bruxelles, Complexe, 2004.

Romans

ARAGON, Louis, *Les Communistes*.
DAUDET, Alphonse, *Tartarin de Tarascon*.
JÜNGER, Ernst, *Orages d'acier*.
SARTRE, Jean-Paul, *Le Sursis*.

Études

AZÉMA, Jean-Pierre et BÉDARIDA, François, *Munich 1938-1948. Les années de tourmente*, Paris, Flammarion, 1995.
BELPERRON, Pierre, *Neville Chamberlain*, Paris, Plon, 1938.
BERTRAND, Louis, *Hitler*, Paris, Fayard, 1936.
BLOCH, Michael, *Ribbentrop*, Paris, Plon, 1996.
BOUILLON, Jacques, Valette, Geneviève, *Munich, 1938*, Paris, Armand Colin, 1964.
COUDURIER DE CHASSAIGNE, Joseph, *Les Trois Chamberlain. Une famille de grands parlementaires anglais*, Paris, Flammarion, 1939.
CROCQ Louis, *Les Traumatismes psychiques de la guerre*, Paris, Odile Jacob, 1999.
DELPLA François, *Les Tentatrices du Diable*, Paris, L'Archipel, 2005.
DUROSELLE, Jean Baptiste, *La Décadence, 1932-1939*, Paris, Le Seuil, 1983.
Fondation nationale des sciences politiques, *Édouard Daladier chef de gouvernement, avril 1938 - septembre 1939*, Paris, Presses de la Fondation nationale des sciences politiques, 1977.
GALLO, Max, *L'Italie de Mussolini*, Paris, Perrin, 1964.

IRVING, David, *Göring*, 2 vol., Paris, Albin Michel, 1991.

KERSHAW, Ian, *Hitler,* t. 1 : *1889-1936 : Hubris,* t. 2 : *1936-1945 : Némésis*, Paris, Flammarion, 1999, 2000.

KLEMPERER, Victor, *LTI, la langue du IIIᵉ Reich : carnets d'un philologue*, Paris, Albin Michel, 1996.

LACAZE, Yvon*, La France et Munich, : étude d'un processus décisionnel en matière de relations internationales*, Berne, New York, P. Lang ; 1992 ; *L'Opinion publique française et la crise de Munich*, Berne-Paris, P. Lang, 1991.

LAPAQUELLERIE, Yvon, *Édouard Daladier*, Paris, Flamma-rion, 1939.

MARIA, Roger*, De l'Accord de Munich au Pacte germano-soviétique du 23 août 39*, Paris, L'Harmattan, 1995.

MIQUEL, Pierre, *Le Piège de Munich*, Paris, Denoël, 1998.

MILZA, Pierre, *Mussolini*, Paris, Fayard, 1999.

NOGUÈRES, Henri, *Munich ou la drôle de guerre*, Paris, Robert Laffont, 1963.

RÉAU, Élisabeth du, *Édouard Daladier, 1884-1970*, Paris, Fayard, 1993.

SHIRER, William, *La Chute de la Troisième République*, Paris, Hachette, 1963 ; *Le Troisième Reich,* t. 1 : *1933-1939. Des origines à la chute*, Paris, Stock, 1961.

STEINERT, Marlis, *Hitler*, Paris, Fayard, 1991.

WINOCK, Michel, « Les Intellectuels et l'esprit de Munich », in *Des années trente. Groupes et ruptures*, Anne Roche et C. Tarting, Paris, Éd. du CNRS, 1985.

Film

OPHÜLS, Marcel, *Munich ou la paix pour cent ans*, INA, 1967.

Table

Composition et mise en page

NORD COMPO
m u l t i m é d i a

CET OUVRAGE
A ÉTÉ REPRODUIT
ET ACHEVÉ D'IMPRIMER
SUR ROTO-PAGE
PAR L'IMPRIMERIE FLOCH
À MAYENNE EN FÉVRIER 2007

N° d'éd. L.01ELJNFF9001N001. N° d'impr. 67703.
D. L. : mars 2007.
Imprimé en France